capitulation

Publié pour la première fois aux États-Unis par Gossamer Publishing Company sous le titre *Surrender, Book one*

MELODY ANNE

capitulation

Volume 1 de la série « Surrender »

traduit de l'anglais par Dionysia Kalogirou

Red Velvet

Je dédie ce livre à ma grand-mère Eileen.

Merci d'avoir toujours cru en moi, de m'avoir accueillie lorsque j'avais besoin d'un toit, et d'avoir pris soin de moi. Tu me manques, tous les jours, et mon seul regret, dans l'aventure extraordinaire que je vis, c'est que tu ne sois pas là pour la partager. Je t'aime, grand-mère. Merci de veiller sur moi depuis le ciel. Je sais qu'un jour, je te retrouverai.

Celle qui peut tout perdre peut parfois tout risquer.
Et vous, jusqu'où iriez-vous par amour?
Jusqu'à la reddition?

Prologue

Divorcé.

À la simple évocation de ce mot, sa gorge se serre. Il a vingt-huit ans et il a conquis l'univers. Enfin… il pensait avoir conquis l'univers.

Non ! Le monde lui appartient. Mais il a suffi d'un seul mot pour anéantir sa vie parfaite.

Divorcé.

Il était un homme respectable et respectueux, grand admirateur des femmes. À vingt et un ans, il a épousé la femme qu'il aimait, qu'il a choyée et à qui il a tout donné. Il pensait avoir réussi sa vie à la perfection. Grave erreur.

Rafaëlle Palazzo se redresse sur sa chaise, puis plisse les yeux.

Non ! Ce type-là, ce n'est pas lui. Il n'est pas du genre à se laisser abattre. Et ce n'est pas aujourd'hui que ça va commencer.

— Au revoir !

Lorsque Sharron passe devant lui avec un sourire suffisant, son sac à main à 5 000 dollars sur l'épaule, il lève à peine les yeux. Il l'entend claquer la porte d'entrée. Elle est partie. Bon débarras.

Sharron lui reprochait quantité de choses. Entre autres, de trop travailler et de ne pas être aussi attentionné qu'elle l'aurait souhaité.

La semaine précédente, il est rentré plus tôt que prévu à la maison, un bouquet de fleurs à la main, pour lui accorder cette attention qu'elle demandait. Il a constaté alors qu'elle ne l'avait pas attendu : Rafe l'a surprise au lit avec son associé. Et comme si cela ne suffisait pas, elle a ensuite tenté de le dépouiller de toute sa fortune.

Sharron a voulu jouer. Elle a perdu.

Il ferme les yeux en repensant à cette après-midi atroce.

— *Vous nous faites faux bond?*

— *C'est notre anniversaire de mariage. J'ai commandé les fleurs préférées de ma femme, des fleurs hawaïennes, qui doivent être livrées spécialement. Je passe chercher le bouquet chez le fleuriste, puis nous partons à Paris. C'est une surprise. Je l'emmène là où nous avons passé notre lune de miel.*

— *Vous êtes l'homme le plus romantique au monde, a lancé son assistant, Mario Kinsor, avec un sourire.*

— *N'oubliez pas que je suis à moitié italien ! Mon père a appris les us et coutumes du pays de ma mère, ainsi que la galanterie. Il m'a enseigné à gâter les femmes, a répondu Rafe avec bonne humeur.*

Il espère de tout cœur réussir à construire un couple aussi solide que celui de ses parents, et aussi durable.

— *Quand Ryan doit-il rentrer? Puisque vous nous laissez tomber, l'un des associés doit être présent, pour faire tourner la société.*

— *Il rentre vendredi. Quand je lui ai parlé, voici quelques jours, il m'a annoncé qu'il avait rencontré quelqu'un. J'ai hâte de faire sa connaissance.*

— *Toutes ces roucoulades sont insupportables. Sortez donc d'ici avant que ça ne me gagne. À lundi !*

— *Bonne soirée, Mario. Et merci d'avoir travaillé aussi dur toute la semaine.*

Rafe s'est dirigé vers la porte en saluant son fidèle assistant d'un geste de la main. Sa vie est formidable – son entreprise, qu'il gère sans l'aide de sa famille, se porte à merveille et il ne pourrait être plus heureux dans sa vie privée.

Il est passé chez le fleuriste puis rentré chez lui, quelques minutes plus tard. Ne voyant pas Sharron au rez-de-chaussée, il a souri. Peut-être est-elle allongée sur leur lit, dans une tenue sexy…

Ouvrant la porte de leur chambre, Rafe a en effet la surprise de la trouver sur le lit, et en tenue très légère – en réalité, elle est même totalement nue. Seulement voilà : elle n'est pas seule. Interloqué, il se fige.

Oui, Ryan ! crie Sharron.

Toutes les illusions de Rafe ont volé en éclats. Silencieux, il est resté caché dans la pénombre. L'un de ses meilleurs amis est en train de sauter sa femme. Ryan, Shane et lui se connaissent depuis le collège, partageant tout, toujours là l'un pour l'autre. Ryan s'est-il dit que son ami était prêt à tout partager avec lui, y compris sa femme ? Dans ce cas, il s'est lourdement trompé.

Au moment où Sharron a poussé un nouveau gémissement de plaisir, Rafe s'est raclé la gorge. Les deux amants se sont figés dans leur étreinte, tournent la tête et le regardent, horrifiés.

Il a quitté la chambre et est descendu au rez-de-chaussée. Peu après, Ryan s'est glissé hors de la maison sans se faire remarquer. Sharron, quant à elle, s'est précipitée vers son mari et a tenté d'implorer son pardon.

Chassant ce mauvais souvenir de sa mémoire, Rafe regarde autour de lui. Il a sacrifié tant de choses pour faire plaisir à sa femme, pour lui offrir ce qu'elle voulait. Cependant, cela ne suffisait jamais. Elle voulait tout – et notamment sa fortune. C'est sûr, on ne l'y reprendra plus – il ne répète jamais deux fois la même erreur.

Rafe monte l'escalier puis s'arrête sur le pas de la porte, devant la chambre où il a passé tant de nuits au côté de Sharron. Secouant la tête, il fait demi-tour et se dirige vers sa luxueuse cuisine. Là, en revanche, pas le moindre souvenir de son épouse… Elle ne connaissait absolument rien en cuisine.

Heureusement, il a toute une armada de domestiques à son service. Sans eux, son intérieur serait un véritable champ de bataille et il mourrait de faim. Sharron n'était pas une fée du logis, loin de là. Mais cela lui était égal – ce qu'il voulait, c'était mener avec elle une vie de famille comme celle qu'il avait connue enfant. Jusqu'à cet instant, il a cru, à tort, que tous les mariages pouvaient durer éternellement.

Un silence glacial plane dans la maison. Rafe a bien fait de donner congé au personnel pour la journée. Ainsi, son échec n'aura pas de témoins.

— Échec.

Il répète à voix haute ce mot qui sonne faux dans sa bouche. L'échec ne fait pas partie de son vocabulaire. Il est né avec une cuillère en argent dans la bouche. Et sa mère le taquine volontiers, en lui disant qu'il a besoin de réussir sur tous les fronts.

Elle est la seule personne sur terre à pouvoir se permettre ce genre de remarques – il l'adore. Non, en réalité, ses sœurs jouissent elles aussi de ce privilège.

Il se dit soudain que sa famille sera probablement soulagée d'apprendre son divorce – en particulier Rosabella, même si elle ne le reconnaîtra jamais. Elle a bien tenté de se rapprocher de sa future ex-belle-fille, en vain. En réalité, Sharron a-t-elle jamais manifesté le moindre désir de mieux connaître sa famille? En y réfléchissant, il a bien du mal à se souvenir d'efforts qu'elle aurait faits dans ce sens. Il est vrai qu'il aurait été difficile pour Rafe de s'en rendre compte à l'époque où ils sortaient ensemble, car sa famille passait six mois de l'année en Italie. Lorsque ses parents et ses sœurs étaient rentrés en Californie, Sharron et lui étaient déjà mariés.

Et ensuite? Il déroule ses souvenirs et les conclusions lui font l'effet d'un coup de poing dans l'estomac. Dès le début de leur histoire, Sharron a toujours trouvé des excuses pour ne pas rendre visite à sa famille. Amoureux et stupide, il n'a rien vu. Sinon, jamais il ne l'aurait choisie. Ses parents lui ont inculqué des valeurs faisant passer la famille avant tout. Pendant toutes ces années de mariage, sa femme a été sa priorité, tout comme sa mère a été celle de son père. Très vite, ses visites à sa famille se sont espacées – Sharron avait toujours mille et une excuses pour ne pas aller voir ses parents et comme il voulait lui faire plaisir, il restait avec elle. Oui, il a fait beaucoup de sacrifices pour la rendre heureuse.

Apparemment, rien de cela n'a suffi.

Jetant un dernier regard à la cuisine, il compose un numéro sur son téléphone portable. Son interlocuteur décroche avant la deuxième sonnerie.

— Mettez la maison en vente. Et son contenu aussi. Je ne veux rien conserver, annonce Rafe à son assistant.

— Très bien, monsieur.

Mario ne pose pas la moindre question. Il travaille pour Rafe depuis le jour où celui-ci a créé son entreprise, qui pèse désormais un milliard de dollars. L'homme est loyal, efficace et digne de confiance. D'ailleurs, Rafe se demande ce qu'il ferait sans son collaborateur préféré.

Tout ce qu'il sait, il le doit à son père, Martin Palazzo, qui a gagné des millions à la bourse avant de réaliser des investissements judicieux dans l'immobilier. Martin a rencontré sa femme Rosabella lors d'un voyage d'affaires en Italie. Depuis, ils sont inséparables. Cependant, Rosabella est incapable de rester loin de son pays natal plus de six mois. C'est pourquoi le jeune homme a passé la moitié de son enfance en Italie, l'autre moitié aux États-Unis.

Son éducation cosmopolite l'a parfaitement préparé à gérer une entreprise multinationale comme la sienne. C'est un homme d'affaires avisé, d'une grande loyauté vis-à-vis de ceux qu'il aime. Très jeune, l'héritier a décidé de faire ses preuves dans la vie – sans se contenter de faire fructifier la fortune de ses parents. N'étant pas idiot, il a malgré tout suivi les conseils de son père, il a même travaillé avec lui. Cependant, doté d'une ambition considérable – il a su accomplir ses rêves beaucoup plus vite que quiconque ne l'aurait fait à sa place.

En pénétrant tous les matins dans le bâtiment de vingt-cinq étages qui abrite ses bureaux, à San Francisco, il ressent toujours une immense fierté, parfaitement justifiée. Aux quatre coins du monde, il a créé des emplois pour des centaines de milliers de personnes qui, toutes, gagnent leur vie grâce à lui. Grâce à lui, tous ces gens se couchent chaque soir le ventre plein, avec l'assurance d'avoir un emploi le lendemain.

Il donne beaucoup de sa personne – et contrairement à sa future ex-femme, ses employés lui vouent une reconnaissance éternelle et le considèrent comme un demi-dieu. Sharron, elle, lui a craché au visage tout ce qu'il lui a donné. Sauf l'argent, bien sûr.

Rafe a l'intention de changer d'attitude envers les femmes. Ou plutôt, se dit-il avec un sourire arrogant, il n'a plus envie de jouer le rôle du gentil. À lui maintenant de prendre ce qui lui chante. Déterminé, il se dit que plus jamais personne ne se servira de lui – plus jamais il ne laissera qui que ce soit fouler aux pieds ses sentiments. Toutes les femmes ne sont-elles pas calculatrices et intéressées? Plus un homme est riche, plus il leur plaît. Toutes les femmes ont envie d'être prises en charge par un homme, et chacune a son prix. À compter de ce jour, c'est certain, jamais plus il n'accordera sa confiance aussi facilement.

D'un pas déterminé, il sort de la maison sans même se retourner, claquant la porte derrière lui. Lorsqu'il tourne une page, c'est sans appel. Cette maison ne l'intéresse plus. Posant sa main sur la poignée métallique froide de sa Bentley noire, il entend à peine le bruit familier de la serrure. Il s'installe au volant, insensible à l'odeur de cuir qui flotte à l'intérieur.

S'engageant à vive allure dans l'allée, Rafe se dirige vers le centre-ville, non loin de là, où il possède un appartement à quelques pas de ses bureaux. Heureusement, Sharron a toujours refusé de s'y installer, l'obligeant à y dormir seul les nombreux soirs où il travaillait tard. Ce spacieux duplex est à lui – et à lui seul.

Si elle avait touché ne serait-ce que la poignée de la porte d'entrée, il l'aurait aussitôt mis en vente. Plus rien dans sa vie ne doit lui rappeler Sharron. Il aimerait tant qu'on lui rende ces huit dernières années – c'est son souhait le plus cher. Or c'est impossible. Il doit donc les effacer de sa vie, à compter de ce jour.

Plus que quelques coups de fil à passer, et ce sera chose faite.

1

Trois ans plus tard

— Vous êtes beaucoup trop maigre.

Arianna Harlow tremble de tous ses membres, tandis que l'homme se déplace autour d'elle, ne cessant de faire le tour de sa chaise. Elle se sent comme un animal en cage, dans l'attente d'un prédateur. Pourquoi est-elle encore là ? Pourquoi n'a-t-elle pas répondu que ce job ne l'intéresse pas et que c'est un regrettable malentendu ?

En réalité, elle connaît parfaitement la réponse à cette question. Comment pourrait-elle oublier la situation dans laquelle elle se trouve, qui l'empêche de prendre ses jambes à son cou – si tant est qu'elle décroche le job ? Elle arrive à peine à joindre les deux bouts, et les factures s'accumulent dans sa boîte aux lettres. D'un jour à l'autre, sa mère risque d'être transférée de son centre de convalescence vers une autre unité. Ari est terrorisée. Si sa mère est envoyée dans un hôpital public, elle sera moins bien soignée. Et la jeune femme n'a plus un dollar sur son compte en banque.

Elle doit empêcher cela – elle fera tout pour que cela n'arrive pas. Arianna a déjà abandonné ses études à l'université au cours du semestre précédent. Toute sa vie a basculé à cause d'un infime instant, à cause d'une terrible erreur.

Si seulement…

Ces deux mots la hantent depuis six mois. Il y a différentes suites à cette litanie, qui commence toujours par si seulement…

Si seulement elle n'avait pas appelé sa mère ce soir-là, prise de panique.

Si seulement elle n'était pas allée à cette fête, pour commencer.

Si seulement sa mère était partie de chez elle quelques minutes plus tard.

— Vous m'écoutez? tonne la voix de Rafaëlle Palazzo, faisant sursauter Arianna sur sa chaise.

Il lui faut une fraction de seconde pour se souvenir de ses propos. Ah oui, qu'elle est trop maigre.

— Bien sûr, monsieur Palazzo. Simplement, je ne sais que répondre.

— Ouais.

La voix de l'homme lui fait l'effet d'un ronronnement qui remonte le long de ses terminaisons nerveuses. Celui qui fait les cent pas devant elle est terriblement intimidant: des cheveux noirs de jais, des yeux magnifiques, et un bon mètre quatre-vingt, du haut duquel il la domine. Face à lui, elle se sent mal habillée, trop commune. Pas à sa place dans ce bureau luxueux.

Tandis qu'il s'approche de nouveau, Arianna repense à la semaine écoulée, qui s'est révélée surprenante. Jamais on ne lui a demandé des choses aussi bizarres lors d'un recrutement.

En un mois, elle a envoyé plus de cent candidatures, et seuls trois employeurs l'ont rappelée. Le premier poste était dans une banque. Le directeur l'a contactée quelques jours après l'entretien, pour lui annoncer que le poste était pourvu. Le deuxième se trouvait dans une compagnie d'assurances, qui a jugé son expérience insuffisante.

Quant au troisième job… eh bien, elle aurait bien du mal à décrire cette procédure de recrutement. L'annonce disait simplement ceci :

Poste à plein-temps à pourvoir chez Palazzo Corporation. La candidate pourra être amenée à travailler sept jours par semaine, horaires extensibles. Elle devra être célibataire, libre de tout engagement – ni contraintes familiales, ni autres emplois à côté, ni études en cours. Salaire : 100 000 dollars par an plus frais. Prière de passer déposer le dossier de candidature en personne au siège de l'entreprise.

Tout en jugeant peu probable de décrocher le gros lot, Arianna s'est dit qu'elle n'avait rien à perdre. Aussitôt, elle avait remanié son CV, sur lequel ne figurait pas grand-chose : deux ans dans la pizzeria de son quartier, suivis de quatre ans ou presque de secrétariat à temps partiel au département d'histoire de l'université Stanford. Puis plus rien – un trou de six mois pendant lequel elle s'est occupée de sa mère et a géré les répercussions de cette nuit de cauchemar.

À quelques mois seulement de l'obtention de son diplôme, sa vie a basculé de manière irréversible, à cause d'une erreur idiote, la seule de sa vie. Comment a-t-elle pu être aussi imprudente, alors qu'elle s'apprêtait à achever ses études ? Cette nuit la hantera à jamais.

Un calepin en cuir sous le bras, abritant son CV et le formulaire de candidature, elle est entrée dans le spacieux bâtiment, puis s'est adressée au vigile dans le hall, qui l'a envoyée au secrétariat, au vingt-cinquième étage. En sortant de l'ascenseur, elle espérait déborder d'assurance. Elle a remis son CV à la secrétaire à l'accueil.

— Merci, mademoiselle Harlow. Veuillez vous asseoir, je vous prie, monsieur Kinsor va vous recevoir dans un instant.

Évidemment, il n'y a que des femmes dans la salle d'attente – pas un seul homme en vue. Fait inquiétant, toutes les candidates semblaient beaucoup plus expérimentées qu'elle, même si elle ne connaissait pas la nature du job à pourvoir. Les unes après les autres, les candidates ont été appelées dans un bureau, puis la porte s'est refermée sur elles. Environ dix minutes plus tard, elles sont ressorties, affichant des mines confiantes tout en jetant un regard à celles qui attendaient encore.

Le monde de l'entreprise est peuplé de requins et Ari ne sait pas trop si elle a envie de se jeter à l'eau.

— Mademoiselle Harlow?

— Oui, c'est moi, a-t-elle lancé, en ajustant ses grandes lunettes.

Tirant sur sa chemise deux tailles trop grande, elle s'est levée pour se diriger d'un pas assuré vers le petit homme vêtu d'un costume impeccable, qui l'a accueillie avec un sourire bienveillant.

— Par ici, je vous prie.

Elle l'a suivi dans un bureau avec un écran bleu sur le mur. Dans la pièce se trouvait une table sur laquelle étaient posés une feuille de papier et un stylo. Rien d'autre.

— Asseyez-vous, je vous en prie. Je vais vous prendre en photo.

Ari s'est interrogée sur l'intérêt de prendre une photo à ce stade du recrutement. Peut-être allait-elle servir à établir une carte d'accès ou un badge? Généralement, ces choses se font une fois le recrutement décidé. Ou bien peut-être la photo sera-t-elle transmise à la sécurité, pour s'assurer qu'elle n'est pas une criminelle? Peu importe. Elle ne va pas protester.

Elle s'est assise et a attendu le flash, consciente d'afficher un sourire peu naturel. Cependant, elle était si tendue qu'elle a eu du mal à esquisser autre chose qu'une pauvre grimace.

— Veuillez remplir ce formulaire, en indiquant vos coordonnées actuelles. Si vous franchissez la première étape du processus de recrutement, nous vous rappellerons d'ici trois à cinq jours, a expliqué Mario Kinsor, avec le même sourire gentil.

Il ne lui a pas demandé si elle avait des questions, pas plus qu'il n'a donné de précisions sur le job. En temps normal, elle se serait contentée de remplir les documents et de garder le silence, mais sa curiosité croissante l'a poussée, avec une audace qui ne lui ressemblait pas, à demander des détails sur le poste.

— Monsieur Kinsor, l'annonce dans le journal était assez floue. Pouvez-vous me dire quelle sera exactement ma mission ?

— Si vous passez à l'étape suivante, nous vous fournirons davantage de renseignements, mademoiselle Harlow. Je suis désolée, mais monsieur Palazzo ne tient pas à dévoiler trop d'informations sur ce poste qui est… confidentiel, a-t-il ajouté avec une brève hésitation.

— Je comprends, a répondu la jeune femme avec un sourire, même si elle n'a rien compris du tout.

Elle a parcouru du regard la feuille posée devant elle, ce qui a encore ajouté à sa confusion.

Quels sont vos loisirs ?

À quand remonte votre dernière relation ?

Êtes-vous disponible pour voyager ?

Très indiscrètes, ces questions ! A-t-on le droit de demander des renseignements sur la vie privée des gens lors d'entretien de recrutement? Malgré tout, elle a répondu de son mieux, avant d'arriver enfin à une question pertinente :

Quels sont vos objectifs de carrière ?

En lisant cette question, un large sourire a illuminé son visage. Avant l'accident de voiture de sa mère, avant que sa vie ne vole en éclats, elle était une étudiante brillante à l'université Stanford s'apprêtant à décrocher sa licence d'histoire. Ensuite, elle avait prévu de faire un master, puis un doctorat pour devenir professeur d'université.

Un jour…

Au fond de son cœur, elle a toujours l'espoir de retrouver sa vie d'avant – d'atteindre ses objectifs. Mais dès qu'elle y repense, la culpabilité la submerge. Sa mère aurait aimé retrouver sa vie d'avant, elle aussi. Mais jamais elle ne le pourra. Ce n'est que justice qu'Ari fasse des sacrifices. Elle doit payer pour sa faute.

Sandra a tout sacrifié pour que sa fille ne manque de rien. Elle l'a inscrite dans une école privée, puis elle s'est serré la ceinture pour faire des économies et l'envoyer dans la meilleure université. Arianna a obtenu des bourses, mais sa mère a payé logement, nourriture, et même sa voiture adorée.

Ari n'avait pas conscience de tous ces sacrifices, jusqu'au jour où sa mère a été hospitalisée. La vie l'a alors contrainte à grandir très vite. Maintenant, c'est elle qui est responsable de sa maman – et elle est en train d'échouer dans le nouveau rôle que la vie lui a assigné.

Depuis l'accident de voiture de sa mère, leurs deux vies sont placées sous le signe de l'angoisse totale et de l'incertitude.

Heureusement, la Palazzo Corporation l'a rappelée. Mais le deuxième entretien a été encore plus étrange que le premier. Elle a dû se soumettre à un test de forme physique.

On lui a demandé de courir sur un tapis pendant une demi-heure, puis on l'a chronométrée sur une course d'obstacles, avant de tester son endurance.

Pendant ses années de lycée ainsi qu'à l'université, elle a pratiqué la course à pied, par conséquent, elle s'en est bien sortie, mais à chaque étape de cet étrange recrutement, son inquiétude était allée croissant : à quel job était-elle donc en train de postuler ?

La seule réponse qu'elle a obtenue, lors du deuxième entretien, c'est qu'il s'agissait d'un poste au contenu confidentiel, auprès du P.-D.G. de l'entreprise. Allait-elle devoir esquiver des tirs d'armes à feu ? Elle a eu vent de rumeurs selon lesquelles les activités du groupe n'étaient pas toujours vues d'un bon œil à l'étranger – certains États estimant que Rafe Palazzo allait trop loin.

Ari a fait quelques recherches au sujet de cet homme : son personnel l'aime bien, car il propose des salaires élevés et d'excellents avantages. En général, ce sont plutôt ses concurrents qui disent du mal de lui, car lorsqu'il prend d'assaut un marché, dans n'importe quel secteur, il rafle tout. Elle sait donc qu'en décrochant le poste, elle aura une sécurité de l'emploi. Il est rare que les employés de la Palazzo Corporation démissionnent.

Le salaire proposé était suffisamment mirobolant pour assurer des soins de qualité à sa mère, tout en laissant à Ari de quoi vivre et faire des économies – et peut-être même reprendre ses études dans quelques années. À ce stade, elle était prête à tout, ou presque, pour être embauchée.

— Mademoiselle Harlow, si vous ne prenez pas cet entretien au sérieux, je vais vous demander de partir, décrète Rafaëlle d'un ton agacé, la ramenant en un clin d'œil à la réalité.

— Excusez-moi. Je prends cet entretien très au sérieux, répond-elle aussitôt, espérant ne pas avoir raté une question.

— Il est hors de question que je me répète encore une fois – est-ce clair?

Sans lui laisser le temps de répondre, il poursuit:

— Je vous demandais si vous étiez disponible, à n'importe quelle heure du jour et de la nuit. Il ne s'agit pas d'un travail à horaires réguliers, du lundi au vendredi. Je cherche une personne disponible sept jours par semaine, de jour comme de nuit. Il y aura des moments où je n'aurai pas besoin de vous pendant des périodes prolongées et d'autres où il faudra être présente plusieurs jours d'affilée. Le poste peut impliquer des déplacements. Il est donc indispensable que vous n'ayez pas d'autres engagements. Si cela ne vous convient pas, cet entretien s'arrêtera là.

Sentant sa gorge se nouer, Arianna s'efforce de retenir ses larmes. Pour la première fois depuis leur rencontre, elle le regarde droit dans les yeux, découvrant leur couleur inhabituelle.

Elle a déjà entendu parler de ce phénomène appelé « hétérochromie », qui donne des iris bicolores. Autour de la pupille de Rafe Palazzo, l'iris est violet sombre et devient plus clair vers l'extérieur, où il est d'un magnifique bleu nuit. Il a des yeux fascinants – mystérieux. Impossible d'en détacher son regard, même si les yeux de son interlocuteur sont en train de se plisser avec intensité.

— Je n'ai pas d'autres obligations. Je suis disponible, répond-elle en croisant mentalement les doigts.

Bien sûr qu'elle a des obligations vis-à-vis de sa mère. Mais avec ce salaire, elle n'aura plus de souci à se faire. Elle pourra lui rendre visite pendant les périodes où elle ne travaillera pas.

Et si son emploi du temps l'empêche d'aller la voir pendant un mois, elle en sera horriblement triste, mais l'essentiel est que sa mère soit entre de bonnes mains. De plus, sa mère ne souffrira pas de son absence, puisqu'elle est plongée dans le coma.

— Et qu'en est-il de votre mère ? demande l'homme, comme s'il lisait dans ses pensées.

Interloquée, elle garde le silence quelques secondes de trop, puis lâche :

— Comment savez-vous, pour ma mère ?

— Je possède toutes les informations nécessaires à votre sujet, Arianna, répond-il, avec un léger rictus au coin de la bouche.

Il a l'air d'en savoir beaucoup trop. Aussitôt, Arianna a envie de prendre ses jambes à son cou. Quelque chose ne va pas. Elle va au-devant d'ennuis, elle le sent. Son instinct lui dit qu'elle devrait bondir de sa chaise et partir en courant. Mais non. Sa loyauté vis-à-vis de sa mère l'incite à rester assise.

— Vous savez, ma mère est entre de bonnes mains. Elle n'a même pas conscience que je viens lui rendre visite. Si elle ne me voit pas pendant des périodes prolongées, cela ne lui fera rien.

Le capitaine d'industrie se remet à tourner autour de la chaise d'Ari, incitant celle-ci à bouger nerveusement. Lorsqu'elle est mal à l'aise, soit elle tape du pied, ce qui agace prodigieusement son entourage, soit elle se mordille l'ongle du pouce. Cela la démange de porter sa main à la bouche, mais au prix d'un effort surhumain, elle parvient à garder ses mains sur les genoux.

— Ça pourrait poser problème. En même temps, elle est votre seule famille. On va dire que ça va, pour le moment.

Mais qu'est-ce qu'il raconte? « On va dire que ça va »? Arianna respire profondément par le nez pour garder son calme. Elle a besoin de ce job, ne cesse-t-elle de se répéter. Serrant les poings, elle crispe sa mâchoire pour s'empêcher de donner son avis sur le traitement qu'on lui fait subir.

— Quelque chose vous contrarie, mademoiselle Harlow? demande-t-il d'une voix doucereuse, en la contournant pour la regarder de nouveau dans les yeux.

Elle a le sentiment qu'il l'analyse, qu'il la passe au scanner pour voir s'il perd son temps avec elle ou pas. C'est ainsi qu'il doit procéder en affaires, elle en est convaincue. Ce qui explique sans doute pourquoi il en est arrivé là, au sommet, contrairement à elle qui est tout en bas de l'échelle.

Certaines personnes débordent de confiance en elles, d'aptitude à commander et à conquérir. Ce type en fait partie. Elle se damnerait pour avoir ne serait-ce qu'un peu de cette attitude de conquérant et de cette confiance en soi inébranlable.

— Non, tout va très bien, monsieur, répond-elle, fière du calme et de l'assurance qui émanent de sa voix – alors que ses nerfs sont à fleur de peau.

— Vous m'intriguez, mademoiselle. Vous essayez de vous cacher derrière ces vêtements ridiculement amples et ces grosses lunettes, mais quelque chose me donne envie de découvrir ce que vous cherchez à dissimuler.

Il marque une pause, pendant laquelle elle tire de nouveau sur l'extrémité de son chemisier.

— Je n'hésite jamais lorsque j'ai une décision à prendre et j'ai décidé de vous embaucher… à l'essai. Votre caractère est susceptible de poser problème, mais je n'aime pas les gens dociles. Obéissants… oui, mais pas dociles.

Ari le regarde, ébahie. Qu'est-ce que la docilité et l'obéissance viennent faire ici?

— Vous avez signé un accord de confidentialité avant d'entrer dans ce bureau, n'est-ce pas? Ce que je vais vous dire est strictement confidentiel... et sachez que mes avocats veillent à faire respecter cet accord à la lettre. Une ancienne salariée a tenté d'en parler aux médias – un tel incident ne s'est produit qu'une seule fois. Disons simplement qu'elle a tout perdu... et que les rumeurs ont rapidement été dissipées. Je suis extrêmement dur en affaires, mademoiselle Harlow, et mieux vaut ne pas m'avoir pour ennemi, dit-il sur un ton détaché.

Ari avale sa salive sans le quitter des yeux. Il parle de la ruine d'une femme comme il mentionnerait son déjeuner de la veille. A-t-elle vraiment envie de travailler pour un homme pareil?

En même temps, a-t-elle le choix?

— Je sais très bien ce que j'ai signé, monsieur.

Tout en se redressant sur sa chaise, la jeune femme se dit qu'elle a peut-être une chance de décrocher le job. La perspective de tout perdre ne lui fait pas peur – elle n'a rien à perdre. De plus, elle sait tenir sa langue. Et puis, ce n'est pas comme si elle avait des amies à qui faire des confidences. Ses études ont toujours été sa priorité, elle n'a pas eu le temps d'entretenir des amitiés. Aucune n'a résisté à l'épreuve du temps, toutes ses copines finissant par la trouver trop studieuse.

Une fois seulement, elle a voulu faire comme toutes les autres étudiantes... le simple fait d'y repenser la fait frissonner. C'est précisément pour cela qu'elle est en train de passer cet entretien d'embauche, pour un job dont elle a peur de découvrir le contenu exact, au lieu d'être dans une salle de cours, à écouter son professeur.

Le regard perçant de Rafe Palazzo la fige. Il a affirmé qu'il ne revient jamais sur une décision. Cependant, le regard avec lequel il la jauge semble dire autre chose. Visiblement, il ne sait pas s'il a vraiment envie de la recruter.

Rapidement, elle prononce une prière, espérant qu'elle n'a pas tout fait capoter. Le conseil de sa mère, le jour où elle l'a déposée à la résidence universitaire de Stanford pour entamer sa première année d'études, lui revient en mémoire. Ce jour-là, sa mère lui a dit que les choses qui paraissent trop belles pour être vraies sont sans doute trop belles pour être vraies. Et dans ce cas, mieux vaut prendre ses jambes à son cou. Arianna se dit qu'elle serait sans doute bien inspirée de suivre ce conseil.

— Très bien, mademoiselle, je vais vous expliquer votre mission : il s'agit d'être ma maîtresse.

2

Rafe voit Arianna hausser les sourcils. Il devrait lui dire de repartir, il le sait. Cependant, à l'instant où elle est entrée dans son bureau, cette fille mystérieuse a instantanément éveillé son intérêt.

Son regard a quelque chose de fascinant. Cependant, il chasse aussitôt ce sentiment de son esprit. Il s'interdit de ressentir quoi que ce soit d'autre qu'un appétit charnel pour les femmes qui entrent dans sa vie. Certaines de ses maîtresses lui ont inspiré du respect, mais ses sentiments s'arrêtaient là. Non pas qu'il ne leur fasse pas confiance – simplement, il ne souhaite pas leur faire une place dans sa vie.

Il faut dire que ses précédentes maîtresses n'étaient pas des lumières… Elles faisaient ce qu'il leur disait, elles étaient à sa disposition, puis elles disparaissaient. À la seconde où l'une d'elles manifestait le moindre début de jalousie, il mettait un terme à leur accord. C'est mieux ainsi. Plus aucune femme ne lui mettra le grappin dessus. Ni sur lui, ni sur sa fortune.

De toute évidence, Arianna Harlow ne ressemble pas aux femmes qu'il a l'habitude de fréquenter. La première fois qu'il a vu sa photo, il ne l'a pas sélectionnée. Mais pour une raison mystérieuse, le cliché est resté sur son bureau et quelque chose dans ses jolis yeux verts l'a interpellé – même si elle s'efforce de cacher ces merveilles derrière de grosses lunettes.

Il a besoin de ces femmes dans un but bien précis – et dans ce but uniquement. Elles doivent satisfaire des besoins liés à sa libido exacerbée. Elles l'accompagnent également dans les sorties où il est supposé avoir une femme à ses côtés. En règle générale, il se moque bien de ce qu'on peut penser de lui. Cependant, il aime être accompagné et apprécie plus que tout sentir de douces courbes féminines plaquées contre son corps, durant des négociations d'affaires avec des interlocuteurs austères.

La rondeur des seins pâles d'une femme entrevus dans le décolleté d'une robe de soirée en satin sombre, des cuisses qui le narguent à chaque pas, quelques mèches de cheveux tombant en cascade sur des épaules féminines, l'invitant à venir défaire le chignon pour libérer une épaisse crinière. Ces touches de féminité lui apportent une distraction bienvenue pendant des réunions fastidieuses. Tout cela, et bien d'autres choses encore, l'incitent à avoir une maîtresse.

Il aime la proximité des femmes, il aime qu'elles assouvissent ses désirs. Oui, il aime cela plus que tout.

Depuis son divorce, il s'est rendu compte qu'il a une libido beaucoup plus développée qu'il ne le pensait. Et depuis le départ de Sharron, aucune femme ne l'a intéressé plus de trois mois – ce qui ne lui pose d'ailleurs aucun problème.

Dès que la lassitude le gagne, il trouve une nouvelle candidate pour occuper le poste. La file d'attente des femmes prêtes à assouvir ses désirs est interminable – après tout, il est Rafe Palazzo et le monde lui appartient. Toutes ces femmes, celles dont il retient la candidature et les autres, espèrent avoir avec lui une aventure pouvant déboucher sur une relation plus sérieuse. Malheureusement pour elles, cela ne se produira jamais.

Ses maîtresses ne sont rien de plus que des salariées, et c'est précisément ainsi qu'il les traite. Elles sont payées, très bien payées, elles ont quantité d'avantages et en contrepartie, elles assouvissent ses désirs. Tout le monde y trouve son compte. Pourquoi ne pas zapper l'étape de la séduction pour proposer directement de l'argent aux femmes? Puisque de toute façon, c'est ce qui les intéresse.

À l'expression d'Arianna Harlow, Rafe comprend qu'elle n'acceptera pas le poste, ce qui suscite en lui, à sa surprise, une pointe de déception. Si personne n'a encore jamais refusé un emploi qu'il proposait, il savait que cela arriverait un jour. Bizarrement, il y a des femmes que ce genre d'arrangements met mal à l'aise.

Il ne comprend pas vraiment pourquoi. Il ne souhaite même pas s'y pencher. Un contrat permet d'éliminer la part exaspérante du sexe, à savoir la phase de séduction. Pourquoi ne pas aller droit au but et dire précisément à une femme ce qu'il veut et ce qu'il attend d'elle? Cette approche simplifie considérablement les choses.

On dirait que quelque chose s'est brisé dans le regard d'Arianna, qui paraît pourtant combative – comme s'il venait de tuer son chiot adoré et qu'elle cherchait un moyen de se venger. En voyant que les yeux de la jeune femme se portent un peu partout dans la pièce sauf sur lui, Rafe ressent une pointe d'agacement. De plus, le sentiment de faiblesse qui commence à le gagner ne lui plaît pas du tout. N'est-il pas en train de parler affaires – et de rien d'autre? L'heure n'est ni à la colère, ni à l'agacement ou à tout autre sentiment. Il préfère laisser les émotions à des gens moins forts que lui.

— Écoutez, emportez ce document et lisez-le chez vous. Je vous laisse le temps d'y réfléchir, mais il me faut une réponse avant dix-sept heures demain après-midi.

Un travail considérable l'attend et il doit y retourner. Il remet une pile de documents à Arianna, puis il lui tend le bras pour l'aider à se relever. Mais elle regarde la main tendue avec méfiance, comme s'il allait la frapper. L'irritation commence à le gagner.

— Peut-être est-ce une erreur de vous proposer ce poste. Je serais sans doute bien avisé de revenir sur mon offre. Mais vous avez de la chance, j'ai décidé de ne pas le faire. J'espère que vous êtes consciente d'avoir beaucoup de chance, puisque je vous laisse le temps de la réflexion. Beaucoup de femmes seraient prêtes à tuer pour être à votre place.

Il voit qu'elle réfléchit intensément, tout en s'efforçant de cacher ce qu'elle pense. Plus vite elle sera sortie de son bureau, mieux cela vaudra pour lui. Il lui faut du temps pour réfléchir : est-elle la candidate idéale pour ce job ?

La jeune femme se fige sur sa chaise. Elle devrait dire à ce type de ne pas se gêner et de proposer ce boulot à l'une des femmes de cette file d'attente obscène, avant de prendre ses jambes à son cou. Impossible d'accepter une proposition pareille – quel que soit le salaire proposé.

Cependant, un sentiment de culpabilité la submerge aussitôt – culpabilité vis-à-vis de sa mère, perdue dans son lit d'hôpital, à qui on a volé sa vie – une vie qu'elle a toujours croquée à pleines dents, jusqu'à ce coup de fil venu la réveiller en pleine nuit.

— Merci, répond Ari en acceptant malgré elle la main tendue.

Lorsque leurs doigts se touchent, un courant électrique la parcourt, faisant frissonner sa peau et suscitant en elle une chaleur étrangement agréable.

Aussitôt, elle s'écarte, déconcertée par cette sensation inédite qu'elle tente aussitôt de réprimer. Sans un mot, elle se dirige d'un pas guindé vers la porte puis met le cap sur l'ascenseur.

Rafe Palazzo est juste derrière elle. Il ne la touche pas mais il la suit de près, tandis qu'elle s'efforce de quitter la pièce dignement. Pourquoi ne reste-t-il pas dans son bureau, au lieu d'insister pour la raccompagner? Elle commence à avoir du mal à respirer et lutte contre le besoin de prendre une grande bouffée d'air. Il n'y a aucun risque d'étouffer, elle le sait, tout se passe dans la tête. Tout cela est parfaitement ridicule.

Palazzo appelle l'ascenseur, puis attend à ses côtés. Ari regarde droit devant elle, fixant les portes en acier et comptant mentalement les secondes. Jusqu'alors, elle n'a jamais connu de tension aussi palpable. Il faut une première fois à tout. On dirait qu'en présence de cet homme, elle cumule les premières fois…

Allez, ouvre-toi, ouvre-toi, ouvre-toi, répète-t-elle dans sa tête.

La sonnerie annonçant l'arrivée de l'ascenseur retentit enfin et lui paraît beaucoup plus bruyante que d'habitude. Pour un peu, elle aurait sursauté. Sans attendre l'ouverture complète des portes, elle se précipite dans la cabine puis se jette sur la touche rez-de-chaussée, avant d'actionner celle qui commande la fermeture.

Lorsque les portes commencent à se refermer – incroyable, on dirait qu'elles mettent une éternité ! – Ari lève enfin les yeux et croise le regard de Rafe Palazzo, qui la fixe intensément. Elle tente de détourner le regard, en vain. Lorsqu'enfin, les portes se ferment complètement, elle s'appuie contre la paroi de la vaste cabine et attend d'arriver au rez-de-chaussée.

L'ascenseur effectue le trajet sans un seul arrêt. Lorsque les portes s'ouvrent au rez-de-chaussée, elle traverse rapidement le hall au sol en marbre pour rejoindre la sortie.

Ari ne ralentit pas avant d'avoir parcouru plusieurs centaines de mètres. Puis elle retrouve un pas plus lent et poursuit jusqu'à un banc sur lequel elle se laisse tomber. C'est seulement là qu'elle s'autorise, pour la première fois, à respirer profondément depuis son départ du bureau.

Elle reste assise un instant, s'efforçant de retrouver un souffle normal. L'air lui manque. Pourtant, elle se force à respirer lentement et avec régularité. Elle aurait dû lui dire : merci beaucoup pour cette proposition, mais ça ne m'intéresse pas. Elle aurait dû éclater de rire en entendant cette offre ridicule. Elle aurait dû…

Avec un petit rire désapprobateur, la jeune femme chasse ces pensées de son esprit. Réfléchir à ce qu'elle aurait dû faire est une perte de temps. Il n'y a plus de place dans sa vie pour les si seulement j'avais fait ceci ou cela.

Mais… serait-elle capable de faire une chose pareille ? Capable de se vendre ? Ce qu'il veut, en réalité, c'est faire d'elle une prostituée payée à prix d'or, non ? Au fond, cela revient à ça, comme dans une scène tirée du film *Proposition indécente*.

Ari se lève pour rejoindre le parking de la Palazzo Corporation. Difficile de dire combien de temps elle est restée plongée dans ses pensées. Elle monte les escaliers menant au troisième étage du parking, où est garée sa voiture. Elle reste installée un instant derrière le volant, immobile.

Puis elle démarre et emprunte lentement les rampes menant jusqu'à la sortie, toujours perdue dans ses pensées.

Elle a envie de rentrer chez elle pour lire ces documents – et s'assurer que décidément non, il lui est impossible d'accepter.

Une décision aussi importante demande de la réflexion. Voici quelques mois, elle n'aurait jamais cru tomber un jour aussi bas. Elle était alors vraiment naïve, préservée des dures réalités de la vie. Puis toute son innocence a volé en éclats le jour où la police était arrivée à cette soirée d'étudiants…

Dans les dernières secondes avant de perdre conscience, sa mère n'a eu qu'une préoccupation : la sécurité de sa fille. Elle a réussi à expliquer aux policiers qu'ils devaient trouver Ari – qui était en danger. Puis elle a perdu connaissance.

Ce n'était pas sa mère, mais des policiers qui étaient arrivés dans la maison où Ari attendait et qui l'avaient ensuite conduite à l'hôpital. Dans la salle d'attente, elle a patienté des heures, très vite dégrisée par l'inquiétude.

Lorsque le médecin était enfin sorti de la salle d'opération, il n'était pas porteur de bonnes nouvelles. L'état de sa mère était stable, mais elle était dans le coma. Les médecins avaient fait tout leur possible. Seul le temps dirait si elle allait s'en sortir.

Sandra Harlow avait de sérieuses contusions et les médecins avaient dû l'opérer, en perçant plusieurs trous dans son crâne. Outre les blessures à la tête, elle avait aussi deux côtes cassées, la hanche fêlée et des lacérations au visage.

En entrant dans la chambre de sa mère, Ari a failli tourner de l'œil. Ce qu'elle a vu continue à la hanter, encore aujourd'hui. Si l'équipe médicale ne lui avait pas assuré que la personne allongée dans ce lit était bien sa mère, elle ne l'aurait jamais cru. Le visage enflé, couverte de bandages, elle était méconnaissable. Posant la tête sur le lit, la jeune femme s'est mise à sangloter, en suppliant sa mère de lui pardonner.

S'efforçant de chasser de son esprit ces souvenirs douloureux, Ari se concentre sur la route. Arrivée devant son immeuble, elle descend de sa voiture et monte lentement l'escalier jusqu'à son petit studio, en traînant des pieds, tandis que son cerveau réfléchit à toute vitesse. Elle a le sentiment que les documents sont en train de brûler le fond de son sac à main.

Arrivée devant la porte, elle se bat un instant avec la serrure – quand on n'insère pas exactement la clé comme il faut à l'intérieur, elle ne tourne pas. Zut, se dit-elle, sans doute serait-il plus rapide de glisser une carte de crédit dans le montant de la porte. Elle a vu tant de films policiers qu'elle saurait entrer par effraction dans un logement. Cette idée lui arrache un sourire, au moment où la clé finit par tourner dans la serrure. En poussant la porte, elle se dit qu'elle pourrait peut-être trouver un job consistant à ouvrir des portes? Ça serait toujours moins avilissant que la prostitution.

Bien que la journée ne touche pas encore à sa fin, Ari sent les premiers signes d'épuisement la gagner. Elle s'affale dans son canapé et fixe son sac à main comme s'il renfermait un serpent attendant le moment propice pour jaillir. A-t-elle vraiment envie de découvrir le sort que Rafe Palazzo entend lui réserver?

À contrecœur, elle ouvre le sac pour en extraire les documents, tout doucement. Lorsqu'elle baisse les yeux sur les papiers, elle constate que sa vue est brouillée. Une folle envie de les froisser la saisit, mais le pragmatisme – et une pointe de curiosité – l'emporte.

Dans une semaine, elle devra payer son loyer et pour l'instant, pas la moindre offre d'emploi ne se profile à l'horizon. Toutes les options se présentant à elle doivent donc être considérées avec attention. De plus, la jeune femme sait que les conditions de vie de sa mère se dégraderont si elle manque d'argent, ce qui donne encore plus d'importance à la réponse qu'elle apportera à cette proposition.

Elle a déjà vendu la maison familiale – le lieu où elle a passé toute son enfance. Emballer les biens les plus précieux de sa mère, puis les emporter au garde-meuble a été un véritable crève-cœur. Elle a payé les frais de gardiennage à l'avance pour un an, pour écarter tout risque de perdre les objets auxquels sa mère tient tant.

Ari a déjà vendu aux enchères tous ses biens de valeur. Jusqu'ici, elle a fait tout son possible. Désormais, il lui faut trouver un emploi – et apparemment, une jeune femme qui vient d'arrêter ses études, même brillante, n'intéresse personne sur le marché du travail. Des résultats qui ne lui seront pas d'une grande utilité si elle ne reprend jamais ses études.

En définitive, elle se résigne à lire le contrat. Saisissant le document avec détermination, elle le déplie pour le survoler rapidement. Une fois sa lecture en diagonale achevée, elle est prise de nausée. Non, elle ne pourra jamais s'y résoudre – jamais de la vie.

3

Les mots imprimés noir sur blanc se mettent à tourner devant ses yeux, lui dévoilant une facette de la vie dont elle n'a jamais soupçonné l'existence. Son corps sera la propriété de Rafe Palazzo? Il pourra faire d'elle ce que bon lui semble – de jour comme de nuit? Il n'en est pas question. D'ailleurs, cela aggraverait encore sa situation, car elle serait incapable de respecter les règles stupides fixées par Rafe Palazzo, qui entamerait des poursuites. Mais pourrait-il vraiment le faire? Si elle décidait de ne pas lui apporter satisfaction, aurait-il vraiment la possibilité de la traîner devant les tribunaux?

Lentement, elle relit le document, ce qui la rassure quelque peu. Non. Ce n'est pas ce que dit le texte. Il pourra la poursuivre uniquement si elle ne respecte pas la clause de confidentialité.

Et puis, qu'entend-il par l'expression « à son insu »? Si elle fait quelque chose à son insu, comment pourrait-on le lui reprocher? En relisant le document, elle comprend le sens de cette clause: si elle laisse traîner des informations le concernant et si celles-ci tombent entre les mains d'un tiers qui décide de les dévoiler, alors elle sera en tort.

De toute façon, elle n'a pas l'intention de devenir son employée, ni sa maîtresse, ni quoi que ce soit d'autre, quel que soit l'intitulé de ce poste immonde. Il n'y a donc aucun risque que quelqu'un découvre ces fichus papiers. Ari se dirige vers sa gazinière, allume un brûleur et approche les documents de la flamme. Ravie, elle regarde les papiers s'enflammer.

Elle les tient quelques secondes à bout de bras, puis les lâche au-dessus de l'évier, où cette horreur achève de se consumer.

En faisant couler de l'eau sur les cendres pour les faire disparaître, elle sent ses épaules se détendre légèrement. Maintenant, elle peut tourner la page et aller de l'avant. Heureusement qu'elle n'a pas les moyens d'installer des détecteurs d'incendie chez elle, car son petit geste de défi les aurait déclenchés !

Ouvrant la fenêtre avant d'étouffer, Ari saisit les journaux de la semaine, empilés sur sa table, et effectue de grands mouvements pour évacuer la fumée. Tout en regardant les volutes s'élever dans le ciel, elle se dit qu'elle vient de renoncer à la possibilité de gagner cent mille dollars par an. Désormais, tout espoir de s'occuper dignement de sa mère est réduit à néant.

Cessant de faire de grands gestes avec les journaux, la jeune femme les déplie sur la table, en passant son pouce sur le pli pour les aplatir. Elle décide de relire les petites annonces. Il y a forcément quelque chose qu'elle a raté. Il doit bien y avoir un travail pour elle, quelque part – impossible qu'il en soit autrement. Sans doute ne se démène-t-elle pas assez pour le dénicher.

Trois heures et 25 coups de fil plus tard, Arianna se laisse tomber dans son canapé, submergée par l'envie de pleurer. Au début, ce ne sont que quelques larmes qui coulent, formant rapidement un véritable torrent qui inonde ses joues et qui dégouline sur son menton.

Il n'y a plus d'espoir.

Que va-t-elle bien pouvoir faire?

Après une demi-heure au fond du gouffre, elle vient d'essuyer les dernières larmes lorsque son téléphone sonne. Elle regarde autour d'elle à la recherche de l'appareil, comme si on venait de lui lancer un filin au beau milieu d'un océan peuplé de requins tournant autour d'elle et s'approchant de plus en plus près.

— Allo? dit Ari d'une voix pleine d'espoir.

C'est sûrement quelqu'un qui a reçu l'une des centaines de lettres de candidature qu'elle a envoyées, quelqu'un qui va lui annoncer que l'entreprise a besoin qu'elle commence tout de suite. C'est soit un employeur, soit l'un de ses nombreux créanciers réclamant de l'argent qu'elle n'a pas.

— J'aimerais parler à mademoiselle Harlow, s'il vous plaît.

— C'est moi-même.

C'est un employeur qui a reçu un dossier de candidature, se dit-elle en s'efforçant de positiver.

— Ici le centre de soins de Clover. Votre mère vient d'être transférée à l'hôpital général de San Francisco. Pouvez-vous vous y rendre tout de suite?

— Est-ce que ma mère va bien?

— Mademoiselle, mieux vaudrait vous rendre sur place le plus rapidement possible. Le personnel soignant répondra à toutes vos questions.

Ari se laisse tomber sur sa chaise, en s'efforçant de respirer calmement. Il y a un problème avec sa mère. Égoïstement, elle se dit qu'elle préférerait ne pas savoir. Après la journée qu'elle vient de passer, elle ne supportera pas d'apprendre des mauvaises nouvelles.

— Oui, bien sûr, répond-elle automatiquement avant de raccrocher.

D'un air abattu, elle prend son sac et quitte l'appartement. Sa mère lui a toujours répété de ne pas remettre au lendemain ce qu'on peut faire le jour même. C'est une idée que prônait aussi Benjamin Franklin, l'un de ses héros. Ce proverbe s'applique dans toutes les situations, bonnes ou mauvaises. Même face à des nouvelles terribles, mieux vaut affronter la réalité sans tarder.

Trente minutes de route la séparent de l'hôpital. Va-t-on lui annoncer que sa mère a jeté l'éponge et qu'elle vient de mourir? Elle le sait, le centre de soins a prévu de la transférer dans un établissement public. Si c'est le cas, elle ne recevra jamais les soins nécessaires. Ari ne sait plus où elle en est. Et elle se demande si elle sera capable d'affronter ce qu'on va lui annoncer.

En descendant de sa voiture, Ari entend des voix scander des paroles. Que se passe-t-il? En approchant de l'entrée de l'hôpital, elle découvre une foule de manifestants. Pour pénétrer dans le bâtiment, elle doit traverser le groupe. L'appréhension la saisit en constatant que les manifestants agitent leurs pancartes avec colère.

— Ne cautionnez pas cet hôpital avide de profit. Allez ailleurs! crient les manifestants, alors qu'elle approche de l'entrée.

Baissant la tête, elle se fraie un passage entre eux. Quelqu'un l'agrippe par le bras. Elle n'ose lever les yeux, craignant de se faire agresser si elle croise un regard. « Traîtresse! », tel est le dernier mot qu'elle entend avant de pénétrer dans le hall de l'hôpital.

— Mademoiselle, merci d'être venue aussi rapidement. Désolée pour cette pagaille à l'entrée. Nous avons subi des restrictions budgétaires et des employés licenciés sont furieux. Navrée de vous imposer cette épreuve, mais l'état de votre mère a évolué et nous voulions vous voir rapidement. Elle est sortie du coma.

Ari met quelques secondes à comprendre. Sa mère est réveillée ! Elle sent que tout devient noir devant ses yeux tandis qu'elle fixe, en état de choc, la femme devant elle. Surtout, ne pas perdre connaissance. Au prix d'un effort surhumain, elle réussit à se maîtriser. Elle croira ce qu'on vient de lui annoncer une fois qu'elle aura vu sa mère. Plus que tout, Ari veut entendre cette voix tant aimée. Personne ne réussit à la réconforter aussi bien que sa mère – elle a besoin de cette femme qui a toujours été là pour elle, dans les bons moments comme dans les mauvais.

Soudain, Ari comprend pourquoi elle est à ce point anéantie. Elle s'est efforcée de traverser toutes ces épreuves sans avoir sa mère à ses côtés. Jamais elle n'a réalisé, jusqu'à présent, combien elle s'est toujours appuyée sur elle.

— S'il vous plaît, où est-elle ? demande Ari, le souffle coupé, parvenant à peine à articuler.

— Suivez-moi, je vous prie.

L'infirmière l'entraîne dans un dédale de couloirs, pour la conduire jusqu'à l'unité de soins intensifs. Devant la chambre de sa mère, Ari est soudain saisie de terreur à l'idée d'ouvrir la porte. Une idée lui traverse l'esprit : et si, en entrant dans la chambre, elle découvrait que tout ce cauchemar n'est qu'une plaisanterie cruelle ? Elle devrait affronter de nouveau la douleur de perdre l'être le plus cher au monde.

— Si vous voulez, prenez un moment avant d'entrer dans la chambre, suggère l'infirmière, qui doit avoir l'habitude de ce maelström d'émotions.

Après une inspiration profonde, Ari ouvre la porte et entre dans la chambre, où elle découvre sa mère assise dans son lit. Elle paraît toute frêle, mais ses jolis yeux verts sont ouverts. La jeune femme cligne des yeux pour s'assurer qu'il ne s'agit pas d'une hallucination.

— Maman?

— Ma chérie! Viens t'asseoir ici, à côté de moi, répond sa mère d'une voix faible, un petit sourire illuminant son visage pâle.

Ari ne se le fait pas dire deux fois. Se précipitant au bord du lit, elle se penche en avant pour sentir les bras tièdes de sa mère qui la serrent de nouveau. Quel bonheur de la tenir enfin contre elle! Elle se met à pleurer malgré elle.

— Tu m'as tellement manqué, maman. Si tu savais comme je regrette de t'avoir appelée cette nuit-là. Je suis désolée que tu aies eu cet accident,

— Oh, ne te fais pas de reproches. Des choses terribles arrivent parfois. Ce qui s'est passé n'est pas de ta faute.

— Mais si. Si seulement je n'étais pas allée à cette maudite fête et si je n'avais pas trop bu… Si je ne t'avais pas appelée, tu ne serais pas sortie de la maison, sanglote Ari.

— Les médecins m'ont appris que je suis restée six mois dans le coma. Cela fait donc longtemps que tu portes cette culpabilité. Quoi qu'il m'arrive, je veux que tu vives pleinement ta vie, ma fille. Ce qui est arrivé n'est absolument pas de ta faute.

— Évidemment, tu ne vas pas dire le contraire, maman. C'est le discours prévu dans le manuel de la mère parfaite. Seulement voilà: je n'ai plus 15 ans, j'en ai 23. J'aurais dû me montrer plus responsable.

— Peu importe ton âge, tu seras toujours ma petite fille. Ce qui m'aurait rendue folle, c'est que tu aies des problèmes et que tu ne m'appelles pas. Ce soir-là, je m'inquiétais pour toi, tout en étant contente de savoir que tu t'amusais. Il faut s'octroyer le droit à l'erreur de temps en temps, faire des choses qui ne sont pas prévues dans les moindres détails. Bref, il faut vivre.

— Mais je ne sais pas comment m'y prendre, souffle Ari, en se demandant si la personne à qui elle parle est bien sa mère.

— Oh, ma chérie, tu as toujours fait ce qu'il fallait. Parfois, les pires erreurs donnent d'excellents résultats. On ne sait pas pourquoi les choses arrivent. Il ne faut pas t'en vouloir. C'est peut-être cet accident qui va me sauver la vie. Peut-être que si j'avais été chez moi la semaine suivante, un cambrioleur serait entré dans la maison et m'aurait abattue. Ou peut-être que je serais partie faire des courses, qu'un enfant aurait déboulé devant ma voiture, et que je l'aurais renversé? On ne peut pas se rendre malade au sujet de ce qui est arrivé. Soyons reconnaissantes que cela n'ait pas été pire.

— Maman, j'ai tellement eu besoin de toi ces derniers mois. Personne n'arrive à me réconforter comme tu le fais. Je t'en supplie, ne me laisse pas. Quoi qu'il en coûte, ne pars pas. Je t'aime, maman.

Ari se blottit dans les bras frêles de sa mère, faisant le vœu de ne jamais la quitter. Toutes les épreuves seront supportables, tant qu'elle aura sa mère à ses côtés.

— Mademoiselle Harlow, pourrais-je vous parler une minute?

Un médecin se tient dans l'encadrement de la porte. En découvrant sa mine grave, Ari sent son estomac se nouer. A priori, ils s'apprêtent à avoir une conversation désagréable. Un regard en direction de sa mère lui donne le courage nécessaire. Rien n'est insurmontable, tant qu'elles sont là l'une pour l'autre.

— Je reviens tout de suite, maman.

— Prends ton temps, ma chérie. Cela fait un bout de temps que je suis réveillée et ces médicaments contre la douleur me fatiguent. Je vais faire une petite sieste.

En sortant de la chambre, Ari est submergée par l'angoisse à la perspective de voir sa mère s'endormir. Oh non… Et si une fois de plus, elle ne se réveillait pas pendant six mois? Il va lui falloir de longs mois, voire des années avant de rester sereine en voyant sa mère s'endormir. Elle ne peut pas vivre ainsi, elle le sait, mais allez expliquer ça à son cœur, irrationnel.

Ari, qui n'a guère le choix, suit le médecin dans le couloir qui la mène à une petite salle de réunion. Là, plusieurs messieurs en costume les attendent, installés autour d'une table. Voilà qui ne présage rien de bon.

— Merci d'être venue, mademoiselle. Nous sommes contents d'avoir accueilli votre mère chez nous, après sa sortie du coma. Comment vous sentez-vous? Nous le savons, ces tragédies sont souvent aussi difficiles à vivre pour les proches que pour les patients eux-mêmes.

— J'ai essayé de faire au mieux, répond prudemment Ari, souhaitant de tout cœur voir l'homme en venir aux faits.

Elle n'a pas la moindre envie de parler de la pluie et du beau temps. Il faut qu'elle aille retrouver sa mère.

— J'en suis désolé. J'aurais aimé pouvoir remettre cette discussion à plus tard, mais l'état de santé de votre mère ne nous laisse guère de temps.

— Une discussion à quel sujet?

— Les scanners ont révélé que votre mère a un cancer de l'utérus, de stade IV. Je suis désolée de vous annoncer la nouvelle ainsi, mais il faut l'opérer au plus vite. En réalité, ses chances de survie ne sont pas bonnes. Elles sont inférieures à dix pour cent, même avec un traitement agressif.

Le médecin marque une pause pour laisser à Ari le temps d'assimiler la nouvelle. Que sont-ils en train de lui dire ? Qu'il faut opérer, ou pas ? Elle a l'impression qu'on vient de lui annoncer qu'elle allait perdre sa mère. C'est pour cela que l'espoir lui faisait si peur.

— Nous avons souhaité vous rencontrer car la mutuelle de votre mère ne prend pas en charge cette opération, très coûteuse. Dans la mesure où il ne s'agit pas d'une intervention d'urgence, il est impossible de fixer la date avant que le financement soit assuré. Nous allons vous aider à réunir les fonds nécessaires, à remplir les demandes de prêts et d'aide, etc. Nous serons à vos côtés pour vous aider, mais il nous faut l'argent avant d'opérer.

Ari a le sentiment que le sol se dérobe sous ses pieds. En réalité, tout n'est qu'une question d'argent – de l'argent qu'elle n'a pas. Les hommes continuent à parler, mais elle ne les entend plus. Elle a l'impression de sombrer au fond d'un trou obscur en spirale. La seule issue, semble-t-il, est d'accepter ce job qui ferait d'elle la maîtresse de Rafe Palazzo…

4

— Avez-vous pris votre décision, mademoiselle Harlow?

Rafe avait dit qu'il lui laisserait jusqu'au lendemain pour faire son choix. Visiblement, il n'a pas l'intention de lui accorder un délai supplémentaire. De toute façon, elle se sent si coupable vis-à-vis de sa mère qu'elle ne peut se permettre d'attendre.

— Oui, j'accepte… votre proposition, répond Ari en murmurant presque dans le combiné. En rentrant chez elle, elle a à peine eu le temps de s'asseoir que son téléphone a sonné. Au bout du fil, c'était Rafaëlle Palazzo.

— Vous m'en voyez ravi. Je vais envoyer une voiture vous chercher, afin de nous permettre de mettre au point les derniers détails, dit-il avant de raccrocher.

Il ne lui a pas laissé le temps de décliner sa proposition ni de répondre qu'elle avait prévu autre chose. Ari fixe son téléphone, puis raccroche lentement. En acceptant, elle savait pourtant ce qu'elle faisait. Une fois le contrat signé, c'est ainsi que les choses se passeront, systématiquement. Il donnera une consigne et elle devra obtempérer, quoi qu'il ait demandé.

Certes, il lui a assuré qu'il ne la battra pas et qu'il ne lui demandera rien d'illégal – comme si cela pouvait suffire à la rassurer. Elle sera anéantie, mais cela n'a aucune importance aux yeux de Rafe.

Le visage tout pâle de sa mère lui vient soudain à l'esprit, et Ari se dit qu'elle va y arriver. Elle ne prend pas la peine de se changer, préférant garder son jean baggy et son T-shirt ample. S'il n'aime pas son look, il pourra toujours revenir sur son offre. Ainsi au moins, elle ne sentira pas coupable d'avoir refusé ce job. Et elle n'aura rien à se reprocher. Au moment où elle commence à paniquer et à se demander s'il ne serait pas préférable d'enfiler une robe et des chaussures à talons – elle a désespérément besoin de ce job ! – la sonnerie de sa porte d'entrée retentit.

Soudain, elle se souvient qu'elle n'a pas mentionné son adresse sur son CV, se contentant d'indiquer une boîte postale. Qu'il sache où elle vit ne la surprend pas, cependant. À l'heure qu'il est, il a sans doute déjà fait réaliser une enquête approfondie à son sujet. Rafe Palazzo n'a pas l'air d'être du genre à se lancer dans quoi que ce soit à l'improviste. Il en sait certainement plus long sur elle qu'elle-même.

Derrière la porte, elle découvre Mario Kinsor, l'homme qui a réalisé le premier entretien de recrutement. Habillé impeccablement, il se tient devant elle, avec le même sourire bienveillant que la dernière fois.

— Ravi de vous revoir, mademoiselle. Si vous êtes prête, nous pouvons y aller. La voiture vous attend.

Ari se dit qu'il sait forcément ce que recouvre ce poste. Elle rougit avant de le suivre dans l'escalier pour rejoindre la Bentley noire garée en bas, totalement incongrue dans son quartier mal famé. Il doit se dire qu'elle est une pauvre fille – ou une femme vénale. À cette idée, elle est mortifiée.

Il lui ouvre la portière et elle s'engouffre dans le véhicule, sans oser croiser son regard. Va-t-elle pouvoir faire une chose pareille ? C'est totalement humiliant. Les nombreux employés de M. Palazzo doivent savoir qu'il recrute ses maîtresses.

Jamais elle ne pourra regarder aucun d'eux dans les yeux. Ses partenaires en affaires sont-ils au courant, eux aussi, de ses pratiques?

Devra-t-elle être horriblement gênée, chaque fois qu'elle sera à ses côtés dans un contexte professionnel? Sera-t-elle la risée de tous?

Et une fois qu'il l'aura renvoyée? Elle sera à jamais marquée de son empreinte humiliante. Même si elle parvient à reprendre ses études et à devenir professeur d'université, cela pourrait se savoir. Elle devra cacher que par le passé, elle a été call-girl de luxe. Cette humiliation la poursuivra jusqu'à la fin de ses jours. Mais avec sa mère en train de mourir, a-t-elle le choix?

Elle s'est démenée pour réussir sa vie. Toujours première de sa classe, elle était une élève studieuse, qui ne sortait pas avec des garçons et qui ne faisait pas la fête, contrairement à tant de lycéens et d'étudiants. Après avoir travaillé d'arrache-pied pour pouvoir être fière de sa vie, elle en est réduite à devenir la maîtresse d'un inconnu.

Elle n'a jamais compris les gens qui manquent d'ambition. Ses idées reçues à leur sujet l'empêchaient de leur trouver des circonstances atténuantes ou de comprendre que la vie est parfois compliquée. Pour elle, les victimes étaient des gens qui autorisent autrui à profiter d'eux. Désormais, Ari commence à comprendre que tout n'est pas aussi simple qu'elle l'a toujours cru, depuis sa vie privilégiée.

Si cette décision peut permettre à sa mère de bénéficier des soins nécessaires et de se rétablir, eh bien le jeu en vaut la chandelle – et tant pis si elle ne pourra plus jamais se regarder dans une glace. Elle commence à comprendre pourquoi les gens désespérés font parfois des choses choquantes.

— Nous sommes arrivés, annonce Kinsor, l'arrachant à ses réflexions.

— Merci, murmure Arianna en descendant de la voiture, avant de regarder la devanture de l'élégant restaurant.

L'estomac noué, elle suit son chauffeur jusqu'à un salon privé.

Installé à une table superbement dressée, Rafe est extrêmement séduisant dans son costume Armani noir, avec sa cravate rouge vif. Lorsqu'elle entre dans la pièce, il se lève pour l'accompagner à sa chaise. Être la maîtresse de cet homme ne sera peut-être pas si désagréable, en fin de compte, essaie-t-elle de se rassurer. De toute façon, elle n'a aucune envie d'être en couple pour le moment. Peut-être pourrait-elle se persuader que faire l'amour avec lui sera un genre d'entraînement?

— Asseyez-vous, Arianna, je vous en prie. Je me suis permis de commander sans vous attendre.

— Merci beaucoup.

En entendant le son de sa voix, toute timide, l'irritation l'emporte sur la panique. Elle ne se reconnaît plus. Est-elle vraiment tombée aussi bas? Elle a commis une erreur – une seule! Jusqu'à cette fameuse soirée, elle a toujours été la fille idéale, la première de sa classe, sage et raisonnable. Elle n'a jamais fait le mur, elle n'a pas consommé de drogue, elle n'est pas tombée enceinte, comme tant d'autres. Même à l'université, son comportement a été exemplaire: ses études passaient avant tout, elle allait rendre visite à sa mère régulièrement et elle restait fidèle au cap qu'elle s'était fixé à l'âge de treize ans.

Sa mère ne supporterait pas ce qu'elle est en train de faire – ne supporterait pas de voir sa fille chuter au premier obstacle.

— Est-ce que vous avez lu tous les documents? Et avez-vous bien compris ce que recouvre le poste? Si c'est le cas, vous pourrez passer à la DRH pour remplir tous les papiers nécessaires, afin de commencer immédiatement.

Ari s'efforce d'ouvrir la bouche pour dire qu'elle est d'accord. Il lui suffirait de répondre qu'elle a compris et qu'elle peut commencer son nouveau job tout de suite. Ils pourraient ensuite discuter des détails pratiques autour d'un bon repas.

— Non.

Arianna n'arrive pas à croire qu'elle a prononcé ce mot. En état de choc, elle se lève et le fixe, immobile. Elle avait prévu d'accepter cette proposition et de s'offrir à cet homme sur un plateau. Elle n'en revient pas : elle a décliné l'offre qui aurait permis, à sa mère et à elle, d'échapper à leur situation désespérée !

Pétrifiée, elle regarde la mine stupéfaite de Rafe Palazzo. Celui-ci est ébahi, comme s'il n'avait jamais entendu le mot non. Un silence pesant plane dans la pièce, jusqu'à ce qu'un serveur entre et dispose les plats sur la table, avant de s'éclipser.

— Au téléphone, vous avez dit que vous étiez d'accord. Je croyais que les choses étaient entendues, répond Rafe avec calme.

Prenant son verre, il boit lentement une gorgée de vin rouge, tandis qu'elle reste debout en face de lui. Ari finit par tourner la tête, cherchant du regard l'assistant qui reste invisible. Elle va devoir trouver une solution pour rentrer chez elle. Le trajet est trop long pour être parcouru à pied.

Elle regarde Rafe avaler sa gorgée de vin et observe la gorge qui se serre lorsque le liquide descend lentement. En l'observant comme à travers les yeux d'une autre, elle remarque de nouveau combien il est séduisant et sûr de lui. Pourquoi un homme comme lui a-t-il besoin de se payer des maîtresses ? Il l'a dit lui-même dans son bureau : des dizaines de femmes seraient prêtes à tout pour sortir en sa compagnie.

Il savait certainement qu'elle n'accepterait jamais sa proposition, avant même qu'elle la décline, alors à quoi bon tout cela ? Cela serait plus facile à comprendre s'il était un insupportable tyran, moche et méchant. Mais avec son teint mat, sa charmante pointe d'accent italien et cette incroyable assurance, il n'a pas besoin de cela. Dans un contexte différent, dans un monde différent, peut-être même aurait-elle été déçue de ne pas sortir avec lui.

Bien sûr, il ne cherche pas une petite amie – il n'a pas envie d'une relation de couple. Ce qu'il veut, c'est une femme qui lui obéisse au doigt et à l'œil, qui soit à sa disposition pour lui faire un tas de choses cochonnes tordues. Hors de question qu'elle soit cette femme-là.

Tandis que leur face-à-face se poursuit, Ari sent que ses genoux commencent à flancher et se laisse lentement tomber sur sa chaise. Les yeux de Rafe rivés aux siens, elle respire profondément et saisit le verre placé devant elle. Elle prend une gorgée de vin rouge, histoire de s'accorder une seconde de réflexion. Pour une raison qui lui échappe, elle ressent le besoin de se justifier.

— Voyez-vous, je pensais en être capable – de vendre mon corps pour sauver ma mère. Eh bien, je me suis trompée. J'avais prévu de dire oui, d'accepter le poste et de me faire une raison. Je n'avais pas la moindre idée que j'allais refuser, jusqu'à ce que ce « non » sorte de ma bouche. Ma situation actuelle est vraiment désespérée, mais j'imagine qu'il me reste encore un peu de fierté.

Elle ne cherchait pas à l'insulter, mais manifestement, il a mal pris ses paroles. Rafe est le genre d'homme qu'il vaut mieux éviter de contrarier lorsqu'on se trouve au bord du gouffre.

Soudain, elle se dit que tout lui est égal. Grisée, elle sent disparaître la peur qui lui serre le ventre depuis longtemps. Elle prend une nouvelle gorgée de vin et le regarde droit dans les yeux. Il peut avoir tout l'argent du monde, même être plus puissant que le Président des États-Unis, il n'en reste pas moins un homme, tout simplement. Et il ne peut l'obliger à faire quoi que ce soit – quelle que soit sa puissance.

Dans d'autres pays, il aurait peut-être pu la fusiller sur place sans être inquiété. Mais ils sont aux États-Unis, le pays de la Liberté, et elle y est en sécurité. Le sentiment d'avoir le choix lui redonne de l'espoir. Elle a pris la bonne décision.

Hors de question qu'elle renie ce qu'elle est. Elle n'a jamais envisagé, ne serait-ce qu'une fraction de seconde, de sortir avec un homme aussi séduisant et aussi raffiné que Rafe – jamais, de toute sa vie. Elle pensait épouser un comptable ou un pompier, avec qui elle vivrait dans une petite maison, avec un bout de jardin et une pelouse à tondre. Ils auraient deux enfants qui joueraient avec leur chiot dans une pataugeoire. Non, elle n'est pas une femme qui a envie de se livrer à des jeux tordus avec un richissime homme d'affaires mondain et désabusé.

Finissant son verre de vin, elle constate avec soulagement que ses genoux ne tremblent plus. Elle se relève, estimant qu'il est temps de partir. À quoi bon poursuivre cette discussion? Elle a refusé le poste et elle ne lui doit aucune explication. Tendant la main pour attraper son sac, elle sent que Rafe lui saisit le bras.

— Cette conversation n'est pas terminée, Ari. J'ai appris que chaque femme a son prix et je vais trouver le vôtre, simple question de temps.

La puissance brute de sa voix et la maîtrise de son mouvement provoquent un frisson qui remonte le long du dos d'Ari.

Dans quoi a-t-elle mis le doigt en se rendant à cet entretien? Mieux aurait valu ne jamais tomber sur cette annonce.

Ce type malheureux et désabusé pense tout savoir sur tout. Or il lui reste bien des choses à apprendre. Non, toutes les femmes ne sont pas à vendre. Elle a cru pouvoir accepter ce job, mais elle a une plus haute opinion d'elle-même qu'elle ne le pensait. Il peut croire ce qu'il veut. Elle, en tout cas, n'est pas à vendre – quel que soit le montant proposé.

5

Surpris, Rafe regarde la main qu'il vient de poser sur le bras mince d'Ari. Il a perdu son calme légendaire et il ne veut pas qu'elle s'en aille. Le plus surprenant, c'est que tout cela lui plaît. Entendre la jeune femme qui l'intrigue décliner son offre lui paraît extrêmement excitant.

Il le sait : il devrait lui souhaiter une bonne journée, terminer son déjeuner en silence et rentrer chez lui. Son assistante appellerait la candidate suivante sur la liste. C'était très simple et très facile. Alors, pourquoi sa main retient-elle le bras d'Ari ? Pourquoi ne s'est-il pas contenté de la laisser partir ? Sans doute est-ce parce qu'il n'a pas souvenir de la dernière fois où on lui a tenu tête – ni une femme, ni un homme d'ailleurs. Tout le monde s'incline devant lui.

Jusqu'à cet instant précis, il ne s'est jamais rendu compte à quel point tout cela l'ennuyait.

Il a le sentiment d'avoir tout accompli, se contentant désormais d'enchaîner les réussites avec un minimum d'efforts. Si le simple fait qu'une femme se refuse à lui suscite plus d'exaltation qu'une énième fusion d'entreprise à plusieurs milliards de dollars, c'est qu'il a vraiment besoin de nouveaux défis…

En même temps, il n'y a pas grand-chose à faire si elle refuse son offre. Jamais il ne forcera une femme et il n'a pas la moindre envie de prendre le temps de faire la cour à qui que ce soit.

Cependant, avec Arianna Harlow, les choses ne sont pas aussi simples. Il se verrait bien la jeter sur son épaule, l'emporter dans sa voiture et la ramener chez lui pour l'attacher au lit avant de la prendre jusqu'au petit matin.

À cette idée, un sourire vorace illumine lentement son visage. Que ne donnerait-il pas pour être un pirate, en cet instant précis? Cependant, Rafe se dit qu'une nuit ne suffirait pas à étancher son désir – pas avec elle. Peut-être trop de temps s'est-il écoulé depuis sa dernière maîtresse? L'attirance qu'exerce Arianna sur lui n'est sans doute que de la frustration sexuelle.

— Assise, ordonne-t-il, constatant qu'elle sursaute en entendant le ton glacial de sa voix. Parfait. Elle ne sait pas qui il est vraiment. Tout cela n'est qu'un jeu pour lui, rien de plus – un jeu auquel il ne peut perdre. L'échec n'est pas inscrit dans son ADN.

Il voit diverses émotions se succéder sur le visage de la jeune femme qui fixe sa main. Il sent un frisson parcourir son corps, il sait qu'il ne la laisse pas indifférente. Peut-être n'apprécie-t-elle pas les règles de ce jeu, mais elle le désire. Qu'est-il prêt à faire pour qu'elle l'admette enfin?

Rien du tout!

Il ne va certainement pas lui courir après. Non. Il va se contenter de terminer son repas. Du moins, c'est ce qu'il se dit. Tout cela n'est qu'un jeu, qu'il doit gagner. Ce n'est pas comme s'il avait vraiment envie de sortir avec elle.

— J'imagine qu'un repas offert, ça ne peut pas faire de mal, déclare-t-elle pour briser le silence.

Puis elle tire sur son bras, pour lui faire remarquer qu'il la tient toujours. Il la lâche, observant la légère marque rouge que ses doigts ont laissée sur sa peau d'ivoire, si douce. Cela le fait frémir et un désir commence à poindre dans le bas de son ventre. Habituellement, il en faut un peu plus que la trace de ses doigts sur le bras d'une femme pour accélérer le battement de son pouls.

À chaque minute qui passe, elle l'intrigue davantage, sans qu'il puisse s'expliquer pourquoi. Certes, elle est belle, mais les jolies femmes ne manquent pas dans son monde. Des créatures sublimes, il en croise tous les jours.

Assise en face de lui, Ari, toujours méfiante, saisit sa cuillère avec laquelle elle se met à jouer, tout en regardant sa soupe. Elle a l'air exquise, mais…

Le serveur réapparaît, apportant le plat principal – des sushis, préparés comme autant d'œuvres d'art. Rafe réprime un sourire en voyant Ari froncer le nez devant les bouchées de riz, de poisson cru et d'algues.

— Euh, non merci, dit-elle au serveur qui, perdu, regarde en direction de Rafe, comme s'il n'avait pas moindre idée de ce qu'il convient de faire.

C'est sans aucun doute la première fois que ce jeune homme voit refuser un plat dans ce restaurant gastronomique.

— C'est parfait, laissez ça ici, lance Rafe au serveur qui quitte la pièce. Ne refusez pas avant d'avoir essayé ! Ce plat est une spécialité rare qui, dit-on, éveillerait le désir féminin. Vous avez déjà entendu parler du fugu ?

Voyant qu'elle secoue la tête, il poursuit :

— Le fugu est aussi appelé poisson-globe ou poisson-ballon. Si le chef commet la moindre erreur dans sa préparation… ce plat devient mortel, ce qui le rend extrêmement excitant à déguster.

— Et pourquoi irais-je goûter ce plat, si ça risque de me tuer? demande-t-elle, exaspérée, en le fusillant du regard comme s'il avait perdu la tête.

Il glisse un morceau dans sa bouche, savourant la subtile explosion de saveurs sur sa langue. Il a l'habitude de la grande cuisine, mais la peur dans les yeux d'Ari, en le voyant avaler le sushi, donne une dimension presque érotique à cette dégustation.

— Nous sommes tous en quête de sensations fortes, Ari. Seuls quelques très rares chefs parviennent à laisser une infime trace de ce poison mortel sur le poisson, qui provoque un picotement sur les lèvres et la langue. Assez pour éveiller les sens, mais pas assez pour vous tuer. C'est cette part d'excitation qui attire les gens, qui leur donne envie d'essayer et de tenter le destin…

À chacun de ses mots, il voit les sourcils d'Ari se lever un peu plus et ses lèvres former une moue de plus en plus marquée. Observer son visage, si expressif, est un vrai bonheur. S'il est presque blasé par moments, il doit reconnaître que la jeune femme, d'apparence si innocente, le fascine. Il aime la manière dont elle porte ses sentiments à fleur de peau, ce qui permet de lire dans ses pensées.

De nouveau, elle refuse:

— Ne pas vivre dangereusement me va très bien. Je préfère me passer de picotements et être sûre de ne pas mourir.

Rafe déteste qu'on lui refuse quoi que ce soit. Et là, les refus se succèdent… Vraiment, il devrait mettre fin à ce petit jeu et s'en aller. Pourtant, il n'a pas envie de se déclarer vaincu. Pourquoi? Peut-être à cause de cet éclat dans les yeux de la jeune femme, de la manière dont elle a frissonné lorsqu'il a saisi son bras, ou bien tout simplement parce qu'il a envie de la soumettre.

Il ignore la réponse à cette question, mais pour une obscure raison, il n'est pas prêt à la laisser partir. Ce petit jeu ne doit pas s'arrêter là. Pas avant qu'elle se soit soumise. Une fois qu'elle aura accepté de se plier à ses volontés, elle l'ennuiera, comme toutes les autres.

— Je ne renonce jamais, Ari. Les choses seraient beaucoup plus simples si vous acceptiez de goûter. Vous l'avez vu, j'en ai mangé et je suis toujours en vie.

L'expression sur le visage d'Ari semble indiquer que ça n'est pas forcément une bonne chose à ses yeux. Il réprime avec difficulté une envie de rire.

À l'aide d'une cuillère, il verse un peu de sauce sur la spécialité, puis il prend une petite bouchée sur une fourchette qu'il lui tend.

— La sauce met en valeur le parfum, ce qui rend la chair divine. Allez-y, goûtez… juste une bouchée, souffle-t-il d'une voix douce, pour la tenter.

Malgré le regard suspicieux qu'elle lui jette, il voit qu'elle commence à changer d'avis. Finalement, elle semble plus facile à convaincre qu'il ne l'a tout d'abord cru. Lui enseigner des choses pourrait se révéler exquis, pour elle et pour lui.

Avec une légère hésitation, elle entrouvre les lèvres, juste assez pour lui permettre d'y glisser la petite bouchée. Après avoir déposé la chair translucide sur la langue d'Ari, il regarde ses lèvres se refermer autour de la fourchette qu'il retire lentement. Son nez se fronce lorsqu'elle mâche, puis ses yeux s'éclairent en découvrant l'explosion de saveurs sur sa langue. Elle finit sa bouchée, puis prend une gorgée de vin.

— Bon, d'accord, ça n'était pas si terrible que ça, mais je ne suis pas certaine d'avoir envie de renouveler l'expérience.

La peur enlève tout le plaisir, même si effectivement, la saveur était exquise. Je vais peut-être goûter d'autres sushis, moins dangereux. L'idée de manger du poisson cru m'a toujours effrayée, explique Ari en fronçant de nouveau le nez – une mimique adorable qui fait sourire Rafe.

— Eh bien, le fugu est le seul poisson sur cette assiette susceptible de vous tuer. Essayez le hamachi. C'est préparé avec de la sériole grillée et de la crevette, ça devrait vous plaire.

Avec un soupir, la jeune femme goûte le sushi raffiné, puis sourit. Elle poursuit sa dégustation jusqu'à la dernière bouchée, sans protester. Une fois son assiette vide, elle prend son verre de vin blanc, en se disant qu'il est bien agréable de déguster un nouveau vin avec chaque plat.

— C'est le meilleur vin que j'aie jamais goûté – non que j'aie une grande expérience de l'alcool. Ma mère m'a autorisée à boire un verre à la fête du lycée, quand j'ai passé mon bac, puis j'ai pris quelques verres à des dîners, mais je ne suis pas une connaisseuse. Après une expérience désastreuse, je préfère m'abstenir de boire de l'alcool, sauf circonstances exceptionnelles. Mais j'ai des amis qui sauraient reconnaître le millésime et le cru de chacun de ces vins. Ils sont indéniablement bien meilleurs que ce truc horrible que j'ai bu, la dernière fois que j'ai consommé de l'alcool.

Rafe se penche en arrière sur sa chaise, tandis qu'Arianna continue à bavarder nerveusement, pendant quelques minutes. Il aime bien le son de sa voix, même s'il n'écoute pas la moitié de ce qu'elle raconte. Pendant la demi-heure qui suit, ils discutent de tout et de rien, mais Rafe ne s'ennuie pas une seconde. Elle l'intéresse de plus en plus.

Le serveur leur apporte d'autres plats, les uns après les autres, et Rafe apprécie l'excitation qu'il lit dans les yeux d'Ari en découvrant chaque assiette. Elle a cessé de froncer le nez. Eh bien que certains ne soient pas à son goût, elle goûte tous les plats avec enthousiasme.

— Merci beaucoup, monsieur. Finalement, j'ai passé une bonne soirée. J'ai découvert des choses que je n'aurais jamais pensé avoir envie de goûter. Désolée d'avoir décliné la... proposition d'embauche, mais cela ne m'a pas empêché de passer un moment agréable. Cela m'a même permis d'oublier mes soucis un instant. Mais la vraie vie m'appelle et je dois y retourner.

Rafe ressent une légère irritation en constatant qu'elle refuse de l'appeler par son prénom, même après ce dîner en sa compagnie. Il s'efforce d'oublier cette contrariété et se lève pour l'aider à mettre sa veste.

Lorsque ses mains effleurent les épaules d'Ari, il ressent de nouveau ce frisson qui parcourt son corps. Il a envie d'explorer ses courbes cachées, de toucher sa peau douce, de découvrir si son goût est aussi exquis que son parfum.

— Moi aussi, j'ai passé une excellente soirée, Ari. Peut-être accepterez-vous de reconsidérer mon offre d'emploi, murmure-t-il en se penchant en avant, afin qu'elle sente son souffle chaud sur la nuque. Il constate avec satisfaction que sa peau réagit – le corps d'Ari n'arrive pas à cacher le plaisir que lui procure son contact.

Rafe ne résiste pas à la tentation de se pencher en avant pour mordiller délicatement la peau douce de son cou avant d'y passer sa langue, ce qui incite Ari à s'appuyer un instant contre lui.

Sans lui laisser le temps de la prendre dans les bras et de plaquer son corps durci contre elle, la jeune femme se raidit et s'écarte de lui.

— N'y pensez pas. Merci encore pour le dîner, mais il faut vraiment que j'y aille, répond-elle en quittant la pièce.

Rafe jette plusieurs billets de cent dollars sur la table, puis emboîte le pas à son invitée qui est déjà sortie du restaurant. De ses longs pas mesurés, il la rejoint sur le trottoir.

— Et comment aviez-vous prévu de rentrer, Ari? C'est mon assistant qui vous a amenée ici. De plus, je mets un point d'honneur à raccompagner mes invitées après un rendez-vous, insiste Rafe en la saisissant par le bras pour la retenir.

Avec satisfaction, il voit la surprise se peindre sur son visage.

– Cela ne sera pas nécessaire, monsieur Palazzo, dans la mesure où il ne s'agit pas d'un rendez-vous. Il y a un arrêt de bus plus bas, réplique-t-elle.

— Le quartier n'est pas sûr pour une femme, la nuit. Hors de question que vous preniez le bus.

— Cela fait un bout de temps que je vis dans cette ville et je me débrouille parfaitement toute seule. Je n'ai besoin de personne, raille-t-elle en tentant de dégager son bras.

— Je n'en doute pas, Arianna. Mais pourquoi refusez-vous qu'on s'occupe de vous? Je suis extrêmement prévenant avec les femmes, répond-il en la plaquant contre le mur de briques du restaurant.

— Je fais ce que je veux. Maintenant, lâchez-moi, lance-t-elle.

Lorsque son regard tombe sur la bouche de Rafe, sa voix se met trembler. Même s'il s'est fixé pour règle absolue de ne plus jamais embrasser qui que ce soit – trop impliquant –, le jeune homme se surprend à avoir envie de dévorer sa bouche rose et naturellement charnue. À deux doigts de flancher, il se penche vers elle.

À l'instant où leurs lèvres s'apprêtent à se rejoindre, une bande d'adolescents éméchés passe à leur hauteur et l'un des garçons les bouscule, brisant la magie de l'instant. Ari en profite pour échapper à son étreinte et avancer sur le trottoir. Rafe la rattrape alors qu'elle se dirige vers l'arrêt de bus mal éclairé.

— Je commence à en avoir assez de te courir après, Arianna. Si je décrète qu'il n'est pas question que tu prennes le bus, tu ne le prendras pas, point final. Personnellement, ça ne me gêne pas de faire un esclandre, mais vu que tu chuchotes pour m'incendier, j'imagine que toi, ça te dérange. Par conséquent, soit tu me suis sagement, soit je te porte sur mon épaule pour te traîner jusqu'au restaurant. À toi de voir, dit-il sèchement.

À ces mots, Ari a un mouvement de recul.

— Vous ne feriez pas une chose pareille, souffle-t-elle en se tournant pour regarder autour d'elle.

Sur le trottoir, plusieurs personnes avancent dans leur direction. Au loin, Rafe voit le bus arriver. Il est hors de question qu'Ari prenne les transports en commun. Hors de question.

— Je ne vais pas me gêner. En plus, ça m'amuserait follement. Je compte jusqu'à trois. Un... deux...

— C'est bon, c'est bon, j'accepte de me laisser raccompagner, lâche-t-elle à contrecœur, au moment où Rafe tend les bras dans sa direction pour l'attraper.

Elle fait demi-tour vers le restaurant, en grommelant une phrase au sujet de ces hommes prétentieux qui feraient bien d'avoir un peu plus de maîtrise d'eux-mêmes.

Un sourire se dessine sur les lèvres de Rafe qui fait mine de ne rien avoir entendu. Elle n'a pas idée du self-control dont il fait preuve en sa présence ! Ce soir, il avait prévu de l'amener à l'appartement qu'il lui destine, de la prendre et de l'initier à son univers.

Pourtant, Rafe sait que les choses ne se passent pas toujours comme prévu. Il est rare qu'il soit contraint de changer ses projets. Visiblement, pour aller plus loin avec Ari, c'est ce qu'il va devoir faire – ce qui lui paraît tout à fait envisageable.

Dans la voiture, elle refuse de lui adresser la parole. Elle ne lui fournit pas la moindre indication sur l'itinéraire, et il ne lui en demande pas – il connaît son adresse, tous deux le savent.

Le trajet s'effectue en silence. Arrivé devant chez elle, Rafe se gare sur le parking mal éclairé. D'un bond, Arianna sort de la voiture, mais Rafe lui emboîte le pas. Hors de question qu'elle rejoigne son appartement toute seule. Il la voit farfouiller avec ses clés et se battre avec sa serrure, avant d'ouvrir la porte. Rafe attend d'avoir entendu la serrure se refermer pour partir. La nuit promet d'être longue et douloureuse…

Sur le trajet du retour, il ressent un mélange d'irritation et d'excitation. Ari ne ressemble pas aux autres femmes qu'il a fréquentées. À cet instant précis, il décide qu'elle ne lui échappera pas. Laisser tomber à ce stade le hanterait jusqu'à la fin de ses jours. Ensemble, ils pourraient faire des étincelles.

6

Ari attend que Rafe s'éloigne, puis elle redescend pour rejoindre sa voiture. Elle doit aller rendre visite à sa mère à l'hôpital. Heureusement, l'établissement n'est qu'à quelques minutes de route, car ses jambes tremblent et son cœur bat à tout rompre. En réalité, elle n'est pas en état de conduire. Arrivée sur le parking de l'hôpital, elle frissonne.

J'ai bien fait. Accepter de dîner avec ce type ne m'oblige pas à lui vendre mon corps. D'accord, faire l'amour avec lui n'est probablement pas un cauchemar et il propose un salaire totalement dingue, mais ça n'est pas une raison suffisante. Oui, j'ai pris la bonne décision. Dans la vie, il faut avoir des principes et je ne suis pas à vendre. En plus, je n'ai aucune envie de faire le genre de trucs qui lui plaisent, se dit Ari, la tête appuyée contre le volant.

Une fois son monologue intérieur terminé, elle descend de la voiture pour traverser le parking sombre et rejoindre l'ascenseur. Heureusement, les manifestants ont disparu. Certains étaient carrément effrayants. Jusque-là, elle n'a jamais eu peur le soir. Mais la mise en garde de Rafe sur la sûreté du quartier a fait naître un malaise, qui accroît encore l'irritation que cet homme suscite en elle.

Lorsque les portes de l'ascenseur s'ouvrent, elle se glisse dans la cabine, chassant Rafe de son esprit. Elle réfléchit à ce qu'elle va dire à sa mère. Hors de question qu'elle baisse les bras et qu'elle l'abandonne sans se battre. Simplement, il va falloir trouver une solution. Il doit bien y avoir des aides pour des situations comme la leur. Le personnel de l'hôpital ne lui a-t-il pas parlé de quelque chose dans ce goût-là? S'il le faut, elle vivra dans sa voiture.

De plus en plus déterminée à chaque pas, elle s'avance dans le long couloir qui mène à la chambre de sa mère, puis marque une pause devant la porte pour inspirer profondément. Sa mère ne doit pas voir qu'elle est préoccupée. Elle a fait tant de sacrifices pour l'élever. Maintenant, c'est à Ari de s'occuper d'elle.

Doucement, elle ouvre la porte et constate avec soulagement que sa mère dort. Cela lui laisse davantage de temps pour réfléchir à ce qu'elle va lui dire. Elle s'installe dans la chaise longue dans un coin de la chambre, pour attendre son réveil. Dans la pénombre, avec le bruit des appareils, Ari ne tarde pas à sombrer dans le sommeil, sans avoir trouvé de réponses à ses interrogations. Lorsqu'une infirmière entre dans la chambre et pose une couverture sur elle, elle ne bouge pas.

— Ari?

Entendant la voix hésitante de sa mère, Arianna se réveille instantanément. Elle a eu si peur de ne plus jamais entendre cette belle voix… La vie sans elle lui paraît inconcevable. Elle n'a aucun souvenir de son père, qui les a quittées quand elle était toute petite. Depuis, sa mère et elle ont toujours vécu toutes les deux. Ari ne pourrait pas s'en sortir sans celle qui l'a élevée – ou plutôt, elle n'a aucune envie de vivre sans elle. Avec qui partagerait-elle ses triomphes? Qui la réconforterait lorsqu'elle aurait le cœur brisé?

— Je suis là, maman.

Ari approche sa chaise du lit, pour prendre doucement la main de sa mère.

— Je suis contente de te voir, ma chérie. Je t'ai déjà causé trop de chagrin. Te connaissant, tu as dû être malade d'inquiétude depuis l'accident. Mon rôle, c'est de prendre soin de toi, et je n'ai pas été en mesure de le faire ces six derniers mois.

— Maman, c'est à moi de m'inquiéter pour toi, et non l'inverse. Oui, je sais, tu m'as dit de ne pas m'en vouloir, mais c'est plus fort que moi. Si seulement je n'étais pas allée à cette maudite fête avant de t'appeler en pleine nuit, tu n'aurais jamais été blessée. Inutile de me répéter de ne pas me faire de reproches, ça me ronge. Je ne pourrai jamais te dire combien je suis désolée, sanglote-t-elle en se penchant en avant pour poser sa tête sur leurs mains jointes.

— Arianna Harlow, sais-tu à quel point je serais contrariée si tu ne m'avais pas appelée? Je suis ta maman, je dois te protéger, veiller sur toi et assurer ta sécurité. Même à 23 ans, tu restes ma petite fille. Je serais prête à mourir pour toi, tu le sais. Il n'y a rien qu'une mère ne ferait pas pour son enfant.

— Mais j'ai été si stupide, sanglote Ari.

— Mais enfin, ma chérie... Tu as toujours été parfaite, du jour de ta naissance. Tu pleurais rarement, tu étais polie, tu travaillais bien à l'école et tu as été l'enfant dont j'ai toujours rêvé. Tu as pris un peu d'indépendance, pour vivre ta vie. Ne laisse pas ce petit faux pas te miner. Je te le répète, ma chérie, vis ta vie pleinement et va au bout de tes rêves, quoi qu'il arrive à ta mère.

— Jamais je ne pourrai m'en sortir sans toi, insiste Ari.

— Mais si, tu y arriveras. Je le sais, parce que c'est moi qui t'ai élevée, qui t'ai appris à être indépendante et à atteindre tes objectifs. Tu peux réussir, tu vas réussir. S'il m'arrivait quoi que ce soit, je t'interdis de me pleurer trop longtemps. Ça me briserait le cœur. Même si je devais disparaître prématurément, je serai toujours là pour veiller sur toi. Promets-moi simplement de ne pas baisser les bras et de ne jamais te contenter de choix médiocres. Vis ta vie, sans compromis, comme le font trop de gens !

Scrutant le visage pâle de sa mère, Ari ne sait que répondre. Comment lui promettre qu'elle continuera à vivre ? Jamais elle n'y arrivera sans elle. Pour la première fois, sa mère lui demande une chose impossible.

— Je suis très sérieuse, Arianna. Je veux que tu profites de ta vie. Mais assez de cette culpabilité et de cette tristesse. Parlons de choses plus gaies.

Le visage de Sandra s'illumine :

— Dis-moi, comment se passent tes études ?

Le sentiment de culpabilité qui submerge Ari l'anéantit presque. Impossible d'avouer à sa mère combien leur situation est catastrophique. Et si ces mauvaises nouvelles la replongeaient dans le coma ? Mais elle ne peut lui mentir…

— J'ai fait une pause. Tu t'en doutes, il est inenvisageable que je décroche mon diplôme sans que tu sois au premier rang, lors de la cérémonie de remise ! Sans toi, ça ne serait pas pareil.

— Oh, ma chérie, j'en suis désolée. En tout cas, me voilà sortie du coma et je me sens très bien, quoi qu'en disent les médecins. Tu dois te réinscrire à l'université. Ce n'est pas ton genre d'abandonner tes études. En plus, j'ai déjà acheté le cadre dans lequel je mettrai la photo de ta cérémonie de remise de diplôme. Je suis si fière de toi, de tout ce que tu as accompli.

— Oh, maman, gémit Ari en sanglotant, avant de grimper dans le lit de sa mère pour la rejoindre.

Bien que faible, celle-ci lève le bras pour caresser les cheveux d'Ari, comme elle le fait toujours quand tout va mal. Une caresse dans les cheveux, rien de tel pour lui remonter le moral.

— Et voilà, se dit Ari. Malgré toutes mes bonnes résolutions, voilà que c'est elle qui me console, et non l'inverse.

Qu'importe. En cet instant précis, elle a simplement besoin de réconfort. Elle en fait le serment: dans quelques minutes seulement, elle puisera en elle toutes les forces nécessaires pour aider sa mère à affronter cette terrible maladie.

Ce câlin maternel lui apporte ce dont elle a besoin pour aller de l'avant, dans les semaines ou les mois à venir. En silence, elle dit une prière, tandis qu'elles restent allongées l'une à côté de l'autre, sans prononcer un mot.

Le lendemain après-midi, en rentrant chez elle, Ari voit que le voyant lumineux du répondeur clignote. Elle laisse tomber son sac à main dans le canapé, puis s'oblige à s'avancer calmement jusqu'à l'évier. Là, elle remplit un verre d'eau qu'elle boit, lentement. Son regard ne cesse d'être attiré par le voyant rouge, à quelques mètres d'elle. Son impatience va croissant.

— On se calme, se dit-elle.

Ces derniers temps, en écoutant les messages sur son répondeur, elle a souvent entendu les menaces de ses créanciers, au lieu des propositions de rendez-vous tant attendues pour des entretiens d'embauche. À chaque fois, la déception était cruelle.

Lorsque le délai écoulé depuis son retour à la maison lui paraît raisonnable, elle s'approche du petit appareil noir d'un pas posé, avant de s'installer calmement dans le canapé. Elle attrape un stylo ainsi qu'un bloc-notes, puis s'autorise à appuyer sur le bouton.

Consternée, Ari constate qu'une fois de plus, l'espoir fait accélérer les battements de son cœur, malgré elle. Dans quelques secondes, elle sera anéantie, après avoir découvert, une fois de plus, qu'il n'y a aucun message lui proposant un job formidable sur son répondeur, aucun espoir pour sauver sa mère et lui éviter de finir à la rue.

— Mademoiselle Harlow, je suis James Flander, de la société Sunstream Electronics. Votre dossier de candidature a retenu toute notre attention et nous aimerions vous voir intégrer nos équipes. Merci de nous rappeler dès que vous aurez ce message, afin de convenir d'un rendez-vous le plus rapidement possible.

Ari entend à peine la suite du message. Elle doit le réécouter deux fois de suite pour noter le numéro. Ses mains tremblent tellement qu'elle a du mal à tenir son stylo.

Après avoir attendu un instant, pour être certaine d'avoir une voix calme et posée, elle compose le numéro de M. Flander et s'efforce de respirer calmement en attendant qu'il décroche.

Quelques minutes plus tard, le rendez-vous est pris. Euphorique, elle se précipite dans la salle de bain pour prendre une douche. C'est sa journée – elle le sent. Elle a refusé de vendre son corps, elle n'a pas lâché. Il y a forcément une récompense à cela.

Une demi-heure après avoir écouté le message, elle quitte l'appartement et monte dans sa voiture. Là, elle prend le temps de respirer profondément, car ses mains tremblent.

On se calme, ça serait dommage de rater l'entretien. Je suis intelligente, je suis sûre de moi, je suis faite pour ce job. C'est le poste qu'il me faut, se dit-elle en démarrant pour quitter la petite résidence.

Dans le centre de San Francisco, Ari trouve une place de stationnement avec une facilité étonnante. Elle rejoint à pied le petit immeuble de cinq étages qui abrite le siège de Sunstream Electronics. L'entreprise produit des systèmes de sécurité pour les particuliers et les entreprises, commercialisés dans presque toute la Californie et dans d'autres régions des États-Unis. Cette société florissante offre quantité d'avantages à ses salariés et une bonne sécurité de l'emploi.

L'emploi à pourvoir est un poste d'assistante, en réalité un simple job de secrétariat, mais peu importe. Cela ne la dérange pas de taper des courriers et de se faire dicter des textes toute la journée. L'entreprise est un lieu de travail agréable. En entendant la sonnerie de l'ascenseur qui indique l'étage demandé, elle se répète mentalement les dernières consignes : on lève le menton, on met les épaules en arrière, on rentre le ventre ! Affichant un grand sourire, elle sort de l'ascenseur avec assurance.

7

Avec un entrain qui lui faisait défaut depuis des mois, Ari remonte le couloir de l'hôpital en esquissant quasiment un pas de danse. Ça y est, elle est officiellement l'assistante du vice-président de Sunstream Electronics ! Son excellent salaire va lui permettre de payer les dépenses de santé de sa mère. Le vent tourne, elle le sent. Peut-être réussira-t-elle même à retourner à l'université et à décrocher son diplôme ?

Un sourire aux lèvres, elle emprunte un couloir jusqu'au bout, avant de tourner. Mais à l'angle, elle percute une silhouette imposante, si violemment qu'elle est projetée à terre, atterrissant sur les fesses. Une douleur vive remonte le long de sa colonne vertébrale et ses lunettes volent à terre. Elle se penche en avant pour les ramasser, mais perd l'équilibre et les écrase.

Avec un gémissement, elle les saisit et constate qu'elles sont irréparables. Ces lunettes, elle n'en a pas vraiment besoin. Elles ne sont qu'un élément de l'armure derrière laquelle elle se cache. Cependant, elle a tellement l'habitude de les porter que sans elles, elle se sent nue.

— Désolée, souffle-t-elle en essayant de se relever, mais la douleur dans le dos lui complique la tâche.

— Tout va bien ?

Ses yeux remontent le long d'une paire de jambes élégamment vêtues qui se tiennent devant elle. En découvrant qu'elles n'appartiennent à nul autre que Rafe Palazzo, Ari sent tout son corps se figer. Mais que fait-il dans cet hôpital? L'aurait-il suivie? Lorsqu'elle croise son regard, la mine inquiète du jeune homme lui fait oublier la douleur dans son coccyx.

— Mais que faites-vous là? souffle-t-elle.

— Je pourrais vous retourner la question, répond-il avant de se pencher en avant pour passer la main sur ses jambes. Arrivez-vous à vous relever?

Pas si vous continuez à me tripoter les jambes, manque-t-elle de répondre. Tout va bien.

— Vous en êtes certaine? Vous avez fait une mauvaise chute. Il serait préférable de passer une radio, affirme Rafe, suscitant en elle un agacement qui lui fait oublier sa surprise de le voir.

— Je viens de vous dire que tout va bien! Contentez-vous de vous pousser pour me permettre de me relever, aboie-t-elle.

La bouche de Rafe se pince tandis qu'il se redresse et lui tend la main. Un instant, elle a envie d'ignorer cette main, mais son coccyx lui fait vraiment mal. À contrecœur, elle pose la main dans la sienne.

— Monsieur Palazzo, tout va bien? demande un homme en costume qui vient de s'arrêter net devant eux.

Ari ressent une furieuse envie d'asséner à ce grossier personnage: « Je vous remercie, je vais très bien! », mais elle réussit à tenir sa langue. Ce n'est pas Rafe qui vient de percuter un torse imposant et de tomber par terre. Comme il est agréable de voir que le personnel se préoccupe d'elle! Sans doute les choses se passent-elles toujours ainsi en présence de Rafaëlle Palazzo – tout le monde devient invisible, sauf lui.

— Ce n'est pas moi qui viens de tomber. Demandez plutôt à mademoiselle Harlow si elle va bien, répond Rafe d'un ton glacial.

Ari voit son irritation décroître légèrement. Au moins est-il suffisamment humain pour se préoccuper de son sort. En se relevant, elle le regarde du coin de l'œil et remarque qu'il faut bien lui laisser ça : il est extrêmement séduisant. D'ailleurs, elle préférerait qu'il soit moins beau.

— Bien entendu. Comment allez-vous, mademoiselle Harlow? Il serait préférable de vérifier que vous ne vous êtes rien fracturé en tombant, dit l'homme en se tournant vers elle, affichant une expression de compassion feinte.

Ari fait un effort pour ne pas lever les yeux au ciel.

— Tout va bien, je vous remercie. C'est de ma faute, je ne regardais pas devant moi. Maintenant, excusez-moi, je dois y aller, dit-elle en s'apprêtant à tourner les talons.

— Vous n'irez nulle part, Arianna. Que cela vous plaise ou non, vous allez passer une radio. Vous boitez, vous avez dû vous blesser, affirme Rafe avant de se tourner vers le petit homme à ses côtés, pour lui demander d'aller chercher un fauteuil roulant.

Avant d'avoir le temps de dire ouf, Ari se retrouve installée dans le fauteuil et roule dans les couloirs de l'hôpital. Elle n'aime pas du tout qu'on décide ainsi à sa place. C'est sûr, il s'agit d'un gros hématome, rien de plus, qui va virer au bleu sur ses fesses dans les jours à venir.

— Monsieur Palazzo, la cérémonie va commencer d'un instant à l'autre. Je peux m'occuper de cela à votre place.

Surprise, Ari tourne la tête en direction de Rafe, qui pousse le fauteuil roulant. Puis elle regarde l'autre homme, qui transpire à grosses gouttes.

— Eh bien, la cérémonie va devoir se dérouler sans moi, rétorque Rafe sur un ton sans appel.

— Mais... vous êtes l'invité d'honneur! Impossible de démarrer la cérémonie d'inauguration en l'absence du donateur, objecte le petit homme, horrifié.

— Dans ce cas, prenez votre mal en patience. Je vais d'abord m'occuper de mademoiselle Harlow. Maintenant, laissez-nous, ordonne Rafe en faisant entrer Ari dans une pièce avant de refermer la porte au nez de l'homme.

Pour un peu, Ari aurait pitié de lui, même si c'est un grossier personnage.

— C'est quoi, cette histoire de donation? demande Ari, curieuse.

— Oh, c'est trois fois rien, répond-il sèchement.

— Dans ce cas, pourquoi ne répondez-vous pas à ma question? lance-t-elle, lassée de ses manières autoritaires.

— Est-ce qu'il vous arrive d'accepter qu'on ne fasse pas exactement ce que vous voulez? demande-t-il, en écartant les bras d'un geste exaspéré.

— Dois-je vous rappeler que vous venez quasiment de me kidnapper? Moi, je m'efforce simplement d'être polie et de faire la conversation.

Ari n'a qu'une envie: échapper à cet homme, qui est redevenu glacial. Toute trace de sollicitude a disparu de son visage.

— Croyez bien, mademoiselle Harlow, que si je vous enlevais, ça ne serait pas pour vous faire passer des radios.

Il s'arrête et se penche en avant, pour plonger ses yeux dans les siens. Ari sent quasiment sa chaleur l'envelopper. Contrariée, elle constate qu'il ne la laisse pas indifférente. Pour un peu, elle aurait envie de réduire la distance qui les sépare, afin de découvrir la saveur de sa belle bouche.

— Si vous continuez à me regarder comme ça, je vais me mettre en quête d'une chambre individuelle pour vous préciser ma pensée.

Est-ce une menace ou une promesse? Arianna se le demande. Oubliant de respirer, elle plonge son regard dans ces yeux bleus nuit, dans lesquels elle ne tarde pas à se perdre. Avec un grondement – est-ce de l'irritation ou de la frustration, elle se le demande – il quitte la pièce.

— Mademoiselle Harlow, désolée de cet incident. Assurons-nous que tout va bien.

Ari se retourne et découvre une pétillante jeune femme qui vient d'entrer. Une fois la porte fermée, elle se sent soulagée. Il est parti, elle ne le reverra plus.

Le médecin lui explique qu'il n'y a rien de grave – les radios montrent de simples contusions au coccyx, qui rendront la position assise inconfortable pendant une semaine. Ari décide de rentrer chez elle pour se reposer, au lieu d'aller rendre visite à sa mère, comme prévu.

Il n'y a rien de grave, Ari le sait. Mais sans doute était-il plus prudent de réaliser les examens nécessaires… Elle ne peut en vouloir à monsieur Palazzo ni au personnel de l'hôpital d'avoir préféré en avoir le cœur net, pour éviter qu'elle ne poursuive l'hôpital – chose que, bien évidemment, elle n'aurait jamais faite. Cependant, eux ne le savent pas.

Une fois le médecin reparti, Ari se rhabille lentement, en espérant que Rafe ne sera plus là lorsqu'elle sortira. Difficile de rester distante avec lui. D'ailleurs, elle aurait bien envie de le découvrir davantage – si seulement il n'était pas aussi tordu.

Devant la salle de consultation, Rafe attend. Presque amusé, il se dit qu'il est en train de faire les cent pas dans un couloir d'hôpital, en s'inquiétant pour une femme. Fouillant dans sa mémoire, il tente de se souvenir de la dernière fois où il a attendu quelqu'un.

En une fraction de seconde, il passe d'une furieuse envie d'étrangler Arianna Harlow au désir de sauter dans le lit le plus proche avec elle pour découvrir si cette tension sexuelle entre eux est uniquement le fruit de son imagination. Le désir inhabituel qu'elle éveille en lui est sans doute dû à une période de célibat prolongée, se dit-il. De plus, la résistance qu'elle lui oppose booste indéniablement sa libido. Il n'avait pas prévu de la percuter dans ce couloir d'hôpital, mais le hasard fait parfois bien les choses.

En réalité, il devrait envisager Ari comme une proie à conquérir, et rien d'autre. Comme elle l'a envoyé balader, il veut éveiller son désir, afin de pouvoir lui faire subir le même sort – histoire de reprendre le contrôle de la situation.

Heureusement, ses sœurs ne sont pas là. Car les membres de sa famille sont les seules personnes au monde qui le rendent humain, qui le poussent à se comporter comme quelqu'un de bien. Or là, il n'a pas la moindre envie de cela. Il ne souhaite qu'une chose : se glisser profondément en mademoiselle Harlow, jusqu'à ce qu'elle hurle son nom.

Alors qu'il s'apprête à repartir dans le long couloir pour faire les cent pas, la porte de la salle de consultation s'ouvre et Ari en sort. En l'apercevant, la surprise et l'appréhension se peignent sur le visage de la jeune femme. Parfait, se dit-il. Il faut qu'elle soit sur le qui-vive, inquiète, en sa présence. Ce qu'il veut, c'est une maîtresse qui le respecte, pas une petite amie qui l'aime.

— Tout va bien? demande-t-il en s'arrêtant à un mètre d'elle.

— Je vais très bien. Ça n'était pas la peine de m'attendre, vraiment.

— Je n'allais quand même pas repartir ! C'est ma faute si vous êtes blessée. Vous êtes certaine que tout va bien ? Ou vous avez répondu ça pour vous débarrasser de moi ?

— J'ai un hématome au coccyx. À part ça, tout va bien. Bon, je dois y aller maintenant, lance-t-elle sèchement.

— Vos yeux si expressifs et leur couleur magnifique sont bien mieux mis en valeur sans ces immenses lunettes ridicules. Surtout, ne les remettez pas.

Rafe est le premier surpris d'avoir dit cela, mais il s'en félicite en constatant qu'Ari pique un fard avant de baisser les yeux. Plaçant sa main sous le menton d'Ari, il lui relève la tête pour la regarder.

— Je vous imagine allongée sous moi, pendant que je vous fais hurler de plaisir. Vous savez que ça arrivera bientôt, n'est-ce pas ?

Voyant qu'elle tarde à répondre, Rafe sent l'excitation monter en lui. Va-t-elle accepter sa proposition ? En réalité, il ne sait pas s'il en a envie. Car si elle acceptait, ce petit jeu prendrait fin prématurément. Or il n'a pas la moindre envie que cela s'arrête si vite.

Elle finit par lui adresser un authentique sourire, un sourire éclatant qui l'incite presque à faire un pas en arrière. Cette fille possède une beauté naturelle qui irradie l'innocence. Et c'est la première fois qu'il voit son visage rayonner ainsi.

— Eh bien non. Figurez-vous qu'hier, on m'a proposé un job fabuleux, dans une entreprise formidable.

Elle ponctue cette phrase d'une tape sur la poitrine. Sidéré par cette assurance qu'il ne lui connaît pas, il ne bouge pas.

— Alors votre job de prostituée, vous pouvez vous le garder et vous le mettre dans le…

— Ça suffit ! l'interrompt Rafe en lui attrapant la main pour la contraindre à reculer de plusieurs pas.

D'une voix maîtrisée, à peine plus forte qu'un murmure, il poursuit :

— J'aime beaucoup la flamme qui brûle en vous, Ari, mais ne prenez pas mon intérêt ni ma curiosité pour de la faiblesse. Le jour où j'aurai vraiment envie de vous posséder, si j'en ai envie, eh bien vous serez à moi. Que les choses soient bien claires. Savourez donc votre petite victoire, mais faites très attention à ce que vous dites. J'adore les défis. Vous voulez jouer ? Sachez que vous allez perdre.

Sur ces mots, il tourne les talons et s'en va, laissant Ari bouche bée dans le couloir. Il vient de réduire à néant la victoire qu'elle pensait avoir remportée.

8

— Tout à l'heure, j'ai rendez-vous avec les membres du conseil d'administration de l'hôpital, maman. Je suis contente. Tu vas voir, tout va s'arranger pour nous, annonce Ari avec un grand sourire.

— C'est formidable, ma chérie. Je suis sûre que tu as raison. Je me sens beaucoup mieux. Aujourd'hui, j'ai même presque terminé mon petit déjeuner. Et toi, tu as passé une bonne soirée ?

— J'ai trouvé du travail, un super-job : assistante du vice-président d'une prestigieuse société d'électronique. J'aurai peut-être même l'occasion de voyager, mais pas dans l'immédiat, répond Ari, survoltée. La mine préoccupée de sa mère la déconcerte.

— Mais je pensais que tu allais te réinscrire à l'université, Ari ? Tu ne seras pas heureuse comme secrétaire. Tu es beaucoup trop douée et intelligente pour ça.

— Je retournerai à l'université dès que possible, promis.

— Ari, la plupart des étudiants qui interrompent leurs études, pour une raison ou pour une autre, ne les reprennent jamais. La vie les en empêche. Je vais régler mes soucis de santé toute seule. Tu dois retourner à la fac pour terminer ce que tu as commencé.

— Maman, je te promets de reprendre mes études. Mais comment pourrais-je me concentrer sur les cours et les devoirs en sachant que tu as besoin d'aide? Essaie de voir les choses de mon point de vue, maman. Serais-tu capable de vivre ta vie comme si de rien n'était si la situation était inversée? Si j'étais à l'hôpital, en attente d'une opération, pourrais-tu faire comme si de rien n'était? demande Ari.

Sa mère la dévisage un instant, comme pour chercher ses mots, avant de baisser les yeux. Ari le sait, sa mère ne lui mentirait jamais, c'est pourquoi elle a préféré garder le silence.

— Je reviendrai te voir, maman, mais là, il faut que je file. Je vais aller charmer ces membres du conseil d'administration, pour te faire opérer et te remettre sur pied avant que tu aies le temps de dire ouf. Depuis que tu es sortie du coma, le vent a tourné. Tu sens le bon karma qu'il y a dans cette chambre? demande Ari avec un nouveau sourire. Elle se penche en avant pour planter un baiser sur la joue de sa mère, puis quitte la chambre afin de rejoindre l'ascenseur.

En réalité, elle tremble de tous ses membres. La perspective de rencontrer les membres du conseil d'administration, qui pourront décider ou pas d'opérer sa mère gratuitement, l'intimide, ce qu'elle ne veut pas montrer. Si elle paraît confiante, ils verront qu'il faut offrir à sa mère l'opération dont elle a besoin.

— Bonjour, j'ai rendez-vous avec M. Coolidge et les membres du conseil d'administration, annonce Ari à la secrétaire.

— Vous êtes…?

— Arianna Harlow.

— Ils vous attendent. C'est la porte à gauche.

Ari s'agrippe à son sac à main et se dirige vers la porte. En entrant dans la pièce, elle découvre une grande table ovale autour de laquelle sont installés des hommes et des femmes, tous habillés avec élégance. Au bout de la table se trouve une chaise libre. Elle en déduit que c'est la place qui lui est réservée, mais elle ne va pas s'asseoir avant d'y avoir été invitée.

— Mademoiselle Harlow. Merci d'être venue à ce rendez-vous. Je vous en prie, prenez place ici, la réunion va commencer.

— Je vous remercie de me recevoir, murmure-t-elle en se dirigeant vers la chaise vide. Elle le sait, il faut garder la tête haute et regarder chaque participant dans les yeux, mais ses nerfs commencent à lui jouer des tours.

Les membres du conseil d'administration sont tous des médecins en exercice ou retraités, ou bien des personnalités importantes. Ils ont des jobs prestigieux et de l'argent en pagaille. Pour eux, Ari et sa mère ne représentent pas grand-chose. Pour la première fois, elle se dit que la réunion n'aura peut-être pas l'issue escomptée.

— Nous avons étudié le dossier de votre mère et nous avons quelques questions à vous poser.

Ari lève les yeux pour regarder l'homme à la mine sévère en bout de table. Devant lui, une plaque indique : « M. Coolidge, président du conseil d'administration ». Si seulement elle pouvait arriver à le convaincre, les choses se passeraient bien. Elle s'est renseignée sur lui.

— Je répondrai volontiers à toutes vos questions, monsieur Coolidge.

— Nous avons déjà dépassé notre plafond d'interventions chirurgicales gratuites ce mois-ci. Beaucoup de patients ne sont pas suffisamment assurés ou ont besoin d'opérations non prises en charge par les assurances. Nous sommes fiers de proposer plus d'interventions à prix réduits que d'autres établissements, mais il faut fixer des limites. Après tout, nous sommes une entreprise comme une autre et en opérant tout le monde gratuitement, nous ferions faillite. Dans votre dossier, je vois que vous êtes actuellement sans emploi. Comment prévoyez-vous de participer aux frais médicaux de votre mère?

— Justement, je viens de signer un contrat de travail, hier, chez Sunstream Electronics. Mon salaire est excellent et j'ai très peu de charges. Je pourrais consacrer 70 % de mes revenus aux dépenses de santé de ma mère, répond-elle fièrement.

— C'est encourageant, mais cela ne va pas suffire, malheureusement. En cas d'hospitalisation, les frais journaliers grimpent rapidement. Votre maman est chez nous depuis deux semaines déjà et la facture s'élève à..., dit-il en marquant une pause pour chercher le montant exact dans ses papiers... à un peu plus de quinze mille dollars. Avec cette nouvelle intervention, le montant total atteindrait plus de deux cent mille dollars. Avez-vous la possibilité d'obtenir un prêt ou de vendre des biens qui vous appartiennent?

Ari sent sa gorge se nouer. Jamais aucune banque ne lui prêtera une telle somme. Elle n'a pas de garantie à offrir pour ce prêt, pas de caution, et quasiment aucune expérience professionnelle. Il y a six mois, elle était encore étudiante. Pour une banque, lui prêter tout cet argent serait une véritable folie.

— J'ai rempli tous les dossiers que vous m'avez remis. À ce jour, je n'ai pas encore reçu de réponses, mais cela ne devrait pas tarder, souffle-t-elle en dépit du nœud qui lui serre la gorge.

— Je vais être franc avec vous, Mademoiselle Harlow. Les choses ne se présentent pas bien. Si vous ne nous soumettez pas un projet sérieux dans les jours à venir, nous ne pourrons pas garder votre mère ici.

— Mais vous ne pouvez pas faire ça! Vous n'allez pas la renvoyer chez elle en sachant qu'elle risque de mourir, supplie Ari.

— Comme je vous l'ai dit, nous sommes une entreprise, mademoiselle. Nous n'aimons pas refuser des soins à quiconque, mais il nous est impossible d'opérer des patients qui n'en ont pas les moyens.

Ari sent son cœur se briser tandis qu'elle réfléchit rapidement à la meilleure réponse à donner.

— Auriez-vous une autre solution pour obtenir les fonds nécessaires? Par exemple par l'intermédiaire d'un… ami qui pourrait vous avancer l'argent?

Aussitôt, Ari tourne la tête en direction de cette voix familière. Sidérée, elle découvre Rafe Palazzo, installé à l'autre bout de la table. Elle n'avait pas la moindre idée qu'il faisait partie du conseil d'administration de l'hôpital. Compte tenu de son immense fortune, elle aurait pu s'en douter. Sans doute a-t-il son mot à dire dans tout ce qui se passe dans la ville.

— Non, je ne vois pas…

— Vous êtes certaine, mademoiselle? Vous ne connaissez personne qui accepterait de vous aider, moyennant peut-être une contrepartie?

Quelle audace! Ari sait parfaitement où il veut en venir et elle espère que les autres personnes présentes ne comprennent pas son manège. En croisant son regard, elle réfléchit. Peut-elle vraiment refuser l'argent qui permettrait de payer l'intervention de sa mère? Son intégrité vaut-elle davantage que la vie de sa maman?

Elle a envie de lui répondre que oui, elle fera ce qu'il demande. Simplement, les mots ne sortent de sa bouche. En proie à la panique et à un sentiment d'échec, elle pense à sa mère qui lui demande de ne pas se sacrifier. Que se passerait-il si elle acceptait ce contrat et que sa mère l'apprenait? Lui pardonnerait-elle un choix pareil? Et elle-même, pourrait-elle se le pardonner?

Elle se force à respirer calmement pour reprendre ses esprits.

— Revoyons-nous dans quelques jours, mademoiselle, peut-être aurez-vous trouvé une solution d'ici là, déclare M. Coolidge, lui évitant ainsi d'avoir à répondre à Rafe.

— Je vous remercie, marmonne Ari, tandis que les membres du conseil d'administration commencent à se lever.

Ari reste assise, consciente que ses jambes ne supporteront pas son poids. Tandis que tous les participants quittent la pièce, elle évite soigneusement de croiser leurs regards. Levant les yeux, elle constate qu'il ne reste plus que Rafe et elle dans la salle. Elle aurait dû partir en même temps que les autres. La voilà en tête-à-tête avec lui, ce qu'elle voulait éviter à tout prix.

— Eh bien, mademoiselle Harlow, on dirait que vous avez une décision à prendre, conclut-il avec un sourire suffisant.

Ari garde le silence, tandis qu'il reste debout, immobile, en attendant l'occasion de fondre sur elle comme sur une proie. A-t-il raison de penser que toutes les femmes ont un prix? Vient-il de trouver le sien?

En silence, Ari prie pour que le sol s'ouvre et l'engloutisse. Elle préférerait être n'importe où, plutôt que là, devant lui.

9

Agitée, Arianna se tourne et se retourne dans son lit, incapable de trouver une position confortable. Son corps est en feu, elle brûle de l'intérieur. Au plus profond d'elle, elle ressent un désir qui palpite, qui enfle, un manque inassouvi qu'elle a bien du mal à identifier.

— Chut… Tu vas voir, tu vas adorer, chuchote Rafe.

Sa voix douce l'apaise. Mais la chaleur s'amplifie encore. Les mains de Rafe se posent sur son ventre, et tous ses sens s'éveillent, provoquant une véritable explosion érotique. Les doigts de son partenaire embrasent sa peau, remontent vers ses seins. Mais où donc est son chemisier?

— Fais-moi confiance, chuchote-t-il, effleurant doucement de sa bouche l'oreille d'Ari.

Il glisse ses mains sous les bras de la jeune femme, les lève tout en caressant sa peau sensible, puis passe prestement un foulard en soie autour de ses poignets joints. Avant même d'avoir eu le temps de protester, Arianna se retrouve fermement attachée au lit, incapable de bouger les mains comme d'échapper à ses caresses. Il embrasse ses poignets, semant sur sa peau des baisers légers comme des plumes. Puis il passe sa langue sur son pouls battant avant de remonter le long du bras, jusqu'à son épaule.

— Ça te plaît, Ari? Tu veux que j'arrête?

— Non… continue, je t'en supplie…, gémit-elle.

Elle ne veut pas qu'il arrête, surtout pas. Ouvrant les yeux, elle ne voit que du noir et sent un bandeau serré doucement sur ses yeux. Loin de l'effrayer, la présence du bandeau décuple son plaisir, tandis que les mains et la bouche continuent à la caresser. Ses doigts légèrement rugueux titillent leurs pointes hypersensibles, mais ne la caressent pas là où elle le désire, là où elle a besoin qu'il la touche.

— Qu'est-ce que tu veux, Ari?

— Je te veux, toi…

— Mmm. Et où est-ce que tu me veux?

— Je veux sentir ta bouche… sur mes seins! gémit-elle.

Une vague de gêne la submerge. Mais, elle le sait, il ne le fera pas sans qu'elle l'en ait supplié. Rafe lui donne satisfaction et passe ses deux pouces simultanément sur ses tétons si tendus qu'ils en sont douloureux, et lui arrache un cri. Il en fait le tour puis les pince, provoquant un nouveau cri.

Elle en veut plus. Ses jambes s'écartent, son corps tout entier supplie Rafe de la caresser enfin là où elle le désire tant, de mettre un terme à son supplice.

Alors qu'elle est sur le point de crier à nouveau, elle sent la langue de Rafe passer sur un de ses mamelons tandis qu'il pince l'autre. Le plaisir est si intense qu'elle se cambre sur le lit.

— Encore! demande-t-elle, avide d'un contact encore plus intime. Elle tire sur le lien qui immobilise ses mains pour tenter de le toucher. Elle a besoin de l'attirer tout contre elle. Elle ne devrait pas faire ça, elle le sait, mais qu'importe. Tout son corps le réclame et tremble sous l'emprise d'un désir violent que lui seul peut assouvir.

— Ah, Ari, ne sois pas trop gourmande, ou je serai obligé d'arrêter. Je me contenterai de mettre ma queue dans ta jolie bouche et de jouir là, en te laissant souffrir, menace-t-il, délaissant ses seins.

Soumise, Ari pousse un gémissement, prête à lui donner tout ce qu'il demande à cet instant précis.

Tout, pourvu qu'il ne s'interrompe pas.

— Alors, tu vas être sage? demande-t-il.

— Oui, oui, promis, souffle-t-elle tandis que la main de Rafe s'immobilise sur son ventre.

— C'est bien, Ari. C'est ce que je voulais entendre. Je veux que tu m'obéisses. Je vais te rendre folle de plaisir et tu vas assouvir mes désirs.

— Oui, Rafe. Continue, s'il te plaît, souffle-t-elle d'une voix chargée de désir.

Le souffle chaud de Rafe passe sur ses tétons humides, qui se raidissent à nouveau et se tendent vers la bouche brûlante. Les lèvres de l'homme se referment sur un mamelon gonflé, puis sur l'autre. Elle sent qu'il les suce, fort, sa langue jouant avec leurs bouts durcis.

Cela ne suffit pas.

La main de Rafe descend le long du ventre lisse, ses doigts dansent sur la peau d'Ari pour rejoindre sa cuisse, le pouce effleure la chair palpitante de son pubis, puis vient taquiner le tour de son clitoris gorgé de sang, sans en toucher le centre, sans soulager le désir qui la consume.

Elle le sait, elle doit se retenir de crier, de lui demander d'aller plus loin – pas avant qu'il lui ordonne de le supplier. S'il arrêtait, elle en mourrait. Approcher d'aussi près un plaisir d'une telle intensité sans qu'il soit satisfait serait insupportable.

La bouche de Rafe prend la place de sa main pour l'embrasser entre les seins, puis descend le long du buste, fait lentement le tour du nombril avant de happer doucement entre ses lèvres la peau douce du ventre. C'est si bon… Chaque centimètre de peau qu'il effleure soulage un bref instant ce manque, puis la brûlure revient de plus belle, plus vive encore.

Il poursuit sa descente, caressant de ses lèvres l'intérieur des cuisses d'Ari, passant la langue sur la peau douce dans le pli de l'aine.

— Continue, juste un peu plus loin… supplie-t-elle silencieusement.

Elle se contorsionne, s'efforçant de le guider vers là où elle le veut.

Un petit grognement franchit les lèvres de Rafe, tandis qu'elle sent son souffle chaud passer sur son sexe gonflé. Entendre le plaisir de l'autre décuple le sien, elle sait qu'elle l'excite… qu'il la désire. À cette pensée, un frisson la parcourt.

La bouche de Rafe effleure sa chaleur brûlante de désir, mais ne franchit pas le dernier centimètre qui lui apporterait satisfaction, la mettant au supplice. Elle tente de soulever ses hanches. En vain. Les mains de son partenaire la plaquent contre le lit, l'empêchant de bouger – elle est sa captive, exactement là où il veut qu'elle soit.

Alors qu'elle s'apprête à abandonner, à deux doigts de perdre la tête, les mains de Rafe se glissent entre ses cuisses et écartent ses replis. De ses deux pouces, il la caresse de l'intérieur, tandis que sa bouche descend. Il pose alors ses lèvres sur la partie la plus sensible de son corps.

Elle pousse un cri de plaisir, sentant qu'il la prend dans sa bouche et passe sa langue rapidement sur son bouton enflé. Lorsqu'il glisse ses doigts profondément en elle tout en la léchant, le plaisir la submerge.

Des secousses parcourent son corps rivé à la bouche experte, qui l'accompagne dans sa descente depuis le sommet de la vague de plaisir. Épuisée, elle retombe sur le lit. Incapable de bouger, incapable de respirer, elle a le sentiment que ses os se sont liquéfiés.

Elle sent les lèvres de l'homme se détacher d'elle. Il glisse le long de son corps, sa peau chaude tout contre la sienne. Elle voudrait le repousser, lui dire qu'elle n'en peut plus, mais ses mains sont attachées. Incapable de bouger, elle est entièrement à lui.

— Tu ne crois quand même pas que j'en ai terminé avec toi ? Alors comme ça, tu ne penses qu'à toi ? interroge Rafe en s'appuyant sur elle de tout son poids, avant de lui mordiller le lobe d'une oreille.

Elle sent l'extrémité de son érection pressant contre son ouverture humide. Incapable de prononcer le moindre mot, elle se contente de hocher la tête. Lentement, il se glisse en elle, centimètre par centimètre.

Sa queue est si grosse !

Il va la déchirer. Il la pénètre plus profondément, lui arrachant un cri. Il lui fait mal et ne lui procure aucun plaisir ! Son membre est trop imposant. Ils ne sont pas faits l'un pour l'autre.

— Arrête, s'il te plaît. Tu me fais mal, s'écrie-t-elle.

L'homme éclate de rire, puis ses lèvres cherchent la bouche d'Ari pour la faire taire. Glissant sa langue entre les lèvres de la jeune femme, il la pénètre totalement.

Ari pousse un cri et se redresse dans son lit. De la sueur perle sur son front. Elle regarde autour d'elle, se demande où elle est, le souffle coupé.

— C'était juste un rêve. Tout va bien. Un simple rêve, dit-elle à haute voix.

Mais ces paroles ne parviennent pas à la calmer. Que lui arrive-t-il? Pourquoi fantasme-t-elle sur Rafe? Elle ne le désire pas. Pas du tout.

Elle a dû rêver de lui à cause de leur rendez-vous, dans la journée. Alors qu'il attendait sa réponse, elle s'est sentie comme un lapin pris dans les phares d'une voiture. En repensant à l'effort qu'elle a déployé pour se lever et quitter la pièce, elle en tremble encore.

Lorsqu'il s'est penché sur elle, sa bouche approchant de la sienne, elle a réprimé un mouvement de recul. La puissance brute de cet homme est aphrodisiaque. Difficile de résister à son pouvoir de séduction…

Elle vient de décrocher un travail génial. Et il lui reste encore quelques jours pour trouver une solution pour sa mère. Fuir Rafe Palazzo serait si simple, s'il ne possédait un tel magnétisme. Son corps tout entier est attiré par lui, mais elle ne peut pas se le permettre.

Le cœur battant à tout rompre, Ari se lève pour gagner sa petite salle de bain. Allumant la lumière, elle découvre dans la glace ses joues rosies. Elle tremble de tous ses membres, comme s'il l'avait bel et bien caressée.

— Ça n'était qu'un rêve, répète-t-elle, levant un sourcil en examinant son reflet dans la glace.

Elle n'en revient pas d'être aussi excitée…

Sa seule et unique expérience sexuelle s'est produite à l'université, et elle a été horrible. Le garçon, qui ne pensait qu'à lui, n'a pas laissé à son corps le temps de se préparer. Lorsqu'il l'a pénétrée à la va-vite, elle a ressenti une douleur atroce. Le sexe peut procurer du plaisir, elle le sait. Mais elle se disait que quelque chose en elle ne fonctionnait pas. Peut-être était-elle frigide? C'est pourquoi elle ne s'explique vraiment pas ce rêve.

Elle en comprend la fin, la partie douloureuse, mais qu'en est-il du plaisir qui l'a précédé?

Trop fort.

Jamais de sa vie Ari n'a ressenti quoi que ce soit d'aussi intense. Comme elle n'a aucun élément de comparaison, la confusion s'empare d'elle. Peut-être aurait-elle mieux fait de ne jamais lire les maudits documents qu'il lui a remis? Mieux fait de ne jamais laisser de telles idées s'immiscer dans son esprit?

Elle n'a pas la moindre envie de se faire attacher avec des foulards en soie. Et elle n'a certainement pas celle qu'il se réserve tout le plaisir, en la laissant vide, dévorée par le désir. Si seulement elle pouvait effacer cet homme de son esprit, cela lui simplifierait la vie.

Bien qu'il reste encore plusieurs heures avant le lever du jour, elle sait qu'elle ne fermera pas l'œil avant un bon moment.

Elle ouvre le robinet de la douche puis se glisse sous le jet brûlant, pour laver la sueur que le rêve a laissé sur son corps. En passant ses doigts sur ses replis enflés, elle tressaille. Jamais auparavant un rêve n'a mis à tel point ses sens en émoi.

Appuyant fermement sa main contre son bas-ventre, elle tente de faire disparaître la tension et le tourment qui palpitent en elle, de son sexe jusqu'à la peau sensible de ses cuisses. Quinze minutes sous le jet d'eau n'apportent aucun soulagement. Elle sort de la douche, se sèche et retourne se coucher.

Toute la nuit, Ari se tourne et se retourne. Elle est affamée de plaisir. Et lorsqu'une femme est en proie au désir, il est inutile de chercher à contrarier cette envie.

10

— Ari, ça te dit de venir avec nous? On va au Temple Night Club manger des sushis et danser. Prendre un peu bon temps entre filles avant de rentrer à la maison et de retrouver nos maris et nos enfants pour tout le week-end!

En souriant à Miley, Ari se dit qu'elle adore son job. Ses collègues sont des femmes adorables et elles font preuve d'une grande patience alors qu'elle en est encore à apprendre ses différentes tâches. Et maintenant, elles lui proposent même de sortir avec elles.

— Avec grand plaisir! lance-t-elle, se sentant réellement bien pour la première fois depuis l'accident de sa mère.

Ayant touché une avance sur son salaire, elle a un peu d'argent devant elle, même après avoir payé le loyer. Et elle s'en sort toute seule. De plus, elle a une bonne raison de faire la fête.

— Pourquoi es-tu d'aussi bonne humeur, toi? demande Miley.

— Je viens d'avoir une excellente nouvelle. L'hôpital a trouvé les fonds nécessaires pour l'opération de ma mère. J'ai bien cru que j'allais être obligée de me prostituer, mais j'ai eu raison d'attendre. Ma mère va se rétablir et ma vie va redevenir normale, répond Ari avec un clin d'œil.

Interloquée, Miley la fixe un instant avant d'éclater de rire. Ari le sait, Miley pense qu'elle plaisantait. Sa collègue est loin de se douter qu'Ari a bien failli signer le contrat que lui proposait Rafe Palazzo. Si l'hôpital n'avait pas trouvé de solution financière, elle n'aurait eu d'autre choix.

Un poids considérable est tombé des épaules d'Ari, qui n'avait même pas réalisé combien tout cela l'accablait. Elle a envie de faire la fête. Et le plus beau, c'est qu'elle peut le faire sans se sentir coupable.

Elle prend son sac à main et son manteau, puis se dirige vers la sortie en compagnie de ses trois collègues.

— J'ai touché ma prime de performance, la première tournée est pour moi, annonce Shelly.

— Moi aussi, j'ai touché la mienne. Alors j'offre la deuxième, répond Amber avec un grand sourire.

— Dites donc, combien de verres avez-vous prévu de boire? demande Ari, inquiète.

La seule fois où elle a été ivre, les choses s'étaient mal passées – en fait, elles s'étaient même horriblement mal passées.

— Autant qu'il en faudra pour que mon mari bedonnant et chauve commence à ressembler à un Chippendale, affirme Shelly, provoquant un éclat de rire général.

— Si ton mari ressemble au mien, il va nous falloir au moins une vingtaine de tequilas! surenchérit Miley.

Ari reste silencieuse, tandis que ses collègues continuent à plaisanter dans l'ascenseur. Elle ne veut pas jouer les rabat-joie, mais la perspective de voir l'alcool couler à flots la terrorise. Prendre un verre de vin, ce n'est pas pareil que sortir en boîte avec les filles.

Mais le besoin de se faire des amies est plus fort que sa peur de l'alcool. Les choses ne se passeront pas aussi mal que la dernière fois. De toute façon, sa vie pourrait difficilement être pire que depuis un an.

— Ari, tu es venue en voiture?

— Non. J'ai un problème de moteur, j'ai pris le bus.

— Parfait. On va y aller en bus, toutes ensemble. Comme ça, on n'aura pas besoin de trouver une capitaine de soirée. Je déteste tirer à la courte paille, on dirait que ça tombe toujours sur moi.

Ari regarde Shelly, surprise. Au bureau, sa collègue est d'un professionnalisme irréprochable. On dirait bien toutefois qu'à partir de dix-sept heures, elle a plus la tête à faire la fête qu'à classer des dossiers. Ari admet qu'elle apprécie vraiment la compagnie de ces femmes. Ses appréhensions s'envolent rapidement tandis qu'elles quittent le bâtiment et se dirigent vers l'arrêt de bus le plus proche.

Devant le club, des gens attendent déjà devant l'entrée, dans le froid.

— Eh bien… Je ne pensais pas qu'il y aurait autant de monde, il est encore tôt, remarque Ari.

— On est vendredi, c'est l'happy-hour. Tout le monde a eu la même idée que nous – dilapider une partie de son salaire avant de se retrouver coincé avec les mômes tout le week-end. Même si mon mari et moi ne croulions pas sous les dettes, je travaillerais quand même, juste pour préserver ma santé mentale, remarque Amber.

— Nous n'allons jamais réussir à entrer.

— Ne t'en fais pas, Ari, j'ai des relations.

Shelly s'approche alors d'un videur terriblement séduisant, qui l'embrasse sur la joue avant de hocher la tête, et leur fait signe de venir. Quelques instants plus tard, Ari se retrouve installée sur un tabouret, devant un bar circulaire bondé. Sous ses yeux, les cuisiniers préparent des sushis avec virtuosité, à la vitesse de l'éclair.

La lumière est tamisée et le niveau sonore élevé. Les serveurs se faufilent entre les clients, nombreux à se déplacer pour aller saluer des amis. L'énergie qui emplit la pièce vient à bout des dernières hésitations d'Ari. Elle est décidée à prendre du bon temps avec ses nouvelles amies.

— Ari, j'ai dit à mon ami Tony que s'il nous laissait entrer, tu irais faire un petit tour aux toilettes avec lui pour lui exprimer ta reconnaissance. Je savais que tu ferais ça pour nous!

Arianna regarde Amber, incrédule. Est-ce une plaisanterie? Elle espère de tout cœur que oui. Heureusement, Amber ne parvient pas à garder son sérieux bien longtemps et éclate de rire.

— Dommage que je n'aie pas mon appareil photo sur moi. Tu devrais voir ta tête. Crois-moi, Tony n'a aucun mal à décrocher des rencards. Regarde-le un peu. Si je n'étais pas mariée, je lui arracherais bien ses vêtements avec mes dents. Et d'ailleurs, après quelques verres, il est bien possible que je craque et que j'aille faire un petit tour avec lui.

— Là, les filles, vous me faites un peu peur, déclare Ari, provoquant un éclat de rire général.

— Qu'est-ce que vous buvez, mesdames?

Ari lève les yeux vers le serveur, ravie de cette interruption.

— Nous allons prendre une tournée de shots de tequila, suivis d'Apple Martinis. Essayez de ne pas trop tarder avant de venir prendre la commande suivante. Nous n'avons pas beaucoup de temps pour faire le plein avant de rentrer à la maison, décrète Miley, battant des cils en direction du charmant jeune.

— Ne vous inquiétez pas, je suis toujours très attentif aux jolies femmes, répond celui-ci d'un ton enjoué, adressant un clin d'œil à Ari avant de repartir en direction du bar.

— Pas mal ! J'en ferais bien mon quatre-heures. Dommage, c'est toi qui lui as tapé dans l'œil, Ari. Il a dû comprendre que tu étais la seule disponible, plaisante Shelly avec un sourire.

— Je ne suis pas disponible. Ce n'est pas parce que je suis célibataire que j'ai envie de sortir avec quelqu'un. Il faut que je m'occupe de ma mère, que je m'investisse dans mon travail et surtout que je pense à mes études. Je compte bien retourner à la fac et décrocher mon diplôme.

— Oui, mais il faut bien s'amuser un peu dans la vie, non ?

— La vie que j'ai me convient très bien.

Ses trois collègues se regardent, puis lèvent les yeux au ciel.

— Et voilà pour vous, mesdames. Je vous ai apporté une tournée de shots de tequila supplémentaire – cadeau de la maison.

— Mmm, mmm. Dites donc, vous êtes canon, vous, ronronne Miley en battant des cils. Justement, mon amie, qui est là, disait que vous avez un joli petit cul.

Surprise, Ari manque de s'étrangler. Le serveur s'approche d'elle et plonge ses yeux noirs dans ceux de la jeune femme.

— Enchanté, je m'appelle Chandler. Surtout, n'hésitez pas à venir voir de plus près… à toucher… et à faire ce qui vous chante de mon petit cul… et de toute autre partie de mon anatomie, d'ailleurs.

Interloquée, Ari reste sans voix alors que l'homme s'approche bien trop près à son goût, jusqu'à toucher la cuisse de la jeune femme avec sa hanche.

Alors qu'il se tourne légèrement, elle le sent presser contre elle la preuve de son excitation, et jette un regard paniqué en direction de ses amies. Jamais aucun homme n'a été aussi direct avec elle – sauf peut-être Rafe, mais ça ne compte pas vraiment, vu qu'il essayait de l'embaucher pour faire d'elle son esclave sexuelle. Chandler, lui, est du genre « one shot », elle en est sûre.

— Elle s'appelle Ari. Et elle est un peu timide. Repassez donc après notre troisième ou quatrième verre, annonce Amber en lui décrochant un sourire ravageur.

Chandler regarde Ari en souriant et Shelly passe leur commande de sushis : Pacific Rim, Samurai et Firestarter Rolls.

— On pourra en recommander plus tard si vous voulez. Je crois que pour commencer, c'est parfait.

— À très vite, mesdames, répond Chandler avec un clin d'œil en direction d'Ari, qui se sent rougir et plonge le nez dans son verre.

— Super, les filles. Allez, on attaque la soirée, décrète Amber en se léchant le poignet avant de saupoudrer de sel la peau humide.

Les deux autres femmes imitent Amber. Complètement perdue, Ari les observe attentivement en se demandant ce qu'elles fabriquent.

— Tu n'aimes pas la tequila ?

— Je n'en ai jamais bu.

— Pauvre petite fille sage !

— Miley, ne sois pas vache avec elle. Il suffit de lui expliquer, réprimande Shelly. Alors voilà, Ari, tu lèches ton poignet – oui, comme ça. Ensuite, tu mets un peu de sel dessus. Parfait. Maintenant, tu lèches le sel et tu avales la tequila cul-sec. Fais comme nous.

Les quatre femmes s'exécutent ensemble, avant d'éclater de rire en voyant l'expression d'Ari. Consciente de sa mine renfrognée, la jeune femme a l'impression que le liquide doré a brûlé sa gorge, sensation renforcée par l'effet du sel.

— Maintenant, prends le citron vert et croque dedans, comme ça.

Interdite, Ari se demande comment on peut s'infliger volontairement une telle torture. La gorge et les papilles gustatives en feu, elle se précipite sur son verre d'eau. Heureusement, le citron vert estompe un peu le goût puissant de la tequila.

— Allez, on en prend un deuxième et on va sur la piste, annonce Amber.

À contrecœur, Ari lèche son poignet puis attrape la salière. Ce deuxième verre passe un peu plus facilement que le premier.

Rapidement, Chandler leur apporte de nouveaux shots de tequila, avec les Apple Martinis. Bientôt, Ari ne sait plus combien de verres elle a bu. Suffisamment en tout cas pour commencer à avoir la tête qui tourne. Entre deux verres, les quatre amies se fraient un chemin jusqu'à la piste de danse pour éliminer un peu de l'alcool ingurgité en transpirant.

Ari est tout d'abord horrifiée par tous ces hommes qui la serrent de près. Puis après son cinquième verre, elle ne remarque quasiment plus ce qui se passe autour d'elle – en revanche, elle sourit tellement qu'elle en a mal aux joues.

Les femmes continuent à boire, à danser et à rire. Les heures passent. Ari commence à glisser sur l'autre versant de l'ivresse et de son euphorie – le versant je-ne-me-sens-vraiment-pas-bien-du-tout.

— Mesdames, ça a été un plaisir de vous servir. Je viens de terminer mon service et je me demandais si je pouvais vous enlever Ari pour une danse ? demande Chandler en s'installant à côté d'elle au bar bondé.

— Oui ! répondent Shelly, Amber et Miley d'une seule voix.

Ari a tellement la tête qui tourne qu'elle ne résiste pas lorsque Chandler l'attrape par la main pour l'attirer dans ses bras. Baissant la tête, il plaque ses lèvres sur celles d'Ari et lui caresse le dos. Elle sait qu'elle devrait se dégager de cette étreinte – que tout ça va beaucoup trop vite –, mais son cerveau embrumé l'empêche de résister.

— Ne vous embêtez pas à l'attendre si vous devez y aller. Je veillerai à ce qu'elle rentre chez elle saine et sauve, décrète Chandler.

Sidérée, Ari voit ses collègues glousser, puis lui faire au revoir de la main, comme s'il était parfaitement normal que le serveur l'entraîne Dieu sait où. Elle tente de protester, mais aucun mot ne sort de sa bouche.

Passant son bras autour de la taille d'Ari, Chandler la porte quasiment jusqu'à la piste de danse. Là, il la serre dans ses bras et commence à onduler des hanches contre elle.

— Euh, je ne me sens vraiment pas bien. Il vaudrait mieux que vous me rameniez à mes amies, marmonne Ari, qui constate avec surprise qu'elle a du mal à articuler.

— Chut ! Tout va bien, ma belle. On va danser un peu, puis je t'emmènerai dans un endroit où tu pourras t'allonger, répond-il avant de plaquer ses lèvres sur celles de la jeune femme, l'empêchant de protester.

Avec le dernier sursaut d'énergie qui lui reste, elle tente de le repousser, en vain. Tout devient noir autour d'elle et elle s'effondre dans les bras de Chandler en perdant connaissance.

« C'est ça, laisse-toi aller… » sont les derniers mots qu'elle entendit.

11

À contrecœur, Rafe entre dans la boîte de nuit où son meilleur ami lui a donné rendez-vous. Celui-ci est toujours à la recherche de nouvelles conquêtes pour satisfaire son appétit sexuel – avec une nette préférence pour les aventures d'une nuit.

Rafe, lui, préfère des femmes très classes qu'il recrute pour faire ses quatre volontés, jusqu'à ce qu'il se lasse d'elles. Shane, son ami depuis l'école primaire, est la seule personne au monde pouvant lui faire mettre les pieds dans une boîte de nuit. C'est un véritable frère pour Rafe. Les deux hommes, aux caractères complémentaires, s'entendent à merveille.

Avec ses deux sœurs qui le rendaient fou, Rafe appréciait l'équilibre que lui apportait Shane. Ses sœurs sont formidables, mais parfois épuisantes. Shane, qui connaît Rafe mieux que quiconque, était là lorsque son ami a divorcé et il l'a aidé à remonter la pente après cette épreuve.

— À la tête que tu fais, je vois que tu es ravi d'être là !

Tournant la tête, Rafe découvre son ami et le foudroie du regard. Pourquoi supporte-t-il ce garçon ? Mystère. En réalité, leur amitié n'aurait jamais dû résister à toutes les bêtises que Shane est prêt à faire pour lever des filles. Si Rafe n'avait pas eu la conviction profonde que Shane est quelqu'un de bien, il ne serait plus son ami depuis longtemps.

— Allez, on se dépêche. J'ai des projets pour ce week-end, moi…

— Oh, détends-toi ! Il faut bien souffler et s'amuser de temps en temps. Nous sommes deux célibataires, dans une boîte remplie de canons. Amusons-nous un peu, nous parlerons affaires plus tard.

Avec un soupir, Rafe emboîte le pas à une hôtesse très légèrement vêtue qui les conduit à une table avant de se pencher en avant pour prendre leur commande, dévoilant au passage un décolleté généreux. En temps normal, Rafe aurait apprécié la vue, mais il ne parvient pas à chasser Ari de son esprit.

Il ne se souvient pas avoir jamais été aussi ému par une femme – raison pour laquelle il ferait mieux de l'oublier. Elle a refusé sa proposition – voilà qui aurait dû clore le dossier. Seulement voilà : Rafe ne supporte pas les rejets. D'ailleurs, il ne se souvient même pas de la dernière fois où quelqu'un lui a opposé un refus.

— Nous allons boire du bourbon pour commencer, répond Shane en passant la main sur les fesses rebondies de l'hôtesse.

— Parfait, mon chéri. Je reviens tout de suite, ronronne-t-elle.

— Eh bien, peut-être qu'il est inutile d'aller chercher plus loin. Elle est carrément canon, apprécie Shane avec un sifflement admiratif tout en la regardant s'éloigner, avec un balancement de hanches hypnotisant.

— Je me demande comment tu fais pour te taper autant de filles avant de les laisser tomber, tout en te débrouillant pour qu'elles continuent à te prendre pour leur prince charmant, marmonne Rafe.

— Question d'attitude, mon pote ! L'astuce, c'est de leur faire croire que ce sont elles qui ont décidé que nous n'allions passer qu'une nuit ensemble. Ensuite, je repars libre comme l'air. Et elles, elles se disent que nous avons passé une nuit torride exceptionnelle – le tout en restant les meilleurs amis du monde !

Avec un grognement, Rafe regarde autour de lui. La boîte est plutôt remplie pour un vendredi soir, à dix-neuf heures. Il espérait pourtant avoir encore quelques heures de calme devant lui. Tandis que son regard ennuyé s'apprête à revenir vers son ami, il aperçoit une femme qu'on entraîne sur la piste de danse.

— Je rêve ! s'exclame-t-il, n'en croyant pas ses yeux.

— Que se passe-t-il ? demande Shane.

Suivant le regard de son ami, il aperçoit une femme brune qu'un homme conduit sur la piste de danse.

— Tu la connais ?

Les deux amis observent l'homme serrer étroitement la femme contre lui, pour la maintenir debout alors qu'elle semble à peine consciente. Les yeux de Rafe se plissent de colère.

— L'enfoiré !

Rafe se redresse si brusquement que sa chaise se renverse, tombant sur l'homme qui passe derrière lui. Celui-ci marmonne quelque chose, avant de poursuivre son chemin. Il a bien fait de ne pas insister, car Rafe voit rouge en constatant que l'individu qui serre Ari dans ses bras l'entraîne loin de la piste. Il aurait adoré se défouler sur le client qui passait par là et qui aurait eu la malchance d'être au mauvais moment au mauvais endroit.

— Qu'est-ce qui se passe ? demande Shane, posant sa main sur l'épaule de Rafe qui semble furieux.

— De toute évidence, elle a trop bu, elle tient à peine debout et ce salaud en profite !

Suivi de près par Shane, il fend la foule et traverse rapidement la boîte de nuit pour emboîter le pas au couple. Arrivé à leur hauteur, il entend l'échange entre l'homme et ses copains :

— Alors comme ça, Chandler, tu as encore levé une nana ?

— La vache, elle est bonne !

— Oui, si on aime le genre défoncé…

Les quatre hommes éclatent de rire, tandis que Chandler leur lance un regard entendu. Puis il se dirige vers la porte arrière de la boîte. Rafe lui emboîte le pas jusqu'au parking. Là, il aperçoit Chandler qui entraîne Ari en direction d'un bâtiment délabré, un peu plus loin.

Hors de question de le laisser faire.

— J'ai appelé la police. Ce type n'en est sûrement pas à son coup d'essai.

Tournant la tête, Rafe voit que Shane l'a suivi. Ils s'approchent de Chandler et d'Ari.

— Tu te crois où, là ? demande Rafe en saisissant le bras du gars.

— De quoi je me mêle ? répond Chandler en pressant le pas.

— J'ai entendu ce que tu disais à tes copains. Tu as drogué cette fille pour la violer.

— Mais vous êtes qui, d'abord ? C'est n'importe quoi. Ma copine a un peu trop bu et je la ramène chez nous pour qu'elle dorme.

— Écoute, ducon, à ta place je me dépêcherais de rentrer, et sans la fille, pour me planquer, parce que mon copain meurt d'envie de te coller une bonne raclée, ici, sur ce parking. Et moi, ça me démange de lui donner un coup de main, conclut Shane avec un sourire.

Le gars regarde autour de lui, en se demandant s'il doit se battre pour garder sa victime ou s'il ferait mieux de la lâcher avant de prendre ses jambes à son cou. La peur finit par l'emporter lorsqu'il découvre la colère dans les yeux de Rafe et la détermination dans ceux de Shane. Soudain, Chandler pousse Ari vers les deux hommes avant de détaler.

Rafe la rattrape de justesse avant qu'elle ne tombe. Un instant, il envisage d'étendre Ari à terre pour poursuivre ce salopard, mais en l'entendant gémir dans ses bras, il décide de ne pas la laisser.

Comprenant le dilemme de son ami, Shane propose :

— Je reste ici pour éviter qu'il ne s'enfuie. Occupe-toi d'elle. Appelle-moi tout à l'heure pour me dire si elle va bien, dit-il avant de se diriger vers les marches en ruine du bâtiment et de s'appuyer contre la balustrade pour fixer la porte.

— Ari ? Ari, vous allez bien ? demande Rafe en la relevant dans ses bras et en la secouant doucement.

Lentement, la jeune femme ouvre les yeux. Sa vue semble brouillée car elle plisse les yeux en le regardant. Il lui faut quelques secondes avant de faire la mise au point sur son visage.

— Rafe ? Mais que faites-vous là ?

Elle passe sa main sur le visage de Rafe, puis elle fait glisser ses ongles le long de sa joue avant de lui sourire.

— Mmmn, vous sentez bon, murmure-t-elle.

— Qu'est-ce que vous faisiez ici ? demande-t-il.

Ses sourcils se lèvent comme si elle n'en avait pas la moindre idée.

— Je… je n'en sais rien.

— Je vous ramène chez vous !

Rafe est furieux. Que fait-elle dans une boîte de nuit un vendredi soir? Comment a-t-elle pu se mettre dans un pétrin pareil? Sans son intervention, elle aurait pu se faire violer. Voilà pourquoi elle devrait accepter son offre généreuse, se dit-il. De toute évidence, cette fille est incapable de veiller sur elle-même.

Il rejoint sa voiture et installe Ari sur le siège passager, où elle ne tarde pas à de nouveau perdre connaissance. D'un geste furieux, il dégaine son téléphone pour envoyer un SMS à Shane et lui demander de l'informer dès ce type aura été arrêté. Il veut être certain que ce salaud se retrouve derrière les barreaux pour un bon bout de temps et, il l'espère bien, ne puisse plus s'en prendre à d'autres femmes.

Rafe prend le chemin qui le conduit chez lui, avant de se raviser. Il n'a jamais ramené de femme chez lui et ce n'est pas aujourd'hui que ça va changer. Tournant le volant, il s'engage dans une petite rue pour faire demi-tour et prendre la direction de l'appartement d'Ari.

Arrivé devant sa résidence, il grimace. Comment peut-on vivre dans un taudis pareil? Elle gagne correctement sa vie, elle aurait dû déménager. Il le sait, elle a beaucoup de charges, mais vivre dans un quartier sûr devrait être une priorité.

Heureusement, elle a toujours sur elle son petit sac à main, qu'elle a passé autour de son cou. Il y cherche la clé, puis il prend Ari dans ses bras pour monter l'escalier branlant jusqu'au deuxième étage. Là, il réussit à trouver le bouton de la porte, dans l'obscurité. Après quelques tentatives infructueuses, il parvient à ouvrir la porte.

Sa consternation s'accroît encore en découvrant le minuscule salon vétuste, abritant quelques pauvres meubles. Il l'allonge sur le canapé, le temps d'allumer quelques lampes et de repérer le lit. Il décroche ensuite son téléphone pour appeler son médecin personnel. Son interlocuteur, un praticien réputé, répond aussitôt et lui promet d'arriver au plus vite, après avoir marqué un temps d'arrêt en entendant l'adresse.

À sa place, Rafe aurait lui aussi eu une hésitation. En attendant le Dr Malroy, il inspecte le minuscule appartement, ce qui ne lui prend que quelques minutes. Le réfrigérateur est presque vide, les placards ne contiennent pas grand-chose et les articles de toilette sont peu nombreux. Pas étonnant qu'elle soit aussi maigre. De toute évident, Ari ne sait pas prendre soin d'elle. S'il y a bien une personne sur terre qui gagnerait à être sa maîtresse, c'est elle. Elle profiterait davantage de ce contrat que lui. Pourquoi refuse-t-elle avec autant d'obstination?

Si elle acceptait, il l'installerait tout de suite dans un magnifique appartement, où elle aurait un réfrigérateur bien rempli et plus aucun souci matériel – même lorsqu'il n'aurait plus envie d'elle. En effet, ses maîtresses se voient toutes verser une généreuse indemnité lorsqu'il n'a plus besoin de leurs services. Il veille alors à ce qu'elles ne manquent de rien et que leur avenir soit assuré.

Il passe ensuite un coup de fil à son assistant, qui lui promet de faire remplir le réfrigérateur et les placards d'Ari dans les heures à venir. Certes, Rafe aurait eu envie qu'elle fasse un pas dans sa direction. Mais il ne peut pas la laisser ainsi en attendant qu'elle se soumette à lui, ce qui arrivera inévitablement.

Rafe pousse un soupir de soulagement en entendant frapper à la porte. Il fait entrer le médecin, qui hausse les sourcils d'un air interrogateur. Sans prendre la peine de lui fournir des explications, Rafe le conduit jusqu'au canapé, pour qu'il examine Ari. Le médecin diagnostique rapidement le problème.

— Pour être fixé, il va falloir attendre les résultats des analyses, mais je pense qu'on lui a fait prendre la drogue du violeur, ou quelque chose dans ce goût-là. Quelqu'un a probablement mis un comprimé dans son verre, ce qui a provoqué une intense fatigue et un état hypnotique. Souvent, cette substance occasionne quasiment une amnésie : la victime n'a pas le moindre souvenir de ce qui s'est passé durant la nuit.

Le sang de Rafe ne fait qu'un tour. Le type qu'il a arrêté en pleine action est un criminel.

Une fois rassuré sur l'état d'Ari, il ira rendre une petite visite à l'apprenti-violeur. Il a de nombreux amis dans la police, qui se feront un plaisir de regarder ailleurs pendant que Rafe cassera la gueule à cette ordure.

— Faut-il l'hospitaliser ?

— Je ne pense pas qu'elle ait pris une dose excessivement élevée de cette substance, quelle qu'elle soit, mais il va falloir garder l'œil sur elle cette nuit. Si des difficultés respiratoires apparaissaient, il faudrait la conduire aux urgences le plus rapidement possible. Pour l'instant, les médecins de l'hôpital ne pourraient pas faire davantage que les médicaments que je viens de lui donner. Il arrive que ces drogues du violeur provoquent des réactions pouvant entraîner la mort, mais si c'était son cas, elle aurait déjà montré des signes inquiétants.

— Il faut la conduire immédiatement à l'hôpital.

— Je n'ai pas constaté de réactions allergiques. Sincèrement, je pense que ça va aller. Si je jugeais nécessaire de l'hospitaliser, je vous le dirais. Elle a simplement besoin d'être bien hydratée et de se reposer.

— Si vous pensez que c'est ce qu'il y a de mieux à faire… Au premier signe indiquant que son état se détériore, je la conduirai à l'hôpital.

À contrecœur, Rafe suit le conseil du médecin et le raccompagne à la porte. Puis il se prépare à passer une très longue nuit.

12

Ari se réveille lentement, au son d'un orchestre de percussions qui semble jouer impitoyablement dans sa tête. Elle essaie de regarder à travers ses paupières entrouvertes, mais la douleur lui interdit même cet infime mouvement. Son corps roule sur le lit et elle sent la douleur la parcourir de la tête aux pieds.

— Prenez ça, ça va vous faire du bien.

En entendant la voix de Rafe, Ari se fige. Que fait-il là ? Que fabrique-t-elle dans la même pièce que lui ? Et d'abord, où est-elle ? Elle n'a plus le moindre souvenir de ce qui s'est passé, ce qui accroît encore la panique et la douleur.

Au prix d'un effort de mémoire surhumain, la jeune femme tente de se rappeler les événements de la veille. Lentement, à travers un épais brouillard, les souvenirs reviennent. Elle est allée boire un verre avec ses amies. Elle s'est dit qu'elle buvait trop, mais elle s'amusait comme une folle – à rire, à flirter avec le serveur, à se comporter comme une jeune femme de 23 ans insouciante, un vendredi soir comme les autres.

Seulement voilà : elle n'est pas comme les autres. Elle doit s'occuper de sa mère et payer des factures, une source de stress énorme. Elle n'aspirait qu'à une chose : passer une bonne soirée et oublier tout. Visiblement, ça n'était pas possible.

Malgré tous ses efforts, elle ne se rappelle pas avoir vu Rafe dans le bar, la veille. La dernière chose dont elle se souvient, c'est que ses amies l'ont encouragée à aller danser avec le serveur – dont elle a oublié le nom. C'est là que tout a commencé à se brouiller.

— Allez, Ari, je vais vous aider à vous redresser. Je sais que vous avez mal partout, mais prenez ces médicaments et ça ira mieux. J'ai baissé la lumière pour vous permettre d'ouvrir les yeux.

Submergée par une douleur atroce, elle sent les mains de Rafe se glisser sous elle pour l'aider à s'asseoir. La nausée la saisit tandis que son corps semble transpercé par des flèches.

Sentant le bord d'un verre contre sa lèvre inférieure, elle ouvre la bouche. Le liquide glacé qui coule dans sa gorge lui fait du bien. Ouvrant la bouche de nouveau sous la pression, elle sent que son garde du corps pose un comprimé sur sa langue. Elle l'avale lorsqu'il appuie de nouveau le verre contre ses lèvres.

Elle n'a pas encore le courage d'ouvrir les yeux. Pour cela, mieux vaut attendre que les battements dans sa tête s'atténuent un peu.

Au cours des minutes qui suivent, elle se concentre sur sa respiration, s'efforçant d'inspirer et d'expirer profondément. On dirait que le comprimé magique commence à agir. Sa migraine et ses courbatures n'ont pas disparu, mais diminué.

Ari essaie d'ouvrir les yeux. La pièce n'est que faiblement éclairée, mais il ne lui faut pas longtemps pour apercevoir Rafe assis à côté du lit, sur l'une de ses chaises de cuisine branlantes.

Elle n'en revient pas de voir cet homme élégant chez elle. Comment est-ce possible? Il est bien trop raffiné pour traîner dans les quartiers populaires de San Francisco.

Au prix d'un intense effort, elle focalise son regard sur le visage de Rafe. Là, sa surprise s'accroît encore. Une barbe naissante couvre son visage habituellement lisse, et ses cernes témoignent d'un manque de sommeil. Intriguée, Ari n'imagine pas qu'il ait pu rester à son chevet.

— Content que vous soyez réveillée, enfin. Vous êtes restée dans les vapes plusieurs heures. J'ai réussi à vous faire boire un peu et à vous conduire à la salle de bain. Je commençais à me demander si le médecin ne s'était pas trompé. Vous avez dormi toute la nuit et toute la journée. Là, vous alliez attaquer votre deuxième nuit de sommeil.

— Quel médecin? Et qu'est-ce que vous faites ici?

De nouveau, Ari s'étonne d'avoir une voix aussi rauque. On dirait qu'elle n'a pas parlé depuis des lustres.

— Hier soir, on vous a droguée. J'étais là par hasard et je suis intervenu, avant que cet individu ne vous enlève pour profiter de vous. La drogue du violeur, ça vous dit quelque chose?

Ari attend la suite. Comme il reste silencieux, elle le regarde et découvre alors de la colère dans ses yeux. Pourquoi est-il aussi furieux? C'est quand même elle qui a failli se faire agresser, non? Comme si elle l'avait fait intentionnellement. Comme si elle lui avait demandé d'intervenir, de voler à son secours avant de jouer les gardes-malades.

Tandis qu'ils se dévisagent, les yeux dans les yeux, Ari prend lentement conscience de ce qui s'est passé. Elle a failli se faire violer. Tout cela paraît irréel – comme si elle voyait son histoire arriver à une autre, en regardant par une fenêtre.

Une vie privilégiée présente quantité d'avantages, notamment celui de se dire qu'on est à l'abri des drames. La mort, le viol, le suicide – toutes ces choses arrivent, elle le sait, mais jamais elle n'aurait cru être concernée un jour.

Sa tête lui fait toujours mal. Vite, elle chasse le sentiment de panique qui la gagne. Elle prendra la pleine mesure du danger auquel elle a échappé plus tard. Pour l'instant, elle préfère ne pas y penser.

— Eh bien, vous ne prenez pas de pincettes pour dire les choses.

— À quoi bon tourner autour du pot?

— Combien de temps suis-je restée inconsciente?

— Nous sommes samedi soir, cela fait donc environ vingt heures. Vous devez avoir faim.

— Non. Le simple fait de penser à manger me soulève le cœur. Merci beaucoup de vous être occupé de moi, mais là, je pense pouvoir me débrouiller toute seule.

— Vous êtes loin d'être remise, Ari. On vous a droguée. Il est hors de question que je vous laisse. On va commander à manger.

Sans lui laisser le temps de protester, il se lève, dégaine son téléphone et quitte la pièce en composant un numéro. Elle a toujours mal partout et se sent trop faible pour protester. De toute façon, il ne pourra pas l'obliger à avaler quoi que ce soit – du moins, elle se dit qu'il n'ira pas jusque-là.

Avec un grognement, elle fait glisser ses jambes le long du lit jusqu'à toucher le sol avec ses pieds. Lentement, elle se lève. Ses jambes sont en coton et elle s'agrippe au lit pour ne pas tomber. Une fois le vertige dissipé, elle respire profondément et se dirige précautionneusement jusqu'à la salle de bain, fermant soigneusement la porte derrière elle.

En découvrant son reflet dans le miroir – même dans la faible lumière de la salle de bain – elle est à deux doigts de pousser un nouveau gémissement. On dirait que des rats ont construit un nid dans ses cheveux! Son visage est cadavérique et il y a des traces de maquillage rouge brun sous les yeux, qui font ressortir ses pommettes saillantes.

Elle a l'air d'un zombie – ou presque. Les maquilleurs d'Hollywood n'auraient pas fait mieux. Mobilisant ce qui lui reste d'énergie, elle se lave le visage, se brosse les dents, se rince la bouche et passe un peigne dans ses cheveux emmêlés. Non pas qu'elle ait envie d'impressionner Rafe. Simplement, elle espère qu'en soignant son apparence, elle se sentira un peu mieux.

En sortant de la salle de bain, le peu d'énergie qui lui restait au réveil a disparu. Mais elle a l'impression d'avoir repris apparence humaine.

Rafe a allumé une lampe dans un coin de la pièce, où il a installé son ordinateur portable sur un petit bureau qui n'appartient pas à Ari. Elle remarque alors le drap neuf sur son matelas. D'ailleurs, son dos ne lui fait pas aussi mal qu'elle aurait pu s'y attendre après vingt heures au lit. Jamais elle n'aurait pu dormir aussi longtemps sur son mauvais matelas sans avoir mal à chaque vertèbre. Lentement, elle se dirige vers le lit et soulève le drap, découvrant un nouveau matelas.

Faut-il éprouver de la reconnaissance ou se sentir envahie? Acheter un lit est une initiative un peu trop intime pour un étranger. Elle ne tient pas à être encore plus redevable envers Rafe qu'elle ne l'est déjà. Impossible de rembourser tout ce qu'il a dépensé. Cependant, il va bien falloir. Hors de question de lui devoir quoi que ce soit.

Elle décide d'aborder le sujet plus tard, ce n'est pas vraiment le moment de lui reprocher quelque chose. Le rembourser ne sera pas facile – il va refuser, par fierté. Elle devra glisser une enveloppe anonyme sous sa porte, ou quelque chose dans ce goût-là. Il n'a pas besoin de savoir que cet argent vient d'elle – l'essentiel, c'est qu'elle sache qu'elle l'a remboursé.

Tandis qu'Ari retourne dans son lit et tire les couvertures sur ses jambes, elle entend frapper à la porte de l'appartement. Le bruit résonne dans sa tête comme un ensemble de tambours jouant un rythme entraînant. Dire que son mal de crâne commençait à s'estomper…

Tout doucement, elle s'allonge de nouveau et couvre sa tête avec l'un des oreillers moelleux, espérant ainsi bloquer le bruit contre sa mince porte en bois. Fort heureusement, personne ne vient frapper à la porte de sa chambre. Rapidement, des arômes exquis se glissent sous l'oreiller pour venir flatter ses narines.

Après avoir entendu des bruits sourds dans sa petite cuisine, l'odeur de nourriture chaude s'intensifie. Puis Rafe vient s'asseoir à côté d'elle.

— Asseyez-vous et mangez un peu. Il y a de la soupe et du pain frais.

— Je n'ai pas faim, répond-elle, déterminée à ne rien accepter de plus de la part de cet homme. Tout cela commence à devenir ridicule. Elle ne veut qu'une chose : qu'il parte.

C'est l'instant précis que son ventre choisit pour se mettre à gargouiller, comme pour montrer à Rafe qu'elle ment – et qu'elle meurt de faim. Elle n'a pas réalisé combien elle était affamée, jusqu'à ce que l'odeur des plats préparés vienne flatter ses narines.

— Allez, Ari. Asseyez-vous et mangez votre soupe, ordonne Rafe avec un sourire dans la voix.

Hors de question qu'elle lui donne la satisfaction d'obtempérer. Cependant, son ventre décide de gargouiller de nouveau et elle a trop faim pour poursuivre ce petit jeu. Frustrée et à contrecœur, elle écarte l'oreiller et se redresse lentement.

Rafe installe un plateau sur ses genoux. En découvrant le bol de soupe et le pain tiède, elle en a l'eau à la bouche. N'hésitant plus, Ari découpe un morceau de pain croustillant et le trempe dans la soupe avant de le porter à sa bouche.

Ses papilles gustatives sont ravies ! Délicatement, elle avale une bouchée, puis une autre. Une fois le plateau vide, elle se rend compte que son mal de crâne a disparu. L'épuisement la gagne, mais qu'importe. Elle va faire une petite sieste. Et quand elle se réveillera, une nouvelle journée aura commencé, espérons-le sans mal au crâne et certainement sans Rafe.

Doucement, elle s'allonge de nouveau et ferme les yeux. Alors qu'elle commence à sombrer dans le sommeil, Ari entend Rafe parler au téléphone. Quelques instants plus tard, elle a du mal à comprendre ce qu'il lui dit, comme du fin fond d'un rêve.

— Ari, écoutez-moi. Nous allons devoir partir chez moi. J'ai énormément de travail et je ne peux pas vous laisser seule. Les médicaments que vous avez pris sont efficaces contre la douleur, mais ils vous assomment. Je ne veux pas que vous ayez un choc en vous réveillant dans un autre lit… Ari… vous m'entendez ?

La jeune femme marmonne quelque chose, sans trop savoir ce qu'elle dit. Heureusement, le sommeil ne tarde pas à la gagner, faisant disparaître ses douleurs.

13

En ouvrant les yeux, Ari se sent un peu mieux – même si c'est loin d'être la grande forme. Elle étire les bras au-dessus de sa tête et cambre le dos. En se retournant et en sentant la fraîcheur du satin sous ses doigts, elle réalise soudain qu'elle n'est pas dans son lit.

Est-elle morte? Est-ce cela qu'on ressent au paradis? Les draps sont sublimes et le lit si confortable qu'elle a l'impression de flotter sur un nuage de coton moelleux.

Ari est éblouie par la lumière du jour qui baigne la grande pièce. Elle jette un regard à l'extérieur, par les grandes baies vitrées de plus de deux mètres cinquante de haut, encadrées de rideaux.

— Bonjour. Je commençais à me demander si vous alliez passer la journée à dormir.

Ari sursaute et tourne la tête, découvrant une jeune femme d'une vingtaine d'années qui se tient debout à côté de son lit.

— Euh… mais où suis-je?

— Vous êtes chez monsieur Palazzo. Il a dit que vous risquiez d'être assez faible au réveil et qu'on vous avait droguée. C'est terrible, ce qui vous est arrivé. Le médecin est repassé ce matin. Il a dit que votre fièvre était tombée et que vous étiez presque rétablie, mais qu'il faut quand même vous garder sous surveillance pendant encore vingt-quatre à quarante-huit heures.

— Mais quel jour sommes-nous? demande Ari, commençant à paniquer.

— Nous sommes lundi, il est dix heures. Vous avez passé deux nuits entières ici. Hier, vous avez fait une poussée de fièvre. Le médecin vous a prescrit une forte dose d'antalgiques. Aujourd'hui, vous avez meilleure mine.

— Mais je dois y aller, je vais me faire virer! s'exclame Ari en sautant du lit.

Saisie de vertige, elle retombe en arrière.

— Oh là, doucement. Monsieur Palazzo a appelé votre employeur pour l'avertir que vous seriez absente quelques jours.

— Mais de quel droit a-t-il fait ça? Et qu'est-ce qui l'autorise à m'enlever à mon domicile?

La femme dévisage Ari comme si elle n'avait pas toute sa tête. Peut-être n'a-t-elle pas tort, compte tenu de ma situation, se dit la jeune femme en frissonnant. Malgré tout, elle est furieuse que Rafe Palazzo ait pris des initiatives pareilles. Elle refuse de lui être redevable de quoi que ce soit. Même si c'est déjà trop tard – on dirait qu'il lui est impossible d'éviter cet homme. Mais elle ne peut pas se permettre de dépendre davantage de lui.

— Merci beaucoup, Misty. Je vais m'occuper de mademoiselle Harlow.

Se retournant brusquement, Ari découvre Rafe dans l'encadrement de la porte. Elle en a le souffle coupé. Bien qu'elle n'en ait pas donné la permission à ses yeux, ceux-ci restent rivés sur lui. Elle déteste tout ce qu'il représente et il l'attire d'une façon… elle doit faire un effort surhumain pour maîtriser ses hormones – surtout depuis ce rêve mémorable…

Au prix d'un effort considérable, elle détache son regard des yeux envoûtants de Rafe pour se concentrer sur un bouton de sa chemise. Il faut qu'elle reste très calme, qu'elle rentre chez elle et qu'elle retrouve le monde réel, avant de commencer à envisager d'accepter sa proposition indécente.

— Je vous remercie de tout ce que vous avez fait pour moi pendant ces quelques jours, mais là, il faut que je rentre chez moi. J'ai un travail que j'adore et une vie qui m'attend, décrète Ari, très fière de son assurance factice. Intérieurement, elle tremble comme une feuille.

— Vous n'irez nulle part, Ari, décrète-t-il, marquant une pause avant de poursuivre : ordre du médecin.

Comme si les instructions de son médecin allaient arrêter Ari.

— Où sont mes vêtements ?

Elle le connaît suffisamment pour savoir que toute discussion est inutile. À quoi bon s'engager dans un bras de fer qu'elle est sûre de perdre ? Elle va s'habiller, tout simplement, et sortir par la porte principale. Il ne va pas la retenir de force, quand même ?

— Vous trouverez des vêtements de rechange dans la salle de bain – c'est la porte à droite. Allez prendre une douche, puis retrouvez-moi en bas pour déjeuner.

Sans attendre sa réponse, il tourne les talons et quitte la pièce. Ari aurait adoré avoir suffisamment de repartie pour une réponse sarcastique. Seulement voilà, elle ne trouve rien de spirituel à rétorquer avant de refermer la porte de la salle de bain.

Émerveillée, elle regarde autour d'elle. Plus jeune, elle rêvait d'avoir une salle de bain comme celle-là, digne d'une comédie romantique ! Elle n'a pas grandi dans la misère, mais dans le logement modeste qu'elle occupait avec sa mère, celle-ci a privilégié le côté fonctionnel au détriment du peu de confort qu'elles auraient pu se permettre.

Cette pièce est si spacieuse et si luxueuse qu'elle mériterait l'appellation de spa. Ari avance sur le carrelage chaud, puis passe la main sur le rebord de marbre de la grande baignoire. Déterminée à ne suivre aucun ordre donné par Rafe, elle a décidé de ne pas se laver. Mais la baignoire lui tend les bras. Et puis, il lui a dit de prendre une douche, non? Par conséquent, en se glissant dans la baignoire, elle ne lui obéirait pas vraiment!

Les robinets dorés, lisses et impeccables, tournent sans le moindre effort. Un petit rire échappe à Ari lorsque l'eau se met à couler en cascade. Une corbeille posée à un angle de la baignoire contient plusieurs flacons de bain moussant. La voilà confrontée à une décision de la plus haute importance! Lequel de ces parfums sublimes choisir? Elle opte pour la fragrance pêche-miel, savourant l'arôme luxueux qui se répand autour d'elle.

Une fois plongée dans l'eau jusqu'au cou, elle pousse un soupir de satisfaction. Avec un grand sourire, elle se dit qu'elle passerait volontiers les cent années à venir de cette manière. Son hôte peut toujours attendre qu'elle descende déjeuner. Avec un peu de chance, il sera tellement agacé qu'il partira, ce qui faciliterait sa fuite. La tête posée sur le coussin de bain moelleux, les yeux fermés, elle s'efforce de faire taire la petite voix intérieure qui lui souffle qu'il faudrait être dingue pour s'échapper d'un tel paradis. Mais ce n'est pas le spa qu'elle veut fuir, ce sont les règles imposées par Rafe et sa proposition monstrueuse.

Non, elle ne sera la maîtresse de personne par contrat – quel que soit le luxe ou la sécurité proposés en contrepartie. Au fond d'elle, elle aimerait pouvoir accepter et laisser Rafe la soulager du poids qui pèse sur ses épaules. Mais elle le sait : elle n'est pas ce genre de fille.

Sa mère lui a appris à être indépendante, à gagner l'argent nécessaire pour s'offrir ce qu'elle veut et à ne jamais laisser personne l'humilier. Coucher avec Rafe contre de l'argent détruirait son âme à petit feu. Sa vie ressemblerait à un paradis, tout en étant un enfer.

Après avoir mis en route les jets de balnéo qui se mettent à masser délicatement tout son corps, Ari lâche prise et s'endort peu à peu, savourant l'atmosphère magique de la salle de bain.

Une heure vient de s'écouler, et toujours pas le moindre signe d'elle. L'exaspération de Rafe est à son comble. Il le sait : cette fille met un point d'honneur à faire exactement l'inverse de ce qu'il lui demande. De plus, elle fait preuve d'un manque de politesse incroyable.

Il n'a plus jamais amené de femme chez lui depuis son divorce. Il vient d'accomplir un pas important. À mesure que sa colère monte, il commence à comprendre pourquoi. C'est aussi pour cela qu'il ne veut pas de relations normales.

Conclure un accord professionnel avec une femme, en définissant les règles du jeu, est beaucoup plus intelligent que de jouer à ces petites luttes de pouvoir où la séduction n'est qu'un prétexte pour prendre possession de l'autre. Une maîtresse rétribuée qui obéit sans discuter, voilà qui est simple.

Il aurait dû faire venir une infirmière pour veiller sur Ari. D'ailleurs, il a eu tort de s'occuper d'elle en personne, en n'écoutant que son envie. Et de la veiller dans son studio sordide…

Il lui propose un bel appartement, un excellent salaire et un luxe qu'elle n'a sans aucun doute jamais connu. Pourquoi refuse-t-elle tout cela ?

Quinze minutes plus tard, Rafe a perdu le peu de patience qui lui restait. S'efforçant de ne pas montrer son exaspération, il se lève lentement de table, remonte les couloirs et gravit l'imposant escalier.

Il lui faut bien deux minutes pour rejoindre la chambre d'amis. Mais il ne s'autorise pas à presser le pas : il lui tarde tant d'être auprès d'elle qu'il se force à marcher d'une allure calme et détendue. Pas question de montrer de l'impatience envers une femme.

— Monsieur Palazzo, dit Misty en se levant d'un bond de sa chaise, surprise de le voir. Mademoiselle Harlow est toujours dans la salle de bain. Dois-je lui demander de sortir ?

— Non, vous pouvez disposer.

Rafe ne ralentit pas en se dirigeant vers la salle de bain, et il ne se retourne pas pour s'assurer que la femme de chambre est bien partie. Tous les membres de son personnel exécutent ses ordres sans poser de questions. Il devrait vraiment renoncer à l'idée de recruter Ari, se dit-il. Avec son caractère rebelle, il y a peu de chances que cela se passe bien.

Appuyant sur la poignée de la porte, il constate qu'elle est fermée à clé. Un sourire mauvais se dessine sur son visage. S'imagine-t-elle réellement qu'elle va l'empêcher d'entrer dans une pièce de sa propre maison ? Son pouls s'accélère tandis qu'il glisse la main dans sa poche pour en sortir la clé qui ouvre toutes les portes. Il change aussitôt d'avis. Renoncer à l'idée de recruter Ari? Surtout pas! Former Ari à s'abandonner à lui sera sans doute l'une des activités les plus amusantes qu'il ait eues depuis longtemps.

Dès qu'il entre dans la salle de bain, le parfum sensuel du bain moussant vient flatter ses narines. Son pouls s'accélère lorsque son regard tombe sur la jeune femme. La mousse a presque entièrement disparu, dévoilant en grande partie une anatomie proche de la perfection, pour le plus grand plaisir des yeux de Rafe. Dans un avenir proche, il pliera ce corps offert à ses nombreux fantasmes, il le sait. En s'approchant d'elle, il sent poindre une érection. Il s'assied sur le bord de la baignoire et plonge sa main dans l'eau chaude.

Lorsque ses doigts effleurent les côtes d'Ari, la jeune femme frémit, puis ouvre lentement les yeux, plongeant son regard dans le sien. Il brûle de convoitise. Ari se réveille doucement, et ses yeux s'emplissent de désir.

— Je ne supporte pas d'attendre, Ari, chuchote-t-il en faisant passer ses doigts sur le buste mince de la jeune femme.

Elle ouvre la bouche, mais aucun mot n'en sort. L'alchimie entre eux la paralyse complètement. Il est temps pour Rafe de lui montrer combien ils feraient des étincelles ensemble si elle acceptait sa proposition. Visiblement, il n'arrive pas à chasser cette fille de son esprit. Il est temps de passer à la persuasion.

Plongeant les mains dans l'eau, il la sort tout entière de la baignoire, presque sans effort. Il l'assied totalement nue sur ses genoux, sans prendre garde à son costume. Le souffle court, Arianna plaque ses mains contre la poitrine de Rafe, peut-être pour le repousser.

— Mais qu'est-ce que vous faites?

— Ce dont nous mourons d'envie tous les deux.

capitulation

Les lèvres de Rafe s'entrouvrent pour enfreindre la règle d'or du « zéro baiser » qu'il s'est fixée – et il dévore la bouche d'Ari, traversé par un désir violent.

14

La bouche de Rafe sur la sienne, Ari reste figée quelques secondes, persuadée qu'elle pourra résister. Mais lorsque sa langue de Rafe se glisse entre ses dents, toute résistance devient vaine. Les sensations que lui impose son corps lui font oublier tout ce que lui dicte son cerveau. Elle n'a jamais rien ressenti de tel. L'intérieur de son ventre palpite et une chaleur intense irradie son sexe.

La jeune femme serre les jambes, espérant faire disparaître cette sensation qui ne cesse de s'amplifier. Au moment où elle puise en elle la force nécessaire pour repousser Rafe, celui-ci fait lentement passer ses lèvres le long de sa mâchoire, avant de parsemer son cou de baisers légers comme des plumes. La langue de Rafe glisse sur sa peau d'Ari et ses dents lui mordillent doucement l'épaule.

Un frisson la parcourt. Surprise, elle se laisse soulever sans effort, d'un geste qui témoigne de la puissance de son partenaire. Il se dirige vers la chambre puis la pose sur le lit. Le corps de la jeune femme s'enfonce sur le matelas moelleux.

— Normalement, je ne fais jamais l'amour avec une femme qui n'est pas à mon service – avec qui je n'ai pas signé de contrat de travail. Seulement voilà : je n'arrive pas à vous chasser de mon esprit. J'ai besoin de faire l'amour avec vous et j'en ai assez de résister. Alors, je ne compte pas m'arrêter en si bon chemin, sauf si vous me le demandez. Si vous avez des objections, formulez-les maintenant, ordonne Rafe en enlevant sa veste, avant de déboutonner sa chemise trempée.

C'est maintenant qu'elle doit lui dire qu'il ne se passera rien. Il faut que les mots sortent de sa bouche et qu'elle lui demande de sortir. Mais lorsqu'il défait le dernier bouton de sa chemise, mettant au jour son torse musclé à la peau mate, les bonnes résolutions de la jeune femme s'envolent instantanément. Le spectacle de ses abdominaux musclés accroît encore son désir. Elle sent un pincement dans ses seins dont la pointe se durcit, provoquant une tension exquise, qu'elle essaye de refréner en plaquant ses mains sur sa peau, sans résultat. Au contraire, les mains plaquées sur ses seins accentuent encore les sensations. Malgré elle, elle écarte les cuisses, ses yeux plongés dans ceux de Rafe. Il enlève le reste de ses vêtements avant de rester debout à côté du lit, entièrement nu, comme une statue d'Adonis.

Il est d'une beauté éblouissante, de ses cheveux sombres légèrement ébouriffés jusqu'à la pointe de ses pieds. Tout son corps est musclé et son érection imposante se dresse fièrement, prête à la pénétrer. Elle devrait peut-être avoir peur, elle n'éprouve que du désir.

— Pas de regrets, Ari? Après, il sera trop tard, murmure-t-il en saisissant ses deux mains pour les soulever au-dessus de sa tête.

Sans lui laisser le temps de protester, il se baisse et fait glisser ses lèvres jusqu'à la pointe d'un sein, qu'il prend entièrement dans sa bouche chaude. La jeune femme se cambre et soulève ses hanches, recherchant la chaleur du corps de son partenaire. Il passe une jambe par-dessus celles d'Ari pour la maintenir fermement tandis que sa bouche dévore un mamelon durci, puis l'autre.

Quand il lui libère les mains, elle passe aussitôt ses doigts dans les cheveux épais de Rafe et elle lui tient la tête pendant qu'il assouvit le désir qui enflamme ses seins, tout en éveillant d'autres sensations plus bas dans son corps.

Son ventre n'est plus que frissons et chaleur. Elle le sent, elle est en train de s'inonder de l'intérieur. La main de son partenaire remonte le long de sa cuisse et ses doigts effleurent les abords de son sexe. Avec facilité, il glisse ses doigts en elle. Le brasier qui couvait s'éveille instantanément, se transformant en flammes dévorantes.

Elle se plaque contre lui, sans plus chercher à comprendre ce qui lui arrive. Instinctivement, son corps prend le relais. On est loin des tâtonnements maladroits de son camarade d'université, lors de sa seule expérience sexuelle. Elle le sait : Rafe saura étancher la soif qui la submerge.

La bouche de Rafe descend vers son ventre, lui arrachant des gémissements de plaisir lorsqu'il effleure son buste brûlant. Elle commence à entrevoir un plaisir qu'elle n'aurait jamais cru connaître. Est-il possible de vivre une expérience aussi intense? Pourquoi n'a-t-elle jamais cherché à atteindre ce plaisir?

Elle a le sentiment de suffoquer – son cœur bat à tout rompre et sa gorge se serre, lui coupant le souffle. La pression va crescendo dans son sexe. Submergée par l'émotion, elle secoue la tête en tous sens, tandis que Rafe prend tout son temps pour dévorer son corps.

— Oh je t'en prie, Rafe, fais que ça s'arrête, gémit-elle en levant ses hanches pour que Rafe glisse ses doigts au plus profond d'elle.

— Mais ma belle, nous ne faisons que commencer, murmure-t-il avant d'écarter les genoux de la jeune femme et de passer sa langue à l'intérieur de ses cuisses.

Elle gémit de plaisir. Les doigts de Rafe vont et viennent énergiquement dans son sexe, tandis qu'il passe avec gourmandise ses lèvres autour de son clitoris. Lorsqu'il fait glisser sa langue sur son bouton, la tension atteint un niveau inégalé. Un frisson parcourt tout son corps, encore et encore. La langue de Rafe passe sur les lèvres humides de son sexe et il accélère le va-et-vient de ses doigts en elle. Elle n'en peut plus…

Jetant la tête en arrière, elle lâche prise, chassant de son esprit toute idée de culpabilité. Les sensations qu'elle ressent n'ont rien de mauvais ! Au contraire, c'est sans doute la chose la plus exquise qu'elle ait jamais expérimentée. Elle meurt d'envie d'être soulagée, tout en souhaitant que cela ne s'arrête jamais. Comme elle aimerait vivre cet instant pour l'éternité…

Soudain, la langue de Rafe se plaque contre son sexe, provoquant une véritable explosion à l'intérieur d'elle-même. Tandis que les lèvres de Rafe entourent son clitoris brûlant de plaisir et que ses doigts la pénètrent profondément, elle est prise de tremblements. Son sexe palpite, et des secousses électriques la submergent. Saisie de vertige, elle sent son corps s'embraser. Ses seins sont lourds, son bas-ventre est en feu. Rafe ralentit le mouvement de sa langue et suce doucement sa peau humide, provoquant un spasme d'Ari entre ses mains.

Alors que les dernières palpitations s'estompent, Ari sent que Rafe bouge de nouveau ses doigts. Aussitôt, elle resserre les cuisses. Non ! Terminé. Elle ne peut plus.

— Je n'en ai pas fini avec toi. Fais-moi confiance, murmure-t-il.

Elle tente de protester – impossible de survivre à cela une deuxième fois. Le plaisir qu'elle a éprouvé était bien au-delà de tout ce qu'elle pouvait imaginer. C'est sûr – revivre cette expérience deux fois de suite provoquerait un arrêt cardiaque.

Et pourtant non – alors que les doigts de Rafe massent doucement ses replis enflés, elle sent renaître le désir. Des sensations se remettent à affluer dans son clitoris, se propageant jusqu'à ses jambes et à son ventre. Avec plaisir, elle constate que le bout de ses seins réagit aussitôt, que cette sensation délicieuse revient et que son corps s'éveille immédiatement aux caresses. Elle pourrait passer ses journées et ses nuits à faire l'amour avec lui !

Elle entend Rafe pousser un gémissement excitant avant d'entrouvrir la bouche et de glisser cette langue experte sur son sexe mouillé. La pièce baignée de soleil résonne de leurs gémissements de plaisir.

Rafe prend tout son temps pour remonter et couvrir le ventre d'Ari de baisers, avant de passer la bouche sur ses seins. Doucement, il mordille ses mamelons durcis. Les mains de la jeune femme empoignent de nouveau ses cheveux, cette fois pour l'attirer vers sa bouche et sentir ses lèvres sur les siennes.

Répondant à son désir silencieux, il remonte et l'embrasse, glissant sa langue profondément dans sa bouche. Ari frissonne en découvrant le goût de son sexe sur la langue de Rafe. Il maintient la tête pour l'empêcher d'interrompre leur baiser et très vite, ce goût l'excite, décuplant encore son désir.

— Tu es prête, murmure-t-il en ouvrant le tiroir de la table de chevet pour prendre un sachet en aluminium.

Après avoir glissé la protection sur sa longue queue, il écarte les jambes d'Ari avec ses genoux.

Les yeux de la jeune femme se voilent lorsqu'elle sent l'extrémité de son membre épais contre son sexe. Lorsqu'il commence à la pénétrer, elle se tend : son membre gorgé de désir a du mal à se glisser en elle. Une pointe de douleur se mêle à son plaisir lorsqu'il bouge les hanches, pour la pénétrer entièrement. Soudain effrayée, elle gémit sous lui. N'est-elle pas en train de commettre une énorme bêtise?

— Tu es très étroite. Laisse à ton corps le temps de s'adapter, une petite seconde, souffle-t-il, immobile contre elle.

Au moment où elle croit tout son plaisir envolé, il recommence à bouger. Il se retire de quelques centimètres, avant de la pénétrer de nouveau.

La douleur se dissipe tandis que cette exquise tension monte de nouveau en elle, jusqu'à céder la place à une véritable fièvre. À mesure que son anatomie s'adapte à la largeur du membre qui la pénètre, elle ondule sous lui, cherchant à atteindre de nouveau ce sommet du plaisir, avide soudain de jouissance. Rafe a ouvert en elle une porte qu'elle ignorait avoir fermée. Désormais, tout retour en arrière est impossible.

— C'est ça, Ari, laisse-toi aller, ordonne Rafe d'une voix basse et sensuelle, tout en accélérant son mouvement.

Elle n'arrive pas à détacher son regard de ses yeux chargés de désir, tandis que leurs corps bougent à l'unisson. Ari n'a pas conscience de bouger ses hanches, son corps a pris le relais. Il sait précisément ce qu'il faut faire pour ressentir ce plaisir vertigineux qui l'a envahie quelques instants plus tôt.

Des gouttes de transpiration perlent sur le torse musclé de Rafe et Ari passe ses mains sur son dos ferme. Elle a envie de le toucher, partout, d'explorer le moindre centimètre carré de sa peau.

Un râle emplit la pièce. Vient-il d'elle ou de lui? Elle n'en sait rien, et peu importe. Le corps d'Ari est saisi d'une frénésie qui va croissant. Elle sent chaque centimètre de l'imposante érection pénétrer son sexe humide – une sensation exquise.

Lorsque l'orgasme la submerge, plus violent encore que le précédent, elle ne peut s'empêcher de crier. Les mouvements de son partenaire déclenchent des contractions dans son sexe, l'envoyant au septième ciel.

— Oui, c'est ça, laisse-toi aller. Oui… tu es si étroite, si chaude. Ah, je vais jouir…, gémit-il.

Elle sent qu'il se fige, son sexe parcouru de spasmes.

Un brouillard la submerge elle aussi, son cerveau envahi par une bienheureuse plénitude.

Rafe pousse plusieurs gémissements de plaisir, tandis que ses hanches exécutent un va-et-vient plus rapide. Puis le mouvement se ralentit. Le plaisir qu'elle a ressenti lui procure une joie indescriptible, tout comme l'idée d'avoir fait perdre la tête à Rafe – un sentiment qui l'enivre.

Tandis que Rafe s'écroule à côté d'elle, la jeune femme se laisse aller au sommeil, comblée.

15

Un sourire illumine le visage de Rafe lorsque Arianna se blottit contre lui. Pliant le bras, il l'attire plus près. Il sent les battements de son cœur et ses seins appuyés contre ses côtes.

Tandis que le coucher de soleil embrase les murs de la chambre, Rafe, un court instant, ne ressent que de la satisfaction pure. Puis, en émergeant complètement de son sommeil, il se fige. Mais qu'est-il en train de faire? Pas question de se laisser aller au côté d'une femme. Là, il se comporte comme un idiot.

Il regarde par la fenêtre, consterné de s'être endormi auprès d'Ari après leur après-midi torride – et il ne s'est pas contenté de s'assoupir. Non. Il a dormi d'un sommeil de plomb, quatre bonnes heures puisque le soleil est en train de se coucher. Depuis son divorce, il n'a jamais dormi à côté d'une femme, même pas pour une courte sieste. C'est l'une des règles qu'il s'est fixées et qu'il n'enfreint jamais.

Dans ses relations avec les femmes, il refuse toute intimité. Il ne veut que du sexe – du plaisir pur. Pas de sentiments, pas d'émotions. Un environnement totalement maîtrisé.

Avec détermination, il s'écarte du corps tiède d'Ari. Il réprime un gémissement de frustration en constatant qu'elle tente de le retenir, toujours endormie.

S'efforçant de retrouver sa volonté d'acier, il retire la main qu'elle a posée sur son flanc et se glisse hors du lit. Ari gémit doucement dans son sommeil tout en bougeant sur le lit, en quête de sa chaleur. Les yeux de Rafe restent rivés sur le corps à moitié dénudé qui s'étire et commence à se réveiller.

Quand la jeune femme ouvre les yeux, il a déjà remis son pantalon, Ari regarde autour d'elle, en se demandant où elle est. Son sourire se fige. Avant d'avoir eu le temps de bannir l'émotion qui le gagne, il sent le désir qui revient et qui monte en lui.

Le drap glisse sur ses courbes, dévoilant des seins parfaits. Des traces de leurs ébats amoureux – non, de leur partie de jambes en l'air, il ne s'agissait que de sexe, corrige-t-il machinalement – couvrent son corps. Des marques rouges parsèment sa peau blanche et ses mamelons roses sont durcis, prêts à accueillir de nouveau la langue de Rafe sur leur surface délicate.

Tant de féminité, tant de perfection…

Rafe détourne le regard pour ramasser ses autres vêtements. Il l'entend alors se redresser dans le lit. Il se tourne vers elle, tout en continuant à boutonner sa chemise. Surprise, elle le regarde avant de tirer le drap pour se couvrir.

— Ne joue pas les prudes, Ari. J'ai touché et léché le moindre centimètre carré de ton corps, raille-t-il, avant d'afficher un sourire suffisant devant sa mine stupéfaite.

— Sortez d'ici, dit-elle d'une voix maîtrisée qui le surprend.

D'un coup, elle monte dans son estime. Il pensait qu'elle allait devenir hystérique ou se mettre à pleurer. Il ne s'attendait pas à ce détachement glacial. Cela devrait le vexer, mais il sait que d'un simple effleurement, il peut embraser son corps. Et puis il n'a rien à prouver.

— Rejoins-moi dans la salle à manger dans vingt minutes… sauf si tu veux que je monte pour venir te chercher de nouveau.

Il attend d'être sorti de la pièce pour sourire, puis se retient d'éclater de rire en entendant un choc contre la porte. Mais qu'a-t-elle bien pu lancer?

Depuis qu'il a rencontré Arianna Harlow, il ne s'est pas ennuyé une seule seconde. Cette fille ne cesse de le surprendre – par ses réactions, mais aussi par ce qu'elle éveille en lui. Elle a rallumé une flamme qui semblait éteinte depuis bien longtemps et qu'il pensait ne jamais pouvoir raviver.

Il la possédera, aussi longtemps qu'il le désirera. En attendant qu'elle se soumette totalement à lui, il apprécie leurs échanges. Pour un peu, il redouterait presque le jour où il se lassera d'elle. Mais c'est terminé, aucune autre femme ne bouleversera plus son âme malmenée.

Installé à la table de la salle à manger, Rafe fixe l'horloge. Il se surprend à espérer qu'elle tentera de le défier de nouveau. Cela ne lui déplairait pas de lui donner sa première bonne leçon, afin de lui montrer ce qui arrive à ceux qui le contrarient.

Dix-neuf minutes plus tard, il se met à taper du pied nerveusement. Dans une minute, il se lèvera et commencera la leçon.

— Me voilà, maître.

— Maître?

— Vous vous prenez pour le maître, non? Sans doute faut-il s'adresser à vous comme à un dictateur, demande-t-elle avant de s'asseoir en face de lui.

— Monsieur conviendra parfaitement, répond-il d'un ton moqueur.

— Et connard, ça vous irait? rétorque la jeune femme d'un air innocent.

— Attention à ne pas aller trop loin, mademoiselle Harlow, menace-t-il.

— Croyez-vous sincèrement que vous me faites peur, monsieur Palazzo? En fait, je suis assez curieuse de voir jusqu'où vous irez. Sachez que si vous osez poser la main sur moi, je vous ferai arrêter. Avec tout votre argent, vous serez sans doute très vite libéré – vous avez sûrement tout le monde dans votre poche. Mais j'aurai au moins la satisfaction de vous voir menotté et arrêté, assène la jeune femme en le regardant droit dans les yeux.

— Tout à l'heure, j'ai fait bien plus que poser la main sur toi, Arianna, et ça t'a fait hurler – mais pas de colère. Dois-je te montrer de nouveau combien tu aimes mes mains sur toi et en toi? demande-t-il avec arrogance.

— Ça n'était pas la façon la plus désagréable d'occuper une après-midi ennuyeuse, mais vous m'avez comprise. J'ai lu votre contrat débile et même si je ne suis pas la personne la plus expérimentée en matière de sexe, je sais lire entre les lignes. Vous voulez avoir tous pouvoirs sur moi? Choisir ce que je fais, qui je vois, où je vais? Vous êtes un grand malade qui veut tout contrôler et ça ne m'intéresse pas. Jamais je ne laisserai un homme user à ce point de violence envers moi!

— C'est ce que tu penses? Vraiment? Tu crois que j'ai besoin d'utiliser la violence contre les femmes pour les soumettre? insiste Rafe, furieux, les mains appuyées sur la table et son corps penché vers elle.

Il en tremble de colère.

— Je ne fais que répéter ce que j'ai lu, rétorque Ari, ravie d'avoir touché un point sensible.

— Dans ce contrat, rien ne dit que je prévois de te faire du mal, voyons!

— Alors, expliquez-moi comment vous entendez exercer votre contrôle ?

Rafe se rassied, hors de lui. Plusieurs fois, il respire profondément, en se demandant une fois de plus pourquoi il perd son temps avec elle. Elle s'imagine beaucoup de choses à son sujet et il ne lui doit aucune explication. Le simple fait d'avoir cette discussion le met hors de lui.

Sans un mot, il appuie sur une sonnette, indiquant ainsi au personnel que le premier plat peut être servi. Deux personnes entrent pour dresser la table, avant de remplir les verres de vin et d'eau.

Rafe porte le verre à ses lèvres pour boire une gorgée de chenin blanc sec, en attendant que les domestiques aient terminé. Ses yeux ne quittent pas le visage d'Ari. Elle le fixe avant de détourner le regard, remerciant à voix basse le serveur qui a posé une assiette d'antipasti devant elle. Nerveusement, elle prend son verre de vin et boit une grande gorgée. Puis elle avale la moitié du verre avant de le reposer.

Une fois la table dressée, les domestiques se placent au fond de la pièce, prêts à venir remplir les verres si nécessaire et à apporter de nouveaux plats. Par le passé, ils ont fait la preuve de leur loyauté ; il n'a pas besoin de se préoccuper de ses propos en leur présence. Il ne cache rien à ceux qui le servent, il connaît leur discrétion absolue.

— Pourquoi ne travailles-tu pas pour moi ? Tu pourrais en juger par toi-même, finit par lâcher Rafe, au bout de dix minutes de silence qui semblent très étranges à Ari.

Elle lève les yeux comme si elle était surprise de le voir là. Rafe se demande s'il doit se vexer qu'elle ait pu oublier si vite sa présence. Indéniablement, celle qui gémissait de plaisir dans ses bras une heure auparavant ne flatte pas son ego…

— Je vous suis très reconnaissante d'être venu à mon secours dans ce bar et d'avoir appelé un médecin. Mais même si vous étiez arrivé sur un cheval blanc, je n'accepterais pas votre proposition. Ma mère m'a appris à espérer mieux que d'être la maîtresse de quelqu'un. Toute cette mise en scène est inutile. Je ne serai pas à vous. J'entends choisir ma vie !

Un instant, le regard de la jeune femme paraît presque implorant, comme si elle le suppliait de la laisser partir. S'il lui restait un fond d'humanité, Rafe aurait peut-être cédé. Mais cette lutte pour le pouvoir sur les femmes lui est devenue essentielle.

— Tu dis être reconnaissante, or tu n'as manifesté aucune gratitude. Il y a une bonne dizaine de manières dont tu pourrais me remercier, Ari, suggère-t-il avec un sourire méchant. Tu sais très bien comment cela va finir. Pourquoi t'obstiner à résister à l'inévitable ?

— Combien de fois, et de combien de manières différentes vais-je devoir répéter que la réponse est non, monsieur Palazzo. Non, je refuse d'être votre employée, votre maîtresse ou votre pute, répond Ari sur un ton définitif, avant de piquer sa fourchette dans un morceau de poire entouré de prosciutto et de le glisser dans sa bouche.

— Ah, Arianna, tu es pourtant extrêmement talentueuse dans ce dernier domaine. Tu cherches à faire monter les enchères ? Entendu. Je propose un salaire annuel de deux cent mille dollars, répond Rafe d'un air moqueur, en sachant pertinemment que cette remarque va la faire bondir.

Le visage d'Ari devient écarlate. Tout en le fixant droit dans les yeux, elle croque dans un morceau d'artichaut qu'elle mastique énergiquement, traduisant, il en est certain, son envie de le mordre – ce qui n'aurait rien d'agréable.

Puis elle sourit. Rafe la regarde, surpris. Il meurt d'impatience de savoir ce qui va sortir de ses lèvres roses et charnues.

— Vous savez, monsieur Palazzo, vous avez parfaitement raison. Je pourrais prendre plaisir à être une pute. Le sexe, c'est beaucoup moins atroce que le souvenir que j'en avais gardé, dit-elle en lui lançant un regard glacial qui fait accélérer son rythme cardiaque. Seulement voilà : je ne serai jamais votre pute, explique-t-elle d'un ton détaché, comme si elle parlait de la pluie et du beau temps. Je veux choisir mes amants.

Elle cherche à le faire sortir de ses gonds. Et ça marche. Le simple fait de l'imaginer avec un autre homme met Rafe hors de lui. Elle sera libre de s'offrir à qui elle voudra une fois qu'il en aura terminé avec elle – mais aucun homme ne touchera ce qui lui appartient. Et actuellement, elle est à lui.

— Tu aimes me mettre en colère, n'est-ce pas ? demande-t-il, tout en faisant signe à son personnel d'apporter le plat suivant. Mais il serait temps que tu m'appelles par mon prénom et que tu me tutoies. Après tout, il y a quelques heures, j'avais ma langue sur tes seins et tu me suppliais de continuer.

Il sourit à Ari dont le visage s'embrase malgré elle. Un domestique vient poser une assiette de soupe devant elle. Elle baisse les yeux, gênée à l'idée de croiser son regard.

Rafe jubile. La jeune femme doit comprendre qu'elle ne peut l'emporter face à lui. Il ne le permettra pas.

— Qu'est-ce qui se passe, Ari ? Tu as perdu ton sens de la repartie ?

— Pas du tout, monsieur Palazzo. Simplement, je ne suis pas aussi obscène que vous, crache-t-elle entre ses dents.

D'un bond, il fait le tour de la table et la soulève de sa chaise. Les yeux écarquillés, elle le dévisage et il sent que son pouls s'accélère.

— Fais attention, je te l'ai déjà dit et je ne plaisantais pas. Ne m'insulte pas. Je ne suis pas obscène avec toi et j'attends la même courtoise de ta part, menace-t-il en lui tirant les cheveux en arrière pour l'obliger à le regarder.

— Ah bon, vous n'êtes pas obscène? Laissez-moi rire. Vous venez de dire devant vos employés que vous m'avez léchée. Ça n'est pas grossier, ça, peut-être? Maintenant, lâchez-moi. Vous avez bien affirmé ne jamais recourir à la violence, non? répond-elle.

Malgré son air de défi, Rafe sent qu'Ari a peur.

— Je ne suis pas violent. Est-ce que je te fais mal, là?

Il la regarde droit dans les yeux tandis qu'elle se débat, et la maintient fermement plaquée contre lui, pour l'empêcher de bouger la tête. Cependant, il sait parfaitement qu'il ne lui fait pas mal. Et elle aurait du mal à prétendre le contraire.

— Vous me retenez contre ma volonté, finit-elle par lâcher en bougeant ses hanches pour tenter de lui échapper – en vain.

— En te débattant, tu ne fais que frotter ton ravissant corps contre le mien, ce qui me donne envie de te soulever et de t'amener sur un lit. C'est ce que tu veux?

— Si vous voulez abuser de moi…

— Je n'ai jamais eu à forcer une femme, Ari, et je ne le ferai jamais, souffle-t-il en baissant la tête pour passer délicatement sa langue sur le cou d'Ari.

Il perçoit les battements de son pouls et il sent qu'elle est tiraillée, tandis qu'elle se raidit contre lui. Savoir qu'il pourrait la soumettre lui suffit pour l'instant, et il desserre son étreinte. Lentement, il retourne à sa place, observant avec satisfaction qu'elle se laisse tomber sur sa chaise, comme si ses jambes étaient incapables de supporter son poids.

— Vous pensez avoir remporté une bataille, mais vous n'avez rien gagné du tout. D'accord, nos corps se répondent, mais je n'éprouve aucun respect pour vous, intime-t-elle avec une détermination qui impressionne Rafe.

— Mais je me fiche de ton respect, Ari. Tout ce qui m'intéresse, c'est ton corps, répond-il aussitôt, fasciné par la flamme qui brûle dans les yeux de la jeune femme.

— Eh bien, vous n'aurez plus ni l'un ni l'autre, conclut-elle en remuant la soupe avec sa cuillère.

Aucune prise de bec ne vient perturber la fin du repas. Soudain affamé, Rafe dévore comme quatre, tandis qu'Ari picore dans son assiette. Elle est pressée de partir et ne cesse de regarder l'horloge, alors il prend un malin plaisir à faire durer le repas, afin de la faire enrager.

Une heure plus tard, alors qu'ils sont en train de boire un café, il se dit qu'il aurait bien envie de la séduire de nouveau. La prendre une fois de plus. Seulement, il n'est pas sûr que ce soit le mouvement le plus judicieux à faire dans la partie d'échecs qui les oppose.

— Monsieur Palazzo, votre mère au téléphone, sur la deux.

Voilà qui met un terme à ses hésitations. Sa famille passe avant les femmes, et même avant son plaisir.

— Merci. Veuillez ramener mademoiselle à sa chambre, je vous prie.

— Bien, monsieur.

— Inutile, je vais rentrer chez moi, affirme Arianna en se levant.

— J'en ai assez de discuter avec toi. Tu vas rester ici, comme l'a dit le médecin. Ne t'inquiète pas, je ne viendrai plus t'importuner, conclut-il d'un ton sans appel.

En sortant de la pièce, il entend Ari pousser un soupir de frustration. Il sait que son personnel veillera à ce qu'elle rejoigne la chambre, sans tenter de s'échapper.

En ouvrant les yeux le lendemain matin, Ari découvre un mot sur la table de chevet, qu'elle s'empresse de lire. Soulagée, elle apprend qu'elle va pouvoir quitter sa prison dorée : Rafe a autorisé son assistant à la raccompagner chez elle.

Elle décide de ne pas passer par la salle de bain, de crainte de s'habituer à la baignoire et à la douche luxueuses. La jeune femme veut partir aussi loin que possible avant de commettre une bêtise – comme accepter la proposition.

Compte tenu de la séduction qu'il exerce sur elle, il serait facile de dire oui – ce qui serait suicidaire. Une intuition lui souffle que les femmes ne sont plus jamais les mêmes après avoir côtoyé Rafe.

Cet homme suscite trop d'émotions, qu'il s'agisse de désir ou de haine. Elle ose à peine imaginer dans quel état finissent celles qui ont été suffisamment stupides pour tomber amoureuses de lui. Mais cette expérience lui aura au moins permis de découvrir que le sexe peut être très bon.

Rafe lui a révélé des sensations qu'elle a envie de revivre. Elle décide de prendre le temps de sortir, car cette aventure ne doit pas rester sans lendemain. Quelque chose s'est ouvert en elle qu'il lui sera impossible de refermer. Et qu'elle n'a pas la moindre envie de refermer.

Elle attrape son sac et descend l'escalier, prenant le temps de regarder autour d'elle. Sa curiosité l'agace, mais elle n'arrive pas à la réprimer. Rafe a bon goût en matière de déco et d'ameublement : dans son intérieur, des couleurs vives répondent à des bois sombres aux teintes saturées. Désireuse de ne pas en apprendre davantage sur cet homme, Ari s'oblige à se diriger droit vers la porte d'entrée, où elle découvre avec plaisir une voiture qui l'attend.

— Ravi de voir que vous êtes rétablie, mademoiselle Harlow.

— Merci. Tout le personnel a été aux petits soins pour moi. Je n'ai jamais été aussi gâtée, répond Arianna.

Elle apprécie le bras droit de Rafe. Certes, il n'a pas cherché à la mettre en garde. Mais comment lui reprocher sa loyauté face à son employeur?

— Souhaitez-vous que nous nous arrêtions quelque part avant d'aller chez vous?

Ari réfléchit une seconde, tandis que l'homme ouvre la portière de la voiture. Une fois chez elle, elle n'aura sans doute pas envie de ressortir et elle sent sa migraine revenir. Pourquoi ne pas profiter de la voiture?

— Si vous n'êtes pas trop pressé, pourrions-nous nous arrêter dans une pharmacie?

— Bien entendu. Je suis à votre disposition aussi longtemps que vous le souhaiterez. Monsieur Palazzo m'a demandé de rester à votre service toute la journée, répond-il avec entrain en fermant la portière, avant de faire le tour de la voiture pour s'installer sur le siège conducteur.

Ces propos laissent Ari perplexe. Pourquoi Rafe, si prévenant et gentil par moments, est aussi odieux à d'autres? Les choses auraient été tellement plus simples si elle avait rencontré un étudiant sur le campus de Stanford, au lieu de croiser son chemin. Vraiment, elle aimerait pouvoir le chasser de son esprit, mais plus elle apprend à le connaître, plus elle a envie de s'intéresser à cet homme mystérieux qui à tant à offrir, mais qui demande plus qu'elle ne peut donner.

— Non, une halte à la pharmacie suffira. Ensuite, il faut que je rentre afin d'être en forme pour retourner travailler demain, répond-elle.

— Entendu. Si vous changez d'avis, n'hésitez à me le dire. Souhaitez-vous écouter de la musique?

— Non merci, j'ai mal à la tête. Je vais fermer les yeux pour essayer de me reposer un peu pendant le trajet. Je vais prendre de l'ibuprofène, ça me fera du bien.

M. Kinsor garde le silence pendant le trajet. La voiture est confortable et silencieuse. Il ne leur faut pas longtemps pour trouver une pharmacie, puis pour rejoindre l'appartement d'Ari.

De retour chez elle, la jeune femme se sent tout à coup très seule.

16

— Rafe !

Il écarte les bras pour accueillir sa sœur. Un sourire rare illumine son visage, tandis que la jeune femme le serre contre elle.

— Comment vas-tu, Rachel ?

— Tu m'as manqué. J'ai l'impression que ça fait des années que je ne t'ai pas vu.

Rafe éclate de rire devant l'enthousiasme de sa petite sœur. De huit ans sa cadette, elle est pleine de vie. C'est sans doute la personne la plus pétillante qu'il connaisse, et aussi l'une des rares femmes pour lesquelles il éprouve un respect considérable. Il est fou de ses deux sœurs.

— Mais on s'est vus il y a deux mois ! Bon, lâche-moi maintenant !

— Puisque tu insistes, dit-elle avec une moue, tout en desserrant son étreinte. Deux mois qui m'ont paru deux ans. Maman est un vrai tyran.

— Elle t'accorde plus de libertés que je ne le ferais. Tu es beaucoup trop jolie pour sortir toute seule, dit-il en ne plaisantant qu'à moitié.

Si un homme faisait du mal à sa sœur, il serait capable de le tuer de ses mains.

— Tu nous rends dingues, ton pauvre père et moi. Et puis d'abord, je ne suis pas un tyran, espèce de peste, lance Rosabella, en prononçant ce mot à l'italienne.

S'approchant de son fils, elle lui plante un baiser sur la joue.

— Comment vas-tu, mon fils? Tu as davantage de cernes que la dernière fois, gronde-t-elle.

— Je vais très bien, maman, et encore mieux maintenant que je te vois. Qu'est-ce qui me vaut le plaisir de cette visite surprise?

— Au téléphone, tu semblais davantage sous pression que d'habitude. J'ai dit à ton père qu'il fallait venir te distraire. De toute façon, il était temps pour nous de rentrer en Californie pour un moment. Ton père finit par tourner en rond en Italie lorsque nous restons trop longtemps là-bas. Je crois que le travail lui manque, tout simplement, même s'il m'assure qu'il a pris sa retraite.

— Je suis un grand garçon, mamma, je ne cesse de te le répéter. Arrête donc de t'inquiéter pour moi. Quant à papa, pour te dire la vérité, je pense que lorsque vous êtes aux États-Unis, il va travailler en cachette! J'ai remarqué qu'il passe des tas de coups de fils mystérieux, et je ne pense pas qu'une femme serait assez idiote pour s'embarquer dans une aventure avec cet homme.

— Je le tuerais s'il commettait une erreur pareille. Ne pas m'inquiéter pour toi? Tu n'as pas d'enfants, ça se voit. Sinon, tu ne dirais pas une chose aussi ridicule. Une mère ne cesse jamais de s'inquiéter pour son enfant, même s'il se croit adulte. Ah, si seulement tu pouvais te poser et fonder une famiglia, mon petit, tout ton stress disparaîtrait, et autour de tes beaux yeux, il y aurait des rides dues au rire, et non aux soucis.

— Oh, arrête, maman! proteste Rafe avec douceur.

— Attention, ne me parle pas sur ce ton! répond-elle avant de poursuivre en italien pour le sermonner.

Respectueux, il se tait. Non, il ne contredira jamais sa mère.

— Si tu commences à malmener ton fils unique, il va faire remplacer ses serrures et la prochaine fois qu'il pensera que nous risquons de venir lui rendre visite, il partira à l'étranger, loin d'ici.

— Papa ! C'est bon de te voir.

Rafe serre son père dans ses bras, ravi de mettre fin à la discussion avec sa mère. Le jour de la naissance de Rachel, la deuxième fille du couple, tous deux ont été mis en minorité. Rafe rêvait d'avoir un petit frère, mais à l'instant où Rachel a attrapé son doigt de sa petite main de bébé, il s'est pris de passion pour elle. Il adore aussi sa sœur Lia. Mais à la naissance de Rachel, il était plus âgé et s'est montré plus protecteur.

— Je ne veux pas prendre parti pour ta mère et tes sœurs, mais effectivement, tu as l'air plus fatigué que d'habitude, Rafe. Tout va bien ?

— Ah non, je n'ai rien à voir là-dedans. Moi, je trouve que Rafe a l'air en grande forme, affirme Lia, intervenant dans la conversation.

Rafe lance à sa sœur un sourire reconnaissant. Lia est une jeune femme sublime, âgée de cinq ans de moins que lui seulement. Depuis son adolescence, elle a fait tourner bien des têtes et il s'est battu pour elle à d'innombrables reprises. À ses amis, il a toujours annoncé clairement la couleur : on ne touche pas à ma sœur !

Les choses se sont corsées lorsque Shane est venu passer Thanksgiving chez eux, alors qu'ils étaient à l'université. Lia l'a trouvé tout à fait à son goût. Le pauvre Shane, lui, était pris entre le marteau et l'enclume, conscient qu'il lui était impossible d'envisager quoi que ce soit avec Lia. Mais la jeune femme était déterminée. Elle n'avait alors que quinze ans – si jeune que Shane risquait une inculpation pour détournement de mineure, mais assez âgée pour être très séduisante.

Heureusement, le jeune homme s'est bien tenu, ce qui lui a permis de préserver son amitié avec Rafe. Lia lui a donné des sueurs froides à plusieurs reprises, en sortant de la piscine vêtue d'un minuscule bikini. À chaque fois qu'il y repense, Rafe voit rouge. Sa sœur était si naïve et faisait confiance aux hommes, sans se rendre compte qu'ils pouvaient facilement profiter d'elle.

— Tu sais, Lia, tu as toujours été ma sœur préférée, annonce-t-il en passant un bras autour de ses épaules.

— Alors ça, c'est méchant! rétorque Rachel d'un ton boudeur, ses yeux argentés pétillant de malice tandis qu'elle lui assène une bourrade.

Rafe éclate de rire en se tournant vers la jeune femme.

— Et toi, tu es mon autre sœur préférée, Rachel, déclare-t-il, se faisant instantanément pardonner. Je vais appeler le bureau pour annuler tous mes rendez-vous de l'après-midi et rester avec vous, annonce-t-il avant de se diriger vers la porte.

— Inutile, Rafe. Nous allons nous débrouiller, intervient son père.

— Ce qui est formidable, quand on est le patron, c'est qu'on fait ce qu'on veut, conclut le jeune homme avec un clin d'œil avant de quitter la pièce.

Un sourire affectueux illumine son visage. Sa famille est une véritable tornade, semant un joyeux chaos autour d'elle. En leur présence, il retrouve une part d'humanité. Sans eux, il le sait, il aurait le sang froid comme un reptile – ce qu'il est parfois, surtout lorsqu'il reste trop longtemps loin d'eux, seul lien avec son bonheur passé.

Il se répète qu'il aime bien sa vie. Sa mère le supplie de fonder une famille, ce dont il n'a pas la moindre envie. Oui, il adore les femmes. Mais plus de cette façon.

Il fera tout pour préserver l'image idéale que sa famille a de lui – tout pour qu'ils ne découvrent jamais ce qu'il est devenu, un homme qui gère sa vie amoureuse comme une entreprise. Plus que tout, il souhaite préserver sa mère. Mais les couples comme celui de ses parents sont rares. La plupart des histoires finissent mal – comme son couple à lui.

Et ils vécurent heureux et eurent beaucoup d'enfants, voilà qui relève du conte de fées ou de la plaisanterie de mauvais goût.

— C'est bon, j'ai décommandé tous mes rendez-vous. Venez avec moi pour que je vous présente mon bébé, annonce Rafe en revenant dans la pièce.

— Si tu avais un vrai bébé à montrer à maman, elle serait moins grincheuse et elle m'accorderait davantage de liberté, plaisante Rachel avec un sourire malicieux.

Rafe se renfrogne. Il le sait, sa mère va s'empresser de le culpabiliser, sans y aller avec le dos de la cuillère.

— N'exagérons rien, Rachel n'est pas retenue prisonnière. Mais elle a raison sur un point : j'adorerais des bambini, déclare Rosabella en prenant le bras de Rafe. Pense un peu à moi, quand je serai vieille et seule, sans petits-enfants pour illuminer mes vieux jours…

— Désolé de te décevoir, mamma mia, mais je ne peux pas faire naître des enfants dans ce monde, répond Rafe. Jamais je ne serai à la hauteur de votre merveilleux exemple. Et puis je ferais un très mauvais père pour ces pauvres créatures, poursuit-il en dirigeant sa famille vers l'extérieur.

— Des créatures ? Au fond, tu as peut-être raison, mieux vaut que tu n'aies pas d'enfants, rétorque son père en éclatant de rire.

— Écoutez cet homme plein de sagesse, dit Rafe. C'est le seul qui a la tête sur les épaules.

— On dirait que tu n'entends que les gens qui sont d'accord avec toi, conclut Lia en prenant la tête du groupe.

Puis elle fait demi-tour et s'approche lentement de son frère, en lui faisant des grimaces. Quel que soit leur âge, ses sœurs ne cesseront jamais de se comporter comme des ados. À sa grande surprise, il se dit qu'il aimerait que cela dure éternellement. Il les revoit encore avec leurs nattes, rentrant à la maison au pas de course pour lui raconter leurs dernières péripéties à l'école. Et maintenant, Lia a 26 ans, et Rachel 23. Il n'a pas vu le temps passer…

— Alors, Rafe, parle-nous de ce nouveau joujou.

— Je pense que c'est à toi qu'il va plaire le plus, papa. Pour le voir, nous devons aller à la marina.

— Tu t'es offert un nouveau bateau? Mais tu en as déjà acheté un l'année dernière, non?

— Oui, et je l'adore toujours. Mais là, j'ai un nouvel amour. La nouvelle tendance est de recevoir ses clients sur des yachts privés. C'est pourquoi j'ai décidé d'en acheter un, même si le fisc est un peu regardant sur ce point. C'est un bon investissement, c'est certain. Mais c'est aussi un joujou ruineux, reconnaît-il.

— Oh, Rafe, je meurs d'impatience. On va sortir en mer aujourd'hui? demande Lia, les yeux brillants.

— J'ai annulé tous mes rendez-vous et j'ai prévenu l'équipage. On peut aller faire un tour – et dîner en mer si ça vous dit.

— Je t'ai déjà dit que tu es le plus génial de tous les frères? lance Rachel en se blottissant contre lui.

— Oui, mais seulement quand tu veux quelque chose! répond-il en éclatant de rire.

— Les grands frères doivent gâter leurs sœurs, c'est une règle d'or.

— Oui, une règle que tu as fixée quand tu avais cinq ans.

La famille au grand complet monte dans la Porsche Cayenne de Rafe pour se diriger vers la marina. Rafe est impatient de voir leurs réactions en découvrant sa nouvelle acquisition.

— Pourquoi achètes-tu toutes ces choses hors de prix? demande sa mère.

— Je travaille comme un fou, donc je m'offre des belles choses. Ça me fait plaisir.

En prononçant cette phrase, il repense à Ari. Plus elle tarde à comprendre que l'inévitable se produira entre eux, plus l'irritation de Rafe va croissant.

— Tu as toujours tout voulu, tout de suite, Rafe. Or l'accumulation de richesses ne fait pas forcément le bonheur.

— C'est l'heureuse propriétaire d'au moins cent paires de Jimmy Choo qui dit ça, Rachel? remarque Rafe en levant un sourcil.

— Une femme n'a jamais trop de chaussures!

Tandis que le trajet se poursuit en silence, Rafe repense à Ari. Cela fait une semaine que Mario l'a raccompagnée chez elle. Depuis, Rafe ne lui a pas parlé. Il a laissé passer un peu de temps, espérant qu'elle entendrait raison ou que son intérêt à lui s'estomperait. Mais rien de cela ne s'est produit. L'heure est donc venue pour lui de se mettre en chasse.

Ils entrent dans la luxueuse marina, où son bateau est amarré sur un gigantesque quai. Le yacht, d'une blancheur éblouissante, de plus de 70 mètres de long, fait de l'ombre à tous les autres bateaux de la marina.

Rafe met un point d'honneur à ne posséder que le meilleur. Certes, il existe des bateaux plus grands ou plus luxueux, mais celui qu'il vient de s'offrir correspond exactement à ce qu'il voulait. Pas trop grand, pour lui permettre d'aller partout où il veut, près de chez lui, mais assez pour offrir tout le confort nécessaire lors de longs périples.

— C'est ton bateau? demande Lia, émerveillée.

— Oui, c'est mon bébé! répond-il fièrement.

— Tu aurais dû le prendre encore un peu plus grand, non? demande son père, ironique.

Le sourire qui illumine son visage atténue le côté sarcastique de sa remarque.

— Dis donc, papa, ça te va bien de dire ça! À côté de ton avion privé, le mien a l'air ridicule. À ton avis, qui m'a appris l'exigence?

Son père lui adresse un clin d'œil, puis se tourne de nouveau vers le bateau. Il a toujours été à la tête d'une fortune considérable. Cependant, Rosabella a veillé à ne pas trop gâter leurs enfants. En Italie, ils ont toujours vécu dans un logement modeste. Leur maison avait tout le confort nécessaire, sans être luxueuse, ni clinquante. Aux États-Unis, ils vivaient dans une demeure plus imposante. Lorsque le bâtiment a brûlé, quelques années plutôt, Martin a subi un véritable choc, avant de décider de tout reconstruire à l'identique. Mais tout l'argent du monde ne peut recréer une maison ancienne, fruit d'un héritage de surcroît. C'était la seule raison pour laquelle la mère de Rafe leur avait permis de vivre dans un tel luxe. Elle répète volontiers que les hommes riches sont suffisants – tous, sauf son mari, qu'elle adore pour son cœur d'or et son extraordinaire générosité avec les plus démunis.

En repensant aux conditions dans lesquelles il a grandi, Rafe se dit qu'il n'aimerait pas voir la réaction de sa mère si elle découvrait certains aspects de sa vie. Mais il chasse rapidement cette idée de son esprit. Ses parents sont des gens formidables, mais Rosabella est naïve quant aux réalités de la vie. Pour cela, il lui a épargné bien des choses depuis son divorce et il entend bien continuer à cacher l'essentiel de sa vie privée à sa famille.

— Rafe, je pense que tu devrais revenir vivre à la maison quelque temps. Tout cet argent te rend égocentrique. N'oublie pas d'où tu viens, mon fils, menace sa mère, confirmant ce qu'il vient de penser.

— Maman, j'adore notre maison en Italie. C'est là que je retourne lorsque le ciel me tombe sur la tête. Mais ne nous fais pas passer pour une modeste famille de paysans ! Avec papa, tu as fait le tour du monde et on ne peut pas dire que nous ayons grandi dans la pauvreté, répond-il en se baissant pour planter un baiser sur la joue de sa mère.

— Surveille le ton sur lequel tu t'adresses à ta mère, Rafaëlle Palazzo, lui lance sa mère.

— Désolé, maman.

— N'en parlons plus, vilain garçon. Maintenant, fais-nous visiter ton nouveau joujou.

— C'est un hélicoptère, ce que je vois là ? demande Rachel, tournée vers l'arrière du bateau.

— Oui. S'il y a une urgence, je dois pouvoir retourner au bureau rapidement.

— Oh ! On pourra faire un tour en hélico ? demande Lia, pour qui voler est une véritable passion.

— La prochaine fois, je demanderai à mon pilote de t'emmener faire un tour. Mais pour aujourd'hui, comme je ne peux prendre qu'une journée de congé, je préfère te garder auprès de moi.

S'il parle souvent au téléphone avec sa famille, rien ne le rend plus heureux que de passer du temps avec eux. Que sa mère en ait conscience ou pas, leur compagnie l'aide à se remettre les idées en place. Malheureusement, dès qu'ils sont repartis, le naturel revient au galop, se dit-il avec regret. D'ailleurs, son meilleur ami ne cesse de le lui répéter.

— Comme je vous le disais, mon yacht mesure plus de 70 mètres de long, bimoteur, plus de 3000 CV, il peut atteindre une vitesse de seize nœuds.

– Stop ! Stop ! Assez de chiffres ! crie Lia.

Rafe éclate de rire :

— Oui, je sais, c'est à mourir d'ennui, inutile de remplir vos jolies petites têtes de détails inutiles.

Il rit de nouveau lorsque ses sœurs lui tirent la langue.

— Mais vous serez ravies d'apprendre qu'il y a six cabines d'amis confortables avec des salles de bain privées, une salle de jeux qui fera ton bonheur, Lia, une piscine, un patio avec un bar, des salles de réunion – ce qui ne devrait pas vous concerner – et une grande salle à manger.

— Comment ça, il n'y a pas de spa ? le taquine Rachel.

— Si, j'ai tout prévu. Il y a un petit spa avec du personnel en permanence, pour que tu puisses bénéficier d'une manucure et d'une pédicure avant ton massage.

— Oh, Rafe, je sens que je ne vais plus quitter ce bateau, annonce Lia en partant au pas de course sur le pont.

— Finalement, je vais peut-être te laisser ta sœur !

— Mon cœur n'y survivrait pas, maman ! plaisante-t-il en portant la main à sa poitrine.

— Ça serait bien fait pour toi ! menace son père.

— Moi qui pensais avoir toujours été un bon fils ! répond Rafe en emboîtant le pas à ses sœurs.

— Tu as été un petit garçon formidable. Mais je dois dire que je m'inquiète au sujet de l'homme que tu es devenu. Si seulement tu pouvais te caser, je cesserais de me faire des soucis, lui reproche sa mère.

— Maman, je suis très heureux ainsi. Parlons d'autre chose.

— Je m'inquiète parce que tu es seul. Ton ex-femme t'a fait beaucoup de mal, mon fils, et je ne veux pas que tu aies peur de refaire ta vie. Il te faut une femme, qui prendra soin de toi.

— Je vais très bien, maman. Depuis mon divorce, j'ai eu plusieurs amies, proteste-t-il.

— Et aucune que j'aurais aimé te voir ramener à la maison. Toutes étaient des mannequins à la plastique parfaite, qui n'avaient qu'une idée en tête : te plaire.

— Eh bien, une compagne qui cherche à assouvir tous mes désirs, n'est-ce pas la définition de la femme parfaite? demande-t-il.

Si sa mère savait ce qu'il entend réellement par-là, elle le jetterait sans doute par-dessus bord.

— Rafe…

— J'ai rencontré une femme extraordinaire, maman. Elle s'appelle Arianna.

Rafe regrette aussitôt sa phrase. Qu'est-ce qui lui a pris? Tout d'abord, il ne sort pas vraiment avec Ari. Ensuite, il n'a aucune envie d'attiser la curiosité de sa mère. Il souhaite simplement qu'elle cesse de se plaindre sans cesse au sujet du célibat de son fils.

— Depuis combien de temps la connais-tu? Et pourquoi n'as-tu encore jamais parlé d'elle? demande-t-elle, suspicieuse.

— Cela ne fait pas longtemps. Et je ne veux pas lui faire peur avec tes histoires de mariage et de bébé, répond-il rapidement, en espérant que cette explication la satisfera.

Rafe ne voit pas le regard qu'échangent ses sœurs, déterminées à en savoir davantage sur cette conquête mystérieuse. S'il avait su quelle pagaille ses propos allaient entraîner, il se serait bien gardé d'ouvrir la bouche.

17

— Nous avons décidé de rester une semaine ou deux ici. Ta mère et moi n'avons pas passé suffisamment de temps en Californie ces dernières années et tes sœurs meurent d'envie de faire de nouveau un tour sur ton bateau.

Aussitôt, Rafe se fige, suspicieux. La veille, ils ont passé toute la soirée à le questionner au sujet d'Ari, voulant tout savoir : qui elle était, depuis combien de temps il la connaissait, s'il avait déjà rencontré sa famille. Un véritable interrogatoire. Mal à l'aise, Rafe se demande si la décision de prolonger leur séjour n'est pas davantage due à Ari qu'à leur intérêt pour son nouveau bateau.

Peu importe. S'ils ont envie de prolonger leur séjour, cela lui convient parfaitement. Simplement, il va devoir faire preuve de vigilance et veiller à ne pas se montrer trop bavard.

Sa semaine de travail, très chargée, ne lui laissera beaucoup de temps à leur consacrer. Il va prévenir son équipage que son bateau restera à la disposition de sa famille, comme le sont quasiment tous ses autres biens – d'ailleurs, son personnel en a l'habitude.

— Ça sera sympa de vous avoir ici. Mais j'ai énormément de travail cette semaine. Nous préparons une fusion importante et j'aurai sans doute des journées de boulot de quatorze heures, annonce-t-il en espérant les décourager.

— Aucun problème, fiston. Moi aussi, j'ai connu ça, autrefois. Maintenant, je peux passer mes journées en compagnie de votre sublime mère, heureusement. Après la Californie, nous partirons en Irlande. Cela fait une éternité que je n'y suis pas allé et cette époque de l'année est idéale pour faire du tourisme. J'ai hâte de boire de bonnes bières !

— Vous êtes ici chez vous. Ma maison est à votre disposition, et mes voitures aussi. Maintenant, je file au bureau. Si vous avez besoin de me joindre, appelez mon assistante. Simplement, cette fois-ci, évitez de lui annoncer qu'il s'agit d'une urgence simplement parce que vous n'arrivez pas à trouver la bouteille de vin que vous cherchez ! prévient Rafe.

— Ça n'est arrivé qu'une fois, Rafe – et c'était pour notre anniversaire de mariage. Depuis vingt ans, nous buvions le même vin ce jour-là. À mes yeux, c'est ce qu'on appelle une urgence, répond son père avec le plus grand sérieux.

— Tu as raison ! Je ne vous verrai peut-être pas ce soir, mais j'essaierai de rentrer un peu plus tôt demain.

Sur ces mots, Rafe quitte la pièce puis monte dans sa voiture, en respirant profondément. Sa famille est formidable, mais un peu envahissante. Il lui tarde de retourner au bureau, dans un environnement où il maîtrise tout.

— Quelle galère pour retrouver cette fille ! gronde Lia.

— Calme-toi, sœurette ! L'essentiel, c'est que nous l'ayons identifiée. Visiblement, Rafe est dingue d'elle et je veux savoir pourquoi. J'ai quasiment été obligée de grimper sur les genoux de Shane pour obtenir l'info. D'ailleurs, c'était amusant de le voir transpirer à grosses gouttes – surtout quand tu es arrivée alors que j'étais en train de l'asticoter.

Je n'avais encore jamais vu Shane rougir, c'était trop drôle ! lance Rachel en gloussant.

— Mais il n'y a rien entre Shane et moi. De toute façon, même s'il me plaisait, ce qui n'est pas le cas, Rafe ne permettrait jamais qu'il se passe quoi que ce soit. Il me traite toujours comme si j'avais cinq ans – j'en ai vingt-six ! maugrée Lia.

— Moi, je pense que tu devrais te glisser dans la chambre de Shane, un de ces jours, pour te jeter sur lui. Ça saute aux yeux que tu es amoureuse de lui depuis que tu as quinze ans.

— Revenons-en à notre affaire. Il faut aller à la plage pour coincer cette Ari. Ses collègues m'ont assuré qu'elles l'emmèneraient là-bas aujourd'hui. D'ailleurs, je n'ai eu aucun mal à les convaincre. Elles disent qu'elle a vraiment besoin de se faire sauter ! Intéressant, non, que notre frérot ne la garde pas enchaînée à son lit, s'il est aussi dingue d'elle ?

— Peut-être qu'il est dingue d'elle, mais que ça n'est pas réciproque ? suggère Lia avant d'éclater de rire en même temps que sa sœur.

— Sérieusement, s'il existe une femme assez intelligente pour tenir tête à Rafe et résister à son charme, elle a tout compris. J'espère vraiment que c'est le cas. Allez, au boulot, on a une enquête à mener !

— J'adore les mystères !

Les deux jeunes femmes s'engouffrent dans la Mercedes décapotable de Rafe, dont elles rabattent le toit. C'est une journée magnifique. Elles ont hâte d'arriver à Stinson Beach, et encore plus hâte de rencontrer celle qui visiblement empêche leur grand frère de dormir.

De toutes les maîtresses qu'elles ont connues, elles n'en ont aimé aucune. Et elles détestaient cordialement son ex.

Le fait qu'il cherche à leur cacher une femme attise leur curiosité. L'après-midi promet d'être palpitante.

— Comment allons-nous nous y prendre? demande Rachel lorsque la voiture s'arrête à un feu rouge.

Pendant le trajet, le bruit du vent rend quasiment toute discussion impossible.

— Aucune idée. Nous avons franchi la première étape, retrouver cette fille. Une fois à la plage, il va falloir improviser.

— Un vrai défi! J'ai toujours adoré ça!

— Oui, parce que tu aimes fourrer ton nez partout, Rachel!

— Dis donc, on se calme! Tu as passé une mauvaise nuit? À moins que tu ne sois furax parce que je me suis installée sur les genoux de ton homme? Tu sais bien que Shane ne m'intéresse pas. J'ai su qu'il était pour toi le jour où il est venu à la maison pour la première fois!

— Mais enfin, je ne suis pas amoureuse de Shane!

— Oh arrête, Lia. On ne me la fait pas! Je suis au courant de ce qui s'est passé à l'hôtel, affirme Rachel avec un sourire malicieux.

— Comment sais-tu cela?

— Tu n'es pas la seule à savoir obtenir des infos! Il suffit de faire savoir parler le personnel. D'ailleurs, j'ai aussi appris des choses au sujet de notre frère. Si tu déballes au sujet de Shane et toi, je te raconterai peut-être! jubile Rachel.

Lia dévisage sa sœur un instant avant de fixer la route. Le reste du trajet jusqu'à la plage se passe dans le silence. Rachel sourit largement, tandis que Lia boude.

— Comment avez-vous réussi à me convaincre de venir? J'avais tellement de choses à faire ce week-end. Et depuis l'incident au bar, il y a quelques semaines, je ne devrais plus vous faire confiance pour vous suivre où que ce soit, marmonne Ari en descendant du monospace d'Amber.

— Quel rabat-joie! Il fait un temps magnifique. Tu as vraiment besoin de prendre des couleurs, tu es toute pâle. Et on a toutes envie de s'amuser, répond Shelly.

— Il va bien falloir nous pardonner un jour, Ari. Comment aurions-nous pu savoir que ce serveur allait te droguer? On pensait simplement que tu lui plaisais. S'il y a bien quelqu'un qui a besoin de passer une nuit torride, c'est toi. Tu es la personne la plus coincée que je connaisse, approuve Miley.

— D'accord, d'accord, ne parlons plus jamais de ce cinglé. Je n'arrive pas à croire qu'il n'ait passé que quelques jours en prison. Désormais, c'est sûr, je ferai attention à ce que je bois, murmure Ari en sentant son visage devenir cramoisi.

Ses amies n'ont pas la moindre idée de son aventure avec Rafe – une aventure des plus excitantes. Le simple fait de repenser à ses mains sur son corps suffit à lui donner la chair de poule. Depuis, elle se sent tendue, comme si Rafe avait ouvert les vannes d'un flot d'hormones qui la submergent, alors qu'elle n'ose pas se mettre en quête d'un homme pour assouvir ses désirs.

Elle meurt d'envie de connaître de nouveau ce qu'elle a vécu avec Rafe. Mais pas avec lui – enfin, si. Mais elle est suffisamment intelligente pour ne pas commettre une erreur pareille.

— Oh, il est midi. Allons regarder les gens qui jouent au beach-volley, dit Amber, les yeux exorbités.

Ses trois amies se tournent d'un même mouvement, avant de rester bouche bée. Sur la plage, des garçons carrément sexy jouent au volley, simplement vêtus de petits shorts de plage, les corps moites.

— Il y a une place là-bas, pas loin du filet. Nous aurons une excellente vue, lance Shelly en se dirigeant rapidement vers un emplacement libre sur le sable.

Après une courte hésitation, les trois jeunes femmes lui emboîtent le pas.

— Ne fais pas ta prude, Ari. Enlève-moi ce gilet et montre un peu ces nichons d'enfer. Tu as envie que ces gars te remarquent, non? demande Miley en tirant sur le vêtement dans le dos d'Ari.

Avant d'avoir le temps de réagir, Ari se retrouve installée sur sa serviette, vêtue seulement du haut de bikini qu'Amber lui a prêté et d'un minuscule short. Se sentant totalement nue, elle regarde autour d'elle, convaincue que tout le monde va la fixer, pétrifié d'horreur.

— Je vais te passer un peu de crème solaire avant que tu te transformes en homard. Tu as besoin de prendre des couleurs, pas un coup de soleil, annonce Shelly en versant un peu de liquide glacé sur la nuque d'Ari, ce qui la fait aussitôt frissonner.

— Sympa, merci beaucoup d'avoir attendu que la crème se soit réchauffée! râle Ari, tandis que son amie lui étale la lotion sur le dos.

— Je suis en train de t'épargner des jours et des jours de souffrance!

— Ce qui aurait été inutile si tu ne m'avais pas enlevé mon gilet. J'étais bien couverte en sortant de chez moi!

— Tu as raison, il faut toujours sortir couvert, plaisante Miley avec un sourire malicieux.

— Vous êtes incroyables. Je n'arrive pas à croire que vos maris vous laissent sortir seules!

— Nos maris savent que nous les adorons, pour des raisons inexplicables. Ils nous laissent nous rincer l'œil, du moment que nous ne touchons pas à la marchandise. Crois-moi, ma chérie, nos hommes ne ratent pas une occasion de mater une belle paire de fesses quand il y en a une qui leur passe sous le nez, répond Amber en s'allongeant avant de fermer les yeux.

— Mais tu es en train de rater tout le spectacle, proteste Miley en donnant un coup de coude à Amber.

— Je sais, mais Sean était malade cette nuit et je n'ai presque pas fermé l'œil. Reluquer des beaux gosses, je peux faire ça tous les jours. M'octroyer une petite sieste, c'est un plaisir beaucoup plus rare.

— Alors ça, c'est bien vu, répond Shelly en s'allongeant à côté de son amie.

Bientôt, Ari est la seule à lézarder au soleil sans somnoler. Après une semaine entière assise au bureau, elle a de l'énergie à revendre. Et la perspective de se prélasser toute la journée immobile sur le sable ne lui dit rien.

Et même si les hommes qui passent sont tous plus séduisants les uns que les autres, l'idée de gaspiller la journée à les regarder ne l'enchante pas. Pourquoi n'irait-elle pas nager? L'eau est froide, c'est sûr, mais une fois habituée à la température, elle pourrait faire un peu d'exercice.

Elle se lève pour se diriger vers la mer.

En chemin, deux jeunes femmes l'interpellent.

— On cherche quelqu'un pour faire une partie de volley. Ça vous tente?

Ari s'apprête à refuser poliment, mais l'une des femmes la prend par la main et la tire en direction du terrain de volley, désormais vide.

— Moi, c'est Lia et voilà ma sœur Rachel. Merci de venir jouer avec nous!

— Euh… je ne suis pas très bonne au volley, répond Ari en essayant de dégager sa main.

— Pas de problème. Inutile d'être une pro, on veut simplement compléter l'équipe. Vous vous appelez comment?

— Arianna.

— Joli prénom! On a de la chance, non? Quel temps magnifique!

— Oui. J'avais envie d'aller nager pour faire un peu d'exercice, après une semaine entière au bureau, dit Ari, s'efforçant de repartir sans froisser les deux jeunes femmes.

— Oh, l'eau est glacée… Et vous verrez, le beach-volley, c'est physique. À la fin de la partie, vous ne sentirez plus vos cuisses.

— Entendu, je veux bien essayer. Mais une fois que vous aurez vu mon niveau, vous irez chercher une autre partenaire, prévient Ari.

La jeune femme est à mille lieues de se douter qu'elle discute avec les sœurs de Rafe et que celles-ci se moquent éperdument de son niveau en beach-volley. Ce que veulent les deux jeunes femmes, c'est en apprendre le plus possible sur elle.

— Ça y est, nous avons trouvé une autre joueuse. Nous sommes prêtes, annonce Lia en avançant sur le terrain.

— Parfait. Prêtes à prendre une raclée, les filles?

— Ah non, je ne crois pas! Vous allez voir ce que vous allez voir, répond Rachel en se mettant en position devant le filet.

Ils sont six au total sur le terrain, et Ari se sent soulagée en découvrant les bikinis des autres joueuses. En comparaison, son haut de maillot et son short paraissent presque austères. L'une des femmes, en particulier, a une poitrine très généreuse que son minuscule maillot a bien du mal à contenir. Ari se dit que pendant le match, ses gros seins vont déborder du maillot, c'est sûr!

— C'est parti !

Ari s'écarte, mais pas suffisamment vite pour éviter la balle qui vient la frapper sur le front. Elle s'écroule à terre en gémissant, avant de voir une paire de mollets musclés entrer dans son champ de vision.

— Désolé. Tout va bien ?

— Ça va. À part que je suis humiliée !

— Je vais vous aider à vous relever.

Sans lui laisser le temps de refuser, l'homme glisse ses mains sous les bras d'Ari et la soulève, faisant glisser le corps de la jeune femme contre le sien.

— Faites attention la prochaine fois, prévient-il avec un clin d'œil.

Ari reste bouche bée : il est en train de la draguer ! Elle ne sait que répondre. Il est vraiment beau gosse, il porte un petit maillot moulant et il a les cheveux blonds, décolorés par le soleil. Et pourtant, elle n'a pas de coup de cœur.

Et alors ? se dit-elle.

Elle qui a tant envie de faire l'amour, voilà qu'un homme sexy au corps chaud vient se coller contre elle. Mais avant qu'elle ait eu le temps de décider si elle allait répondre à ses avances ou non, Rachel arrive en courant.

— Oh, Ari. Tu vas bien ?

— Oui, ça va.

— Parfait. Reprenons le match alors !

Rachel lui prend la main pour l'éloigner du jeune homme trop bronzé, qu'Ari ne tarde pas à oublier.

Une demi-heure plus tard, Ari est aux anges. Elle se dépense et rit tellement qu'elle en a mal au ventre. Lia et Rachel avaient raison – ses cuisses commencent à la brûler.

— Faisons une pause, lance Rachel en attrapant le ballon, avant de se diriger une fontaine à eau en courant. Ari lui emboîte le pas.

— Tu vois, c'est sympa, non? demande Lia en tendant un verre d'eau fraîche à Ari.

— Oui, tu as raison. Cela faisait longtemps que je ne m'étais pas autant amusée. Je reviendrai peut-être le week-end prochain, répond-elle avec un grand sourire.

— Retrouvons-nous ici, alors. Tu joues beaucoup mieux que tu ne l'avais annoncé, intervient Rachel.

— Je pensais vraiment être nulle, reconnaît Ari.

— Allez, la pause est terminée, mesdames. Sauf si vous avez envie d'un petit massage?

Surprise, Ari tourne la tête et découvre l'un des autres joueurs, qui la regarde droit dans les yeux. Lorsqu'il lui adresse un petit signe de tête, elle n'en revient pas. Que se passe-t-il? Peut-être est-ce son haut de maillot de bain rouge vif qui donne une fausse image d'elle? Sans lui laisser le temps de répondre, Lia lui attrape la main.

— Ça va, John. N'essaie pas de nous déconcentrer avec tes tentatives de drague! Nous ne sommes pas naïves à ce point, réplique-t-elle en tirant Ari par la main pour la ramener sur le terrain.

Ari est mortifiée. Est-ce uniquement pour la déconcentrer qu'ils la draguaient? Cela paraîtrait logique – car elle ne se considère pas vraiment comme une bombe sexuelle.

— Pas du tout, je suis très sérieux. J'aimerais beaucoup vous inviter à prendre un verre après le match, propose-t-il, ce qui rassure Ari.

— Non, désolée. Nous sommes prises ce soir, mais merci quand même ! répond Rachel.

Elle s'adresse ensuite à Ari.

— Tu devrais venir avec nous, ce soir. Nous allons dîner sur le nouveau yacht de mon frère. Il y a même un petit spa à bord, où tu pourrais te faire masser. Tes cuisses vont en avoir besoin.

Ari ne sait que répondre. Elle ne connaît pas ces deux jeunes femmes. Mieux vaudrait décliner l'invitation poliment et retourner auprès de ses amies, où elle est en sécurité. Cependant, elle hésite. Elle n'a jamais mis les pieds sur un yacht et cette perspective la tente terriblement.

Depuis qu'elle a quitté l'université pour travailler, elle a découvert qu'en général, les gens sont bien plus bienveillants qu'elle ne le pensait. De plus, elle a son téléphone portable, au cas où. Et il y a peu de risques que ces deux filles soient des tueuses en série.

— Promis, nous n'allons pas te découper en morceaux avant de te jeter à la mer. Nous ne venons pas souvent à San Francisco et nous aimerions rencontrer des gens ici, explique Rachel en posant sa main sur son cœur.

Ari se dit que si c'était une mauvaise idée d'accepter cette invitation, elle aurait forcément un mauvais pressentiment, non ? Et puis elle est lasse de jouer la carte de la sécurité, en permanence.

— D'où venez-vous, si vous n'êtes pas d'ici ?

— Nous avons passé notre enfance entre les États-Unis et l'Italie. Notre père est américain, notre mère italienne. Ils ont décidé de vivre six mois de l'année en Italie, les six mois restants aux États-Unis. Mais ces dernières années, nous avons passé plus de temps en Italie. Je viens de terminer mes études là-bas, alors à moi la liberté ! Mes parents vont sans doute nous installer chez notre frère, pour pouvoir voyager.

Ari est surprise. Elles semblent avoir une vingtaine d'années. En tout cas, elles sont majeures, c'est sûr. Alors, pourquoi leur faut-il quelqu'un pour s'occuper d'elles ? Ont-elles un problème – peut-être une maladie ? Impossible d'en savoir davantage sans paraître indiscrète.

— Tu as l'air perplexe, Ari, ça se voit. Quand tu auras rencontré notre père, tu comprendras mieux. J'ai 26 ans, Rachel en a 23, mais pour notre père, nous avons encore 12 ans. Et pour notre grand frère, c'est un peu pareil. J'ai vécu seule, à plusieurs reprises, mais mon père a chargé des officiers de sécurité de veiller sur moi, ou bien ma mère et lui décidaient de venir passer leurs vacances là où je vivais. Sans compter que mon frère a fait fuir tous les garçons avec qui j'aurais pu envisager de sortir. Si je n'adorais pas autant ma famille, je la détesterais sans doute un peu ! En réalité, si je voulais vraiment changer de vie, mes parents me laisseraient faire. Ça ne leur plairait peut-être pas, mais je sais qu'ils m'aiment assez pour me laisser voler de mes propres ailes – après avoir glissé une balise de géolocalisation dans mes affaires ! lance-t-elle en éclatant de rire.

— Eh bien ! Moi qui pensais que ma mère était hyperprotectrice…

— Oh Ari ! L'hyperprotection, dans notre famille, c'est une véritable science. Mais je les adore, ils sont formidables. Viens dîner avec nous, tu feras la connaissance de notre mère. Quand elle s'énerve, elle se met à jurer en italien. Tu verras, c'est trop drôle !

Ari sent qu'elle commence à se prendre d'affection pour ces deux filles pleines de vie. Comment pourrait-on ne pas aimer ces charmantes pipelettes, si souriantes? C'est sûr, elle peut accepter leur invitation à dîner sans craindre pour sa sécurité.

— Entendu, je viens dîner avec vous. On va passer un bon moment. Une fois le match terminé, j'irai prévenir mes amies, dit Ari.

Elles continuent à jouer au volley pendant une heure. Ari se dit qu'elle irait bien piquer une tête dans la mer. Elle meurt de chaud. Et sa protection solaire a dû s'en aller. Pire, elle sent une douleur dans les épaules. Sans doute va-t-elle payer toute la semaine pour sa visite improvisée à la plage. Mais elle s'en moque – elle s'amuse comme une folle.

Après avoir présenté les deux sœurs à ses amies et avoir expliqué exactement à celles-ci où elle part, Ari monte en voiture avec les deux jeunes femmes. Sur le trajet qui les mène au port, elle sent la sensation exquise du vent dans ses cheveux.

Lorsqu'elles arrivent à la marina et s'approchent du bateau, Ari est stupéfaite. Certes, elle s'attendait à voir un grand bateau, car les filles avaient parlé d'une salle de massage, mais elle ne s'attendait pas à cela. Le yacht semble occuper tout le quai.

— Dépêchons-nous, nous sommes vraiment en retard. Mon frère ne supporte pas qu'on le fasse attendre, dit Lia.

— Cela ne dérangera pas que vous ayez invité quelqu'un qu'il ne connaît pas? demande Ari, soudain inquiète.

Elle n'a pas l'habitude de fréquenter des gens aussi fortunés, pouvant s'offrir un bateau tel que celui-ci.

— Mais non, cela ne le gênera absolument pas! répond Rachel, riant intérieurement de sa plaisanterie.

Les trois jeunes femmes montent à bord, puis regardent l'équipage rentrer la passerelle. Le bateau part aussitôt.

— Aïe, nous étions vraiment les dernières. Rafe va nous tuer ! constate Rachel, qui toutefois ne semble pas inquiète le moins du monde.

Ari se retourne vers sa nouvelle amie en sursautant puis elle se fige, tandis que le bateau s'éloigne du quai. En se jetant à l'eau maintenant, elle pourrait facilement rejoindre le bord à la nage.

— Comment s'appelle votre frère ? demande-t-elle, sa voix couvrant à grand-peine le bruit du moteur.

— Rafe Palazzo. Tu le connais ?

18

Prise de vertige, Ari s'appuie contre le bastingage et se force à respirer calmement. En se retournant, elle constate que l'immense yacht s'éloigne de plus en plus de la terre ferme, et tente d'évaluer la distance à parcourir à la nage. Que faire? Sauter à l'eau? En entendant la voix de Rafe, elle sursaute légèrement

— Je vois que vous êtes en retard, les filles, comme d'habitude. Cela fait une heure que nous vous attendons.

— Oh, Rafe... Nous étions en plein match de volley. Et puis nous avons fait connaissance d'une jeune femme très sympathique, que nous avons invitée à dîner.

Paralysée, Ari ne veut pas se retourner et voir son visage. Elle ne l'a pas revu depuis leur aventure, voici presque deux semaines. Si seulement elle pouvait se forcer à bouger, elle sauterait à l'eau. Dans quel pétrin est-elle allée se fourrer?

— Bienvenue à bord..., commence Rafe, avant de s'interrompre brusquement.

Ari sent qu'il l'a reconnue, même de dos. Peut-être a-t-il identifié la raideur de ses épaules? Son instinct lui dit de sauter à l'eau pour se sortir de là. Cependant, elle parvient à afficher un sourire de façade et à se retourner avec raideur pour regarder Rafe dans les yeux.

Tout le monde reste silencieux tandis que leurs regards se croisent – ceux de Rafe se plissent, ceux d'Ari s'écarquillent.

Il est toujours aussi séduisant. En costume, il est déjà sublime. Et en polo ajusté et en short, il est tout simplement à tomber.

— Arianna… Quelle coïncidence incroyable que mes sœurs aient fait ta connaissance aujourd'hui! remarque Rafe après un instant de silence très tendu.

— Incroyable, c'est ton Ari? s'exclame Lia avec un naturel feint.

Rafe la foudroie du regard, montrant qu'il n'est pas dupe.

— Je ne suis pas son Ari!

La jeune femme, qui a retrouvé sa voix, lance un regard incrédule à Lia et à Rachel avant de se retourner vers Rafe.

— Ça, ça reste à voir, rétorque Rafe en la prenant par le bras. Tu n'as pas protégé ta peau. Il faut appliquer de la crème sans attendre, ou tu auras l'épiderme en feu d'ici ce soir.

Il l'entraîne avec lui, abandonnant ses sœurs. Ari met un moment avant de protester et de tenter de dégager son bras. La pression de la main de Rafe provoque une brûlure sur sa peau. C'est sûr, elle est vraiment restée trop longtemps au soleil. En fixant son bras échauffé par trop de soleil, elle réalise soudain qu'elle ne porte qu'un mini-haut de bikini et un short. Son sac a dû rester à l'entrée du bateau. Elle se sent vulnérable…

Soudain, elle comprend: les jeunes femmes ont parlé de son Ari. Il a donc mentionné son existence avant qu'elle ne fasse la connaissance de ses sœurs. Les pièces du puzzle commencent à s'assembler dans son esprit. Ainsi, cette rencontre avec les deux jeunes femmes n'était pas une coïncidence. Comment a-t-elle pu être aussi naïve? Bien sûr, personne ne vous invite spontanément à dîner aux chandelles sur un yacht.

— Lâche-moi, ordonne Ari en tirant de nouveau sur son bras, ignorant la douleur lancinante. Exaspérée par la tournure des événements, elle est incapable de garder un ton détaché.

— Impossible. J'ai vu la tête que tu faisais au bord du bastingage. Tu es assez bête pour sauter par-dessus bord.

Ils sont désormais beaucoup trop loin pour lui permettre de rejoindre la rive à la nage. Elle n'est pas suicidaire, mais elle n'a qu'une envie : se retrouver loin de lui. Pourvu que ses entremetteuses de sœurs aient des vêtements à lui prêter…

— Je ne vous cache pas que l'idée m'a traversé l'esprit quand j'ai découvert que c'était votre bateau. Maintenant, nous sommes beaucoup trop loin du rivage. Si vous étiez gentleman, vous feriez demi-tour pour me ramener au port, dit-elle de sa voix la plus hautaine.

Rafe s'arrête net et la plaque contre le mur, en pliant légèrement les genoux pour se mettre à sa hauteur. La poitrine de Rafe écrase ses seins, tandis qu'il dévore son visage des yeux.

— Je n'ai jamais prétendu être un gentleman, Arianna, lance-t-il avec un sourire séducteur.

— Je refuse de jouer à ces petits jeux avec vous, monsieur.

Elle s'interrompt lorsqu'une idée lui traverse l'esprit. Et si sa présence sur le bateau n'était pas due à une initiative de ses deux sœurs ? Et s'il avait tout manigancé ?

— Est-ce que vous avez demandé à vos sœurs de m'amener ici ?

— Pas du tout. Je préférerais te savoir loin de ma famille. Mais je mentirais en disant que je suis déçu de te voir. J'ai beaucoup pensé à notre aventure et j'adorerais remettre cela. Ta respiration s'est accélérée et je sens le bout de tes seins pointer contre ma poitrine. J'en conclus que toi non plus, tu ne serais pas opposée à cette idée, déclare-t-il, débordant d'assurance.

Il a raison, Ari le reconnaît à contrecœur. Cela fait deux mois qu'elle rêve de lui et ses rêves sont encore plus torrides depuis qu'elle s'est retrouvée dans son lit. Rien ne lui fait plus envie que la perspective de le sentir profondément en elle. Mais elle n'est pas prête à subir de nouveau l'humiliation de se voir traitée comme une prostituée une fois qu'il aura obtenu ce qu'il veut.

— C'est vrai, nos deux corps vont bien ensemble, mais ça ne signifie pas que je vous désire. Je préférerais encore coucher avec un inconnu rencontré à la plage que de sentir de nouveau vos mains sur moi, affirme-t-elle en bluffant.

— Menteuse! chuchote-t-il en baissant la tête pour faire glisser sa langue sur la peau douce du cou d'Ari.

Celle-ci réprime un soupir. Si seulement il n'était pas aussi canon!

— Désolée, vous ne me faites aucun effet, monsieur Palazzo. Auriez-vous l'amabilité de me laisser utiliser l'une des cabines d'amis pour que je puisse prendre une douche et me changer? J'apprécierais aussi beaucoup d'avoir des vêtements à emprunter, répond-elle les dents serrées. Au prix d'un effort surhumain, elle s'efforce de maîtriser sa respiration, tandis que la langue de Rafe trace des cercles sur sa peau rougie. Ces caresses lui font totalement oublier son coup de soleil, qui est pourtant en train d'empirer.

— Mmm, ta peau est salée. Je me ferai un plaisir de t'aider à prendre ta douche, propose-t-il en s'écartant d'elle et en avançant dans les coursives du bateau.

— Merci beaucoup, je sais prendre ma douche toute seule, rétorque-t-elle tandis qu'il la précède dans un escalier.

Pour seule réponse, Rafe éclate de rire.

Peu après, il ouvre une grande porte et la fait entrer dans une pièce spacieuse. Ari y découvre un canapé et deux chaises encadrant une table moderne en cerisier. Aux murs, des toiles sont parfaitement éclairées pour mettre en valeur leurs couleurs et leurs textures. Toute la pièce est joliment décorée, avec une association très réussie de tons clairs et sombres.

— Prends cette porte, à droite. Je vais te faire apporter des vêtements – sauf bien sûr si tu changes d'avis et si tu préfères que je vienne te donner un coup de main !

— Ça va aller, merci ! répond Ari en s'écartant rapidement de lui pour passer la porte.

Elle découvre une pièce spacieuse abritant un canapé, des miroirs et plusieurs tables basses. Une autre porte, sur la droite, donne sur une grande douche à l'italienne.

Il y a aussi une grande baignoire d'angle, mais elle n'a pas le cœur à prendre un bain. Tout ce qu'elle veut, c'est se laver le plus vite possible, en priant pour que des vêtements l'attendent dans le dressing à sa sortie de la douche.

Lorsque le puissant jet d'eau touche sa peau, Ari fait un bond en arrière. C'est sûr, elle a un vrai coup de soleil, et l'eau n'arrange rien. Elle réduit la force du jet au minimum et baisse la température, pour que l'eau soit tout juste tiède. Même ainsi, Ari a l'impression de prendre une douche bouillante. Mais en utilisant uniquement l'eau froide, elle risquerait de voir ses muscles se figer.

Durant toute la durée de la douche, elle souffre le martyre et se savonne de son mieux. Au moins, l'eau a débarrassé sa peau du sable et du sel qui la brûlaient, ce qui la soulage un peu. En sortant de la douche, elle attrape une serviette douce et s'enroule dedans, avant d'ouvrir la porte du dressing pour y jeter un coup d'œil.

Soulagée, elle découvre une pile de vêtements – et pas le moindre signe de Rafe. S'il tentait vraiment de la séduire de nouveau, elle céderait en quelques secondes. Leur bref échange, dans le couloir, a laissé le corps d'Ari frémissant de désir, et le savoir proche attise encore son excitation.

En découvrant la robe soyeuse bleue et le string en dentelle noir, elle sent son visage s'embraser. Elle ne sera pas beaucoup plus couverte qu'en maillot de bain. Rafe prend plaisir à la mettre au supplice. En constatant qu'il n'y a pas de soutien-gorge, elle lance un regard noir en direction de la porte fermée. Si les pensées pouvaient tuer… Rafe serait en train de couler à pic, pour s'enfoncer dans les profondeurs de l'océan.

Elle retourne dans la salle de bain pour rincer son haut de bikini, puis elle déniche un sèche-cheveux dans la salle de bain. Elle s'en sert pour faire sécher le haut, qu'elle remet une fois sec. Avec un soupir incrédule, elle enfile le string, minuscule bout de tissu qui couvre à peine son intimité, puis elle se glisse dans la robe.

Le tissu fluide arrive à peine à mi-cuisse, mais la robe est étonnamment confortable. Le matériau frais est agréable sur sa peau brûlante. Le coup de soleil devient de plus en plus douloureux, sur presque tout son corps. Les jours à venir promettent d'être désagréables.

Un sourire illumine son visage en découvrant un flacon d'après-soleil ruineux à l'aloe vera. Ari se déshabille rapidement et s'en enduit la peau. La lotion fraîche produit une sensation exquise sur ses bras, sa nuque, puis sur ses jambes. Bien qu'elle n'arrive pas à s'en appliquer sur l'ensemble du dos, elle couvre une surface de peau suffisante pour éprouver un soulagement.

Au moins, elle sera en mesure de tenir pendant le dîner désagréable qui l'attend. Rafe, c'est sûr, ne ratera pas une occasion de la mettre mal à l'aise. Elle s'efforcera de ne pas montrer qu'elle ne se sent pas à sa place, il serait trop content.

— Ah, je commençais à me dire que tu n'allais jamais sortir.

La voix douce de Rafe fait sursauter Ari. Elle ne se doutait pas qu'il allait l'attendre, sachant que sa famille est à bord.

— Inutile de m'attendre, j'aurais trouvé la salle à manger, affirme-t-elle en s'avançant vers lui.

— Je n'aurais pas l'impolitesse de laisser mon invitée toute seule.

— Je ne suis pas votre invitée, monsieur Palazzo. Il se trouve qu'on m'a fait venir ici. Je vais m'efforcer de faire contre mauvaise fortune bon cœur, mais croyez-le, la perspective de passer une soirée en votre compagnie m'enchante autant que d'aller me faire pendre.

Lentement, il se penche vers elle, dans une posture de prédateur. Malgré une furieuse envie de prendre ses jambes à son cou, elle se contient, refusant de montrer le moindre signe de faiblesse – ce qui reviendrait à tendre le cou à un lion.

— J'en ai assez que tu m'appelles monsieur, Ari. Soit tu te décides à utiliser mon prénom, soit je me ferai un plaisir de t'humilier devant tout le monde. À toi de voir! conclut-il en interrompant son mouvement en direction de la jeune femme, de manière à ce que son torse effleure la pointe des seins d'Ari, qui sont en train de durcir.

La robe qu'il a choisie lui permet de ne pas en perdre une miette. En découvrant l'effet qu'il lui fait, il affiche un sourire suffisant. Ari adorerait tester la menace. Mais pour cela, il faudrait prendre le risque de le provoquer. Non, il ne fera rien de terrible, surtout pas devant des témoins. Seulement voilà : visiblement, tous les membres de sa famille sont un peu fêlés. Peut-être prennent-ils plaisir à sacrifier des jeunes femmes en mer, en jetant leurs corps aux requins ?

— Comment ça ? Pas de réplique cinglante, Ari ? Voilà qui ne te ressemble pas, lance-t-il d'un ton moqueur, en passant ses doigts dans les boucles de la jeune femme.

Le léger frisson qui parcourt le dos d'Ari ne laisse aucun doute sur l'effet qu'il produit sur elle. Malgré tous ses efforts, elle n'arrive pas à contrôler ses hormones. Elle peut le détester pour l'effet qu'il lui fait, mais elle ne peut réprimer le désir qu'il lui inspire.

— Je meurs de faim. Si vous voulez bien me montrer où se trouve la salle à manger, répond Ari d'une petite voix à peine audible, évitant soigneusement de l'appeler par son nom ou son prénom.

— Allons-y, je m'en voudrais de te faire attendre, répond-il en lui prenant le bras.

Consciente que toute résistance serait inutile, elle fait un effort pour se détendre en marchant à ses côtés.

En présence d'autres personnes, elle n'aura pas besoin de se battre avec lui – ni de lutter contre son propre désir. Si elle arrivait à comprendre comment on peut détester un homme tout en continuant à le désirer, elle deviendrait millionnaire. Une foule de femmes la paieraient pour connaître ce secret !

— La douche était agréable ?

— Non, pas trop. La salle de bain est magnifique, mais j'ai trop pris le soleil aujourd'hui. L'eau me brûlait la peau. En revanche, l'après-solaire a fait des miracles. Je ne sais pas quelle substance secrète il contient, mais je n'ai presque plus mal.

— Après le dîner, je me ferai un plaisir de t'en enduire le corps, pour en mettre sur toutes les zones difficiles à atteindre.

En découvrant la douceur de sa voix, Ari sent son ventre se nouer. Ses jambes sont en coton, et on dirait que les flammes de l'enfer sont en train d'embraser son sexe. Comment a-t-elle pu penser qu'elle serait en sécurité en présence de sa famille? Un seul mot de la part de cet homme suffit à la faire fondre. Un seul contact entre eux, même un simple effleurement, et elle devient sa chose.

Peut-être serait-il préférable de se jeter à l'eau avec les requins? En ce moment précis, elle se dit que ces animaux sont sans doute moins dangereux que lui.

19

Rafe aurait dû être furieux de l'initiative de ses sœurs, mais il est trop content de tenir le bras d'Ari et de sentir la courbe voluptueuse de son sein contre son bras. Il sait pourtant qu'il n'a pas seulement envie de la faire ployer, mais qu'il est aussi intrigué par sa personnalité. Rafe décide de poursuivre la traque. Ignorant son intuition, il choisit de passer une bonne soirée en bonne compagnie.

— Vous avez un bateau magnifique.

Le compliment de la jeune femme lui fait chaud au cœur – un sentiment qu'il préférerait ne pas ressentir. Il envisage de lancer une réponse cinglante, mais quelque chose le retient.

— Merci. Par ici, dit-il en ouvrant une porte qui donne sur la magnifique salle à manger.

Au centre trône une grande table pouvant accueillir vingt personnes. La pièce compte aussi un coin salon, où les membres de sa famille sont en train de discuter avec animation en prenant l'apéritif.

— Ah, nous commencions à nous demander où tu étais passé, remarque son père en se levant. Qui est cette charmante jeune femme?

— Papa, je te présente Ari. Par le plus grand des hasards, les filles ont fait sa connaissance à la plage aujourd'hui et l'ont invitée à bord, répond Rafe en foudroyant ses sœurs du regard.

Gênées, les deux jeunes femmes regardent ailleurs.

— Il nous fallait quelqu'un pour compléter notre équipe de volley et nous sommes tombées sur Ari. Nous n'avions pas la moindre idée qu'elle était… l'amie de Rafe, répond Rachel avec un sourire innocent.

— Quelle extraordinaire coïncidence, rétorque Rafe, d'un ton moqueur.

— Ari, je suis ravie de faire votre connaissance. On dirait que vous plaisez beaucoup à mon fils, dit sa mère avec un accent italien qui s'est atténué au fil des années aux États-Unis, tout en restant bien présent.

Rosabella s'avance et prend la main d'Ari, avant de se pencher en avant pour l'embrasser. Ari rosit légèrement de cet accueil chaleureux.

— Moi aussi, je suis enchantée, madame Palazzo.

— Ma belle, appelez-moi Rosabella.

— Merci, Rosabella. Vous avez des filles formidables. J'ai passé une excellente journée en leur compagnie. Je n'étais encore jamais montée sur un aussi grand bateau, c'est magnifique.

Rafe remarque qu'Ari n'a aucun mal à appeler sa mère par son prénom.

— Mon vilain fils ne vous a encore jamais amenée à bord ? Il va falloir que je lui rappelle les bonnes manières. Oui, ce yacht est une merveille. Je crois que mon mari et moi devrions nous en offrir un pour faire de longs voyages. Je pense pouvoir m'habituer facilement à une vie de navigatrice, affirme Rosabella en éclatant de rire.

— Je vais commander un bateau dès demain pour t'enlever à l'autre bout du monde, répond le père de Rafe en se baissant pour embrasser tendrement sa femme.

L'amour qui unit ses parents réjouit Rafe. Si seulement il n'avait pas vu autant de malheur dans d'autres couples…

Lia s'exclame :

— Maman, tu mets l'invitée de Rafe mal à l'aise !

Les joues d'Ari rosissent de nouveau.

— Pas du tout, ça ne me dérange pas, murmure-t-elle.

— Moi, en tout cas, je meurs de faim. Ce match de volley m'a affamée, dit Rachel pour faire diversion.

— Moi aussi, surenchérit Lia.

— Oui, Ari disait justement qu'elle a une faim de loup. Vous avez dû vous démener sur le terrain. La prochaine fois, je viendrai jouer avec vous, lance Rafe en regardant Ari, dont les yeux se dérobent sous l'effet de la panique.

Elle est vraiment mignonne quand elle baisse sa garde, se dit Rafe. Non, pas mignonne. Plutôt carrément sexy. Il faut que je continue à lui mettre la pression.

— Tu avais plusieurs rivaux qui auraient volontiers enlevé Ari, cet après-midi, affirme Rachel avec un sourire malicieux en direction de Rafe.

Celui-ci fixe sa sœur avant de se tourner vers Arianna, qui regarde Rachel, horrifiée.

— Ah oui vraiment ? Raconte-moi ça, ordonne Rafe.

— Je crois que c'est l'effet de ce bikini rouge, dans lequel elle est vraiment canon. Les gars se battaient pour lui proposer à boire et pour l'aider à se relever quand elle tombait sur le sable. Et puis il y a eu ce type qui l'a invitée à prendre un verre et à dîner. On a été tentées d'accepter et de s'incruster, juste pour observer leur manège, mais le bateau nous attendait, répond Lia.

Rafe n'est pas dupe du petit jeu auquel se livrent ses sœurs. Mais qu'importe. Le simple fait d'imaginer ces inconnus en train de draguer Ari lui noue l'estomac.

Il doit marquer cette fille au fer rouge – pour que la terre entière sache qu'elle n'est pas disponible. Et le plus tôt sera le mieux.

— Je vais passer voir le capitaine. En attendant, installez-vous à table. Je vais faire servir le dîner, lance Rafe d'un ton brusque avant de quitter la pièce.

Il vient de décider qu'ils passeront la nuit en mer. Sa famille n'y verra pas d'inconvénient, il le sait, et il veut retenir Ari prisonnière sur le bateau, à ses côtés – ainsi, elle ne pourra lui échapper. Il va lui montrer qui est le maître.

Peu après, il revient dans la salle à manger, et l'entrée est servie. Installé à côté d'Ari, il sent sa colère s'estomper, et son désir s'accroître.

Des discussions animées ne tardent pas à emplir la pièce, tous les membres de sa famille parlant en même temps avec exubérance. Dans cette situation, Rafe adore se mettre en retrait et écouter les personnes qu'il aime le plus au monde discuter et se couper la parole entre elles. Toute cette animation apaise cet homme au sang chaud.

— Ari, est-ce que Rafe t'a raconté qu'il était un vrai petit voyou quand il était ado? demande Lia avec un regard malicieux.

— Lia…, avertit Rafe sur un ton menaçant, dont elle ne tient absolument pas compte.

— J'ai un peu du mal à imaginer monsieur… euh, à l'imaginer enfant, répond Ari en se reprenant aussitôt.

Un peu déçu, Rafe remarque qu'elle ne l'a pas appelé par son nom de famille. Dommage: il avait en tête plusieurs punitions exotiques à lui infliger.

Il glisse la main sous la table pour la poser sur la cuisse nue d'Ari, qui sursaute et renverse presque son verre de vin.

— Tout va bien? demande Rosabella, qui a surpris son geste.

— Oui. Désolée, je suis un peu maladroite. J'ai dû rester trop longtemps au soleil aujourd'hui, répond-elle en s'efforçant de repousser discrètement la main qui l'envahit.

Il lui serre légèrement la jambe, pour bien lui faire comprendre qu'il n'a pas la moindre intention de la lâcher.

Elle lui lance un regard désespéré avant de répondre à la question que le père de Rafe vient de poser. Tandis que la main se promène sur sa cuisse, la jeune femme paraît tendue et serre les jambes. C'est sûr, elle se fatiguera avant lui. Elle en aura assez de rester figée avant qu'il se lasse de la caresser.

— Oui, Rafe a été un enfant, même si cela paraît difficile à croire aujourd'hui où il est toujours en costume. C'était un vrai petit monstre, qui n'arrêtait pas de nous jouer des tours, à Rachel et à moi. Voilà sa pire blague : un soir, je suis rentrée à la maison, après avoir fait du bénévolat à l'église. Il était tard et ma chambre était plongée dans l'obscurité. J'ai allumé ma lampe et j'ai soulevé mes couvertures, pour me glisser dans mon lit. Là, j'ai vu un serpent de plus de deux mètres sur mon drap ! J'ai hurlé tellement fort que quelques secondes plus tard, mon père est arrivé dans ma chambre, une arme à la main. Rafe avait caché un serpent dans mon lit ! Heureusement, il a été privé de sorties pendant un mois. Je dois avouer qu'aujourd'hui encore, le simple fait de voir un serpent, même une couleuvre, me met dans tous mes états, dit Lia.

— Mais où avait-il trouvé cet animal ?

— Il appartenait à l'un de ses amis. Après cet incident, maman a refusé qu'il ait un serpent à lui, ce dont il avait presque réussi à la convaincre. Sur ce coup-là, j'étais assez contente.

— Moi aussi, je déteste les serpents.

— Mais qui aime les serpents? Il faut être soi-même un reptile pour apprécier ces animaux, se moque Lia en tirant la langue à son frère.

— Toi aussi, Lia, tu nous as fait de sacrés coups. Raconte un peu pourquoi j'ai caché ce serpent dans ton lit, rétorque Rafe en riant, pas vexé le moins du monde par l'insinuation de sa sœur.

— Ça n'était rien du tout comparé à ce que tu m'as fait!

— Rien du tout? Tu plaisantes ou quoi? Elle a mis du poil à gratter dans mon short de sport! En cours d'EPS, j'ai commencé mon jogging, et j'ai été obligé de courir comme un fou vers les douches. Pendant toutes mes années de lycée, mes copains se sont moqués de moi à propos de cette histoire!

— Oh, c'est trop drôle! s'exclame Ari en éclatant de rire tout en levant vers lui des yeux pétillants de malice.

Les plaisanteries du clan Palazzo incitent Ari à se détendre. Rafe en profite pour remonter sa main sur la jambe de la jeune femme, puis pour glisser ses doigts à l'intérieur de sa cuisse. Avant qu'elle ait eu le temps de réagir, ses doigts touchent le minuscule morceau de dentelle qui couvre son intimité. Aussitôt, elle resserre les jambes, plaquant involontairement la main de Rafe contre sa chaleur. Un intense plaisir le submerge en découvrant à travers la dentelle une sensation chaude et humide. Elle le désire – qu'elle le veuille ou non.

Soudain, ce petit jeu l'excite terriblement, au point d'en être presque douloureux. Savoir le corps d'Ari prêt à l'accueillir provoque chez lui une érection lancinante. Jetant un regard furieux dans sa direction, Ari écarte les jambes et Rafe retire sa main à contrecœur. Jamais il n'aurait tenu jusqu'à la fin du repas en la sentant si chaude et si humide – sans compter qu'il n'est pas évident de manger d'une seule main ! Les joues de la jeune femme sont roses et sa respiration s'est accélérée. Elle refuse obstinément de croiser son regard. Bien qu'elle fasse de son mieux pour continuer à discuter avec sa famille comme si de rien n'était, il devine combien elle prend sur elle.

Alors que le repas touche à sa fin, Rafe pousse un soupir de soulagement. Bientôt, il l'aura de nouveau pour lui tout seul. C'est sûr, il ne mettra pas longtemps à la convaincre de lui céder. Le plaisir qu'il pourrait lui donner est immense et il ne fait aucun doute qu'elle assouvira tous ses désirs.

Une fois le dessert terminé, Rafe se dit qu'il est temps de passer à autre chose qu'à des discussions en famille. Il veut avoir Ari dans son lit. Ce qu'il ressent est au-delà de l'envie – un désir qui le tenaille au niveau de la braguette. Est-ce qu'il vient vraiment de penser une chose pareille ? se reproche-t-il. Un désir ? Qui le tenaille ? N'importe quoi ! Disons plutôt qu'il s'agit d'une folle envie de baiser.

— Vous apprécierez la surprise, je l'espère : je viens d'annoncer au capitaine que nous passerons la nuit en mer. J'ai pensé que cela vous ferait plaisir de rester sur le bateau, annonce Rafe sans regarder en direction d'Ari.

Du coin de l'œil, il voit qu'elle a sursauté avant de se tourner vers lui.

— Euh… mais je ne peux pas. Je dois rentrer chez moi, bégaie-t-elle.

— Oh, vous travaillez demain, Ari ? interroge innocemment Martin, qui n'a pas perçu combien la jeune femme est tendue.

— Non, répond-elle en hésitant. Non, je ne travaille pas, mais j'ai des lessives à faire et plein d'autres choses à préparer pour la semaine, ajoute-t-elle d'une petite voix.

— Ne t'inquiète pas, Ari. Nous ne rentrerons pas tard, rétorque Rafe sur un ton sans appel.

— Quelle excellente surprise, Rafe ! décrète son père. Cela me permettra de voir comment on dort à bord. Il faut que je fasse l'essai avant de m'acheter mon propre bateau.

— Bien, allons nous coucher, lance Rosabella, tandis que Martin se lève pour l'accompagner.

Tous deux quittent la pièce bras dessus bras dessous. Les sœurs de Rafe tardent un peu à décrypter son regard, puis elles trouvent elles aussi une excuse pour quitter la pièce.

— On dirait qu'il ne reste plus que toi et moi, dit Rafe en reculant sa chaise pour enlacer Ari.

D'un geste rapide, il l'attire sur ses genoux sans lui laisser le temps de protester.

— C'est un enlèvement, vous en êtes conscient j'espère, l'avertit Ari, le souffle court.

— Dis-moi que tu ne veux pas rester, et on rentre, promet Rafe en l'attirant vers son érection, ce qui coupe court à toute objection.

20

Ari le sait : elle serait bien inspirée de descendre des genoux de Rafe, de se précipiter vers la porte la plus proche et de fermer celle-ci à clé derrière elle. Elle sait aussi qu'elle va regretter d'avoir de nouveau cédé à cet homme. Et que si elle lui demandait de la laisser partir, il le ferait.

Savoir qu'il obtempérerait la conforte dans son envie de rester. Mais pourquoi faut-il qu'il lui arrive des choses pareilles ? Quoi qu'il en soit, il est bien difficile de résister à ce bel étalon.

Et pourquoi ne pas céder, après tout ? Elle survivra bien à une nuit de plus dans son lit – à moins que ça ne se passe sur la table de la salle à manger. Elle en oublie le personnel qui pourrait entrer à tout moment, elle en oublie la famille de Rafe qui n'est pas bien loin. Pour un peu, elle en oublierait son propre nom lorsque la bouche de Rafe effleure la sienne et qu'il glisse sa langue entre ses lèvres.

Rafe passe ses mains dans les cheveux d'Ari, pour défaire l'attache sur sa nuque et libérer sa crinière brune. Puis il passe délicatement ses mains sur les épaules de la jeune femme et fait glisser les bretelles de la robe sur ses bras.

Le tissu passe sur le coup de soleil, provoquant une brûlure qui lui coupe le souffle. Cependant, le plaisir qui submerge son corps lui fait oublier instantanément ce désagrément.

Elle sent l'air sur ses seins, désormais à peine couverts par le haut de bikini. Lorsque Rafe interrompt son geste, laissant les bretelles à la hauteur de ses coudes, elle se contorsionne pour qu'il baisse complètement la robe. Elle meurt d'envie de lever les bras pour prendre la tête de Rafe entre ses mains, mais il maintient ses bras contre son corps, l'empêchant de bouger.

— Qu'est-ce qui se passe, Ari? Tu te sens prisonnière? murmure-t-il en passant sa bouche sur la joue d'Ari avant d'effleurer son oreille.

— Mais qu'est-ce que tu fais? murmure-t-elle, tandis que Rafe aspire son lobe d'oreille dans sa bouche.

— Je te donne du plaisir…

Les mains de Rafe remontent jusqu'à sa nuque, puis caressent ses omoplates. Il glisse ensuite ses doigts dans le maillot de bain, dégageant d'abord un côté, puis l'autre pour libérer les seins qui viennent se presser l'un contre l'autre. L'air froid sur le bout de ses seins la lance, depuis ses mamelons rose sombre jusqu'à son sexe. La pointe de ses seins se durcit davantage encore lorsqu'elle ouvre les yeux et découvre l'intensité du désir dans les yeux de Rafe, qui la dévore du regard.

Elle se tortille sur ses genoux et se cambre, le suppliant silencieusement de prendre ses seins dans sa bouche pour apaiser cette sensation lancinante qui a pris possession de son corps.

— Patience, Ari, murmure-t-il en faisant courir ses doigts autour des mamelons sombres, sans toutefois la caresser comme elle le désire.

Ce nouveau jeu ne lui plaît pas du tout. Elle veut de la jouissance, ce qu'il refuse de lui donner. Haletante, elle tente de se rapprocher de lui, dévorée par le désir. Le moindre de ses mouvements trahit son impatience.

— Tu ne sais donc pas que c'est l'attente qui accroît le plaisir, qui viendra quand je finirai par te toucher… comme… ça…?

Enfin, il penche sa tête en avant et passe sa langue sur le bout d'un sein, avant de reculer sa bouche et faire passer son souffle chaud sur la peau humide. Ce plaisir exquis arrache un petit cri à Ari. Rafe continue à prendre son temps, déplaçant lentement sa langue sur le sein et sur le cou, puis sur le pouls de la jeune femme qui bat à toute allure. Puis il fait délicatement glisser ses dents sur sa peau.

Chaque centimètre carré de peau qu'il effleure apaise Ari une fraction de seconde, avant d'attiser davantage encore le brasier qui brûle en elle. Elle se tortille sur les genoux de Rafe, plaquant son sexe contre son érection.

L'intensité du désir de Rafe accroît encore sa fougue. Le simple fait de la dévorer des yeux, sans même qu'elle le caresse, a provoqué cette incroyable érection. Ari en a presque le vertige. Si elle était capable de prononcer le moindre mot, elle le supplierait de la prendre. Mais pas un mot ne sort de sa bouche, seuls des gémissements de plaisir franchissent ses lèvres.

Rafe sème des baisers tendres et légers sur le cou d'Ari pour arriver à la pointe de ses seins gonflés de désir. Puis il fait tourner sa langue autour d'un mamelon. Ses dents mordillent délicatement la peau sensible, avant de se consacrer à l'autre sein. Ari se cambre, tentant de l'amener à prendre la pointe de son sein durci dans la bouche. Mais Rafe n'est pas pressé et les gémissements de sa partenaire semblent n'avoir aucun effet sur lui.

Alors qu'elle s'apprête à pousser un cri, n'en pouvant plus de ce supplice, il pince un mamelon durci. La sensation qui parcourt alors le corps d'Ari compense largement cette attente. Les sommets du plaisir sur lesquels il l'entraîne lui font presque perdre la tête.

Dans ses bras, elle est agitée de tremblements, tandis que la langue de Rafe passe sur son téton. Puis il mordille le bout de son sein durci. Il dévore les seins offerts avant de remonter le long de son cou et de l'embrasser.

— J'adore ton goût, Ari, je passerais volontiers la nuit entière à te lécher.

Un gémissement échappe à Ari tandis que Rafe explore sa bouche avec la langue. Lorsque les mains de Rafe passent le long de ses flancs, caressant ses bras toujours immobilisés avant de poursuivre jusqu'à ses cuisses dénudées, Ari en a le souffle coupé. Tremblant d'excitation, elle ouvre de nouveau la bouche pour essayer de parler.

— Je t'en supplie, Rafe, prends-moi.

— Répète mon nom, Ari, ordonne-t-il en suçant délicatement ses lèvres.

— Rafe… Rafe… je te veux…

Un nouveau gémissement échappe à Ari, tandis que les mains de Rafe se glissent sous le tissu de la robe pour lui caresser le dos, avant de plonger profondément sa langue dans sa bouche.

— Depuis que tu es sortie de la salle de bain, je ne pense qu'à ton joli petit cul dans ce string sexy en dentelle.

À ces mots, l'air qui restait dans les poumons d'Ari sort tout d'un coup. Elle se débat dans les bras de Rafe, tentant de se dégager et gémissant au moindre de ses mouvements, ce qui fait glisser davantage encore le tissu le long de ses bras et la serre davantage.

— Je t'en supplie…

— Oui, chérie, j'adore quand tu me supplies. Tu vas voir, ce n'est pas la dernière fois que tu le fais.

— Libère-moi de cette robe, souffle-t-elle, de plus en plus frustrée.

— Quand je le voudrai. Tu devrais savoir que je ne fais jamais rien que je n'aie décidé. Il se trouve que j'aime te voir attachée. Je crois que je vais te laisser ainsi.

Son refus accroît encore la frustration d'Ari. Elle se débat pour tenter de se défaire du tissu qui la serre, ce qui semble exciter Rafe davantage encore.

Il se lève soudain, empoignant les fesses de la jeune femme, et la fait presque tomber à la renverse sur la table, où la fraîcheur du bois provoque un frisson qui descend jusque dans les jambes d'Ari. Sans lui laisser le temps de dire un mot, il l'allonge sur la table et lui écarte largement les jambes.

Elle se sent mise à nu, vulnérable et beaucoup trop exposée, mais lorsque les doigts de Rafe se glissent sous la dentelle qui couvre son sexe, une vague de chaleur l'envahit et toutes ses appréhensions s'envolent.

Les doigts de Rafe plongent en elle, ce qui l'incite à se cambrer sur la table. Elle pousse un cri. Prête à le recevoir, elle veut que cessent ces jeux de domination.

Il l'attire vers lui et presse son érection toujours couverte contre le sexe nu et humide d'Ari, en frottant ses hanches contre elle. Le tissu de son pantalon passe sur sa chair humide, qui s'embrase.

— Je devrais te punir, Ari, pour le supplice que tu m'as fait subir. Je devrais attacher tes jambes écartées et laisser de l'air passer sur ton sexe, pour t'embraser au point de prendre feu. Je ne devrais pas m'enfoncer au plus profond de toi et assouvir ton désir, murmure-t-il en agrippant les côtés de son string.

— Oh non, prends-moi maintenant… Maintenant, halète-t-elle, en se tortillant sur la table devant lui.

Son corps est à lui – elle n'a plus la force de se battre.

Au moment où elle se dit qu'il va l'abandonner à cet incroyable supplice, il tire sur le tissu délicat pour lui arracher son string. En entendant le bruit prometteur d'un sachet en aluminium qu'on déchire, elle frissonne d'excitation.

— Oh oui, viens…

D'un mouvement fluide, il glisse son érection tendue au plus profond d'elle. Ari a la sensation qu'une lumière explose derrière ses yeux. Rafe lui écarte davantage les jambes pour mieux voir son intimité tandis qu'il va et vient en s'enfonçant profondément en elle.

La table est agitée de secousses tandis qu'il plonge au plus profond. Ses va-et-vient sont si rapides, si énergiques, qu'ils pourraient en être douloureux, mais Ari ne ressent qu'un intense plaisir, proche de l'extase.

— Oh continue, je t'en supplie, continue…

— Je n'ai pas l'intention de m'arrêter, souffle-t-il en accélérant encore le mouvement, tandis que les muscles de ses jambes sont pris de tremblements.

La lueur de désir total qui brille dans ses yeux fait presque défaillir Ari. Son sexe imposant s'enfonce en elle, son corps est tendu et gorgé de désir – du désir pour elle et pour elle seule. La sensation de puissance qui envahit Ari lui fait presque tourner la tête.

— Oh Ari, c'est si bon. Oui, serre-moi…, crie-t-il en donnant des coups de boutoir avec son pubis contre le sexe palpitant d'Ari, provoquant un feu d'artifice des sens.

Elle explose autour de son érection qu'elle enserre fermement de son sexe parcouru de spasmes… Rafe s'immobilise contre elle, le corps agité de tremblements. Sa queue la pénètre encore plusieurs fois tandis qu'il geint de plaisir. Elle sent le moindre de ses mouvements, lorsqu'il poursuit ses va-et-vient pour prolonger cet instant de plaisir partagé.

Ils restent silencieux en reprenant leur souffle, encore perdus dans leur orgasme. Pendant ces quelques instants de silence, Ari se dit qu'ils pourraient être un couple normal qui viendrait de vivre ensemble un feu d'artifice des sens.

— Viens travailler pour moi, Ari. On forme une équipe formidable, tous les deux. Tu en meurs d'envie, tu le sais. Allez, annonce ton prix!

Aussitôt, Ari remet les pieds sur terre. Non, elle n'est pas avec un homme comme tous les autres. Elle est avec Rafe – grand maniaque devant l'éternel qui veut tout maîtriser. Jamais elle ne pourrait vivre une vraie histoire avec ce type.

— Jamais. Tu sais me rendre folle, mais une fois que j'ai repris mes esprits, je me souviens que tu es un monstre, répond-elle calmement.

Elle entend Rafe prendre une grande inspiration.

— Je suis encore en toi, Ari. Suis-je vraiment un monstre, comme tu le dis? lance-t-il d'un ton moqueur en bougeant ses hanches, ravivant le désir d'Ari contre son gré.

— Tu as couché avec beaucoup de femmes. Manifestement, tu sais t'y prendre. Mais ce n'est pas parce que tu me fais jouir que j'ai envie d'être avec toi. Je peux éprouver du plaisir tout en te méprisant, jouir tout en ayant envie d'être ailleurs que sous toi. Ne t'y méprends pas, sous prétexte que tu sais me caresser là où il le faut, répond-elle d'un air frondeur, en priant pour qu'il ne se rende pas compte qu'elle bluffe.

En réalité, elle craque pour lui – tellement que ça la terrorise. Si elle se soumettait à lui, il la posséderait tout entière – son corps, son cœur et son âme. Plus jamais elle ne serait libre. Désormais, elle va s'efforcer de le mettre suffisamment en colère pour qu'il se détourne d'elle avant de la détruire.

— Un jour, tu iras trop loin, Arianna, l'avertit-il avant de se retirer, la laissant avec une sensation de vide.

Il l'aide à revenir en position assise, puis relève les bretelles de la robe sur ses épaules pour lui permettre de bouger les bras de nouveau. Il plonge ensuite son regard dans celui de la jeune femme. Elle tressaille en sentant le sang qui recommence à affluer dans ses bras, provoquant une palpitation dans le haut de son buste. À mesure que son corps se détend, la douleur due au coup de soleil et aux bretelles qui la retenaient prisonnière s'avive. Cependant, elle refuse de passer la main sur ces zones douloureuses en présence de Rafe. Cela lui ferait trop plaisir. Pour gémir, elle attendra d'être toute seule.

— Je m'en fiche. Si mes mots te déplaisent, arrête de me courir après.

— Mais je ne te cours pas après, Ari. Il se trouve que c'est toi qui es venue sur mon bateau, faut-il te le rappeler? Mais peu importe qui est venu vers l'autre ce soir. Ce qui compte, c'est que bientôt tu seras à moi – comme je t'ai possédée il y a quelques minutes. Ce n'est qu'une question de temps. En me résistant, tu nous prives du plaisir que nous pourrions prendre tous les soirs. Je suis loin d'être le monstre que tu crois. Simplement, je fixe les règles du jeu. Mon jeu. Est-ce que tout le monde ne fait pas cela en entamant une relation? Il se trouve que je suis honnête concernant mes intentions et j'attends la même chose de mes partenaires en affaires, explique-t-il comme s'il était l'homme le plus sensé au monde.

— Puisque tu es si honnête, est-ce que ta famille est au courant de tes contrats?

Lorsqu'il la fusille du regard, elle comprend que ce soir-là, elle dit exactement ce qu'il ne faut pas dire. Il lève la main et un instant, elle croit qu'il va la frapper. Mais après un regard intense il la laisse retomber.

— Je te l'ai déjà dit, je n'ai pas besoin de recourir à la violence, Ari. Tu vas bientôt t'en rendre compte. Il y a des façons beaucoup plus divertissantes de te punir, menace-t-il en reculant d'un pas.

Lentement, elle se laisse glisser de la table, avant de constater que ses jambes sont en coton. Que faire? La voilà coincée en pleine mer, sur un bateau, en compagnie d'un homme dont elle ne sait pas si elle a envie de l'embrasser ou de l'étriper.

— Je te raccompagne jusqu'à ta chambre. Tu sais où se trouve la mienne, au cas où tu changerais d'avis, dit-il froidement avant de se diriger vers la porte. Ari presse le pas pour rester à sa hauteur, tandis qu'il la précède dans le couloir.

Ils n'échangent plus un mot jusqu'à leur arrivée devant une porte. Rafe l'ouvre puis laisse passer Ari, qui entre dans la chambre avant de lui claquer la porte au nez. À l'intérieur, elle s'appuie contre les épais lambris de bois en réprimant une irrépressible envie de pleurer. Tout va mal. Elle se laisse tomber lentement sur le lit, en se disant qu'elle n'arrivera jamais à trouver le sommeil.

Elle se trompe. Le doux mouvement du bateau sur les vagues la berce et elle sombre rapidement dans le sommeil – délivrant son esprit de décisions difficiles à prendre et laissant à son corps le temps de se remettre.

Rafe repart, furieux. Son visage de marbre ne laisse pas transparaître la moindre émotion. Intérieurement, il bouillonne.

Il veut qu'elle ait envie d'être avec lui. De son plein gré.

Pour la première fois, il est en proie au doute, un sentiment qui lui est étranger et qui le plonge dans un état proche de la panique. Qu'une émotion de l'ordre de la faiblesse vienne fissurer son armure lui déplaît. Il est trop fort pour donner des signes d'impuissance. Non, cela ne lui ressemble pas.

Rafe descend le couloir pour rejoindre sa chambre, avant de refermer calmement la porte. Il ne s'autorise pas à se laisser submerger par la colère. Non, il ne claquera pas la porte, il ne tapera pas du poing contre le mur. Il va prendre un verre et réfléchir à ce qu'il convient de faire.

Il obtiendra ce qu'il veut – il a toujours ce qu'il veut. C'est une simple question de temps.

21

Rongée par la culpabilité, Ari entrouvre lentement la porte de la chambre. Cela fait deux semaines qu'elle n'est pas venue la voir, en raison d'un rhume qui refusait de guérir. Cela ne l'a pas empêchée d'aller travailler, mais son mal était suffisamment grave pour que le personnel de l'hôpital lui déconseille de rendre visite à Sandra. En effet, le système immunitaire de sa mère est encore trop faible depuis sa dernière opération, pour pouvoir être exposé à une personne enrhumée.

Ses collègues lui ont proposé de sortir dîner avec elle en ce vendredi, mais elle a décliné, impatiente de se rendre à l'hôpital. Au cours des deux semaines écoulées, elle a parlé à sa mère à plusieurs reprises mais elle meurt d'envie de la voir en chair et en os.

Son besoin de consacrer du temps à sa maman est l'une des raisons qui l'empêchent d'envisager de travailler pour Rafe. Il l'a dit clairement : être avec lui devrait être sa seule et unique priorité.

Si elle devenait sa maîtresse, il lui serait impossible de voir sa mère quand elle le voudrait – chose inconcevable. Et par-dessus le marché, cet homme la met dans tous ses états. Comment pourrait-elle vivre ainsi ?

Deux semaines plus tôt, lorsqu'elle s'est réveillée à bord du bateau et qu'elle a constaté qu'il était amarré au port, son premier réflexe a été de prendre la fuite. Elle a réussi à s'éclipser sans croiser Rafe ni aucun membre de sa famille – une chance. Elle a pris ses jambes à son cou pour s'enfuir le plus loin possible, sans se retourner.

Enfin, si. Elle a regardé en arrière, à sa plus grande honte. Et elle est furieuse contre elle-même d'être déçue de ne pas avoir eu de ses nouvelles. C'est pourtant ce qu'elle voulait, non ? Elle savait bien qu'il se lasserait de jouer au chat et à la souris. Elle devrait sauter de joie d'être libre. Elle n'a plus à se préoccuper de perdre tous ses moyens en sa présence, puisqu'elle ne le reverra plus.

Tout est pour le mieux.

Bien sûr.

— Ari ! Comme je suis contente de te voir, ma chérie !

Ari sursaute. Totalement absorbée par ses pensées, elle a ouvert la porte de la chambre automatiquement.

— Maman, je suis désolée de ne pas avoir pu venir plus tôt. J'ai terriblement mauvaise conscience, mais les médecins disaient que je risquais de provoquer une infection, répond-elle en se précipitant près du lit.

— Ne t'en fais pas ! Tu as ta vie, ma chérie, du moins je l'espère. Une jeune femme a des choses beaucoup plus importantes à faire que de passer ses journées et ses nuits au chevet d'une vieille dame – malade ou pas.

— Il n'y a rien de plus important que toi dans ma vie, maman. Le Dr Morgan m'a expliqué qu'il y avait eu des complications lors de l'opération. Une infection a entraîné une septicémie et ils doivent te surveiller de près, pour éviter une défaillance d'organes. Pourquoi faut-il que les catastrophes s'enchaînent ? sanglote Ari.

Elle voudrait ramener sa mère chez elle, mais elle ne lui a toujours pas avoué que leur maison a été vendue. Comment va-t-elle lui annoncer cette nouvelle, alors qu'elle a déjà subi tant d'épreuves? Quelle terrible journée.

— J'espérais que le médecin ne te parlerait pas de tout cela, dit Sandra, contrariée.

— Je ne suis pas idiote, maman. Cela fait déjà plusieurs semaines que tu aurais dû sortir de l'hôpital. J'avais bien compris que quelque chose n'allait pas. Qu'était-il censé faire? Me dire qu'il avait un petit faible pour toi et qu'il refusait de te laisser partir?

— Eh bien… Il est plutôt pas mal, non?

— Maman! Je ne plaisante pas, gronde Ari.

— Oh, Ari, arrête donc de t'inquiéter autant. De toute façon, nous ne pouvons rien y changer. Et puis, j'en ai assez de parler sans arrêt de ma santé. Par pitié, raconte-moi plutôt des choses qui me changeront les idées. Je serais même ravie que tu me parles du temps qu'il fait ou de ce que tu as mangé ce matin.

Ari dévisage sa maman pendant plusieurs secondes, remarquant combien elle est pâle et amaigrie. Oui, Ari est terriblement inquiète, mais sa mère a raison – en discuter en long et en large ne l'aidera pas à guérir. Tout ce qu'elle peut faire, c'est lui changer les idées.

— Au travail, j'ai fait la connaissance de trois filles formidables. Elles sont un peu autoritaires, mais elles me font rire alors que je n'ai pas vraiment de raisons de m'amuser. Tu vas les adorer. Shelly, Amber et Miley sont tout à fait le style de femmes que tu aimes, un peu folles. Elles ont décrété qu'elles allaient me dégotter un fiancé, mais elles arrivent aussi à me faire rire – chose dont je me croyais incapable depuis ton accident.

— Oh Ari, je suis ravie d'apprendre que tu t'es fait des amies ! Tu as toujours été tellement sérieuse. Pendant toutes tes années de lycée, tu es restée enfermée pour réviser, alors que tu aurais dû consacrer un peu de temps à ta vie sociale. Et à l'université, rebelote. Je suis très fière de toi, je l'ai toujours été et je le serai toujours. Mais profite de la vie, de temps en temps. Obtenir de bons résultats, c'est important. Mais tu peux y arriver les yeux fermés. S'amuser un peu, c'est essentiel à l'équilibre d'une personne.

Ari sourit tendrement en entendant ces mots. Sa mère lui a souvent tenu ce discours lorsqu'elle était au lycée et qu'elle décidait de rester à la maison tous les week-ends pour réviser au lieu de sortir. Ari n'était pas opposée à l'idée de se faire des amis. Simplement, elle n'a jamais rencontré de gens l'intéressant davantage que ses études.

Si elle avait trouvé des activités plus captivantes que la lecture d'un bon livre, elle aurait été ravie d'enlever ses lunettes pour la soirée et de sortir. Cependant, les événements récents ne l'incitent pas à avoir envie de faire la fête – repenser à cette soirée terrible était bien pire pour son équilibre que de ne pas s'amuser… Et puis elle a rencontré…

Rafe.

Oui, Rafe lui donne envie d'oublier ses livres. Envie de jouer les ingénues dans sa comédie romantique préférée – avec lui dans le rôle principal masculin. Il lui donne envie de se déshabiller sur-le-champ et de le supplier de lui faire l'amour. Cet homme lui fait peur, car il lui donne envie de changer, du tout au tout.

L'adjectif dangereux est bien trop faible pour le décrire.

Elle doit s'en souvenir et rester loin de lui.

— Tu m'écoutes, chérie ?

— Désolée, maman. Je n'ai pas beaucoup dormi cette semaine et je suis un peu à côté de la plaque. Dis-moi comment tu te sens aujourd'hui.

— Vraiment bien. De toute façon, j'avais prévu de t'appeler ce soir. Les derniers scanners du Dr Shepp montrent que l'essentiel du cancer a été retiré. Il pense que la chimio aura raison du reste. Mais pour débuter le traitement, il faut attendre que cette infection soit guérie. Peut-être faudra-t-il m'opérer de nouveau, mais ne t'en fais pas : cette nouvelle intervention ne sera pas aussi lourde que la précédente.

– Tiens, je pensais que l'argent qui nous reste suffisait uniquement à couvrir la première opération. Sais-tu si nous avons reçu des aides ?

— Aucune idée. En tout cas, il m'a dit de ne pas m'inquiéter pour les aspects financiers, que tout était réglé. Alors comme on dit, « à cheval donné on ne regarde pas les dents. » J'ai rempli des tas de formulaires. Une foule d'organismes interviennent dans des cas comme le mien. J'imagine que l'un d'eux a validé ma demande…

— C'est génial, maman. Je vais appeler mon patron et prendre mon lundi. Et je vais rester tout le week-end ici avec toi, pour veiller à ce que tout se passe bien.

– Il n'en est pas question, ma fille. Tu deviendrais folle à rester jour et nuit dans cette chambre. Moi-même, je commence à devenir dingue.

— De toute façon, tu es trop faible pour m'en empêcher. Nous allons passer le week-end ensemble, toi et moi, avec une boîte de Yam's. Je vais filer à la maison pour prendre quelques affaires, je serai de retour dans une heure. Ça sera comme avant, quand nous restions des nuits blanches à jouer. J'étais tellement contrariée que tu m'obliges à refermer mes livres, mais maintenant, cela fait partie de mes meilleurs souvenirs!

— Comment refuser, quand tu me rends sentimentale? Entendu. Je t'autorise à passer ton week-end en compagnie d'une vieille dame. Mais attention: je suis capable de tricher pour remporter toutes les parties!

— Même en trichant, tu n'arriveras pas à me battre! Ah, maman, je tiens tellement à toi. Et je suis si heureuse que tu ailles mieux. Tu sais, je crois que tu as raison: désormais, tout va s'arranger.

Ari se penche en avant pour serrer sa mère dans ses bras. Au fond d'elle, elle est terrorisée: est-il possible que ce soit le dernier week-end qu'elle passe avec la personne qu'elle aime le plus au monde? Avalant sa salive, elle s'efforce de chasser cette pensée de son esprit.

Quelle malchance que cet horrible rhume l'ait rendue malade si longtemps. Et si les choses tournaient mal? Elle aurait passé les derniers jours de sa mère loin d'elle.

Stop! Ari s'interdit des pensées pareilles, qui renforcent son sentiment de culpabilité. Non. Elle ne laissera pas l'angoisse gâcher les heures passées avec Sandra, qui a toujours été là pour elle, qui a été sa meilleure amie. Elle ne peut changer le passé, mais elle peut veiller à ce que le présent se déroule le mieux possible.

En coup de vent, elle passe à son appartement pour y rassembler quelques affaires, puis elle se rend dans une boutique du quartier afin d'y acheter plusieurs jeux. Bien sûr, elle prend aussi quelques livres pour s'occuper quand Sandra dormira. C'est décidé, Ari va passer tout le week-end à ses côtés.

S'il s'agit véritablement de leurs dernières soirées ensemble, ces moments sont précieux et resteront à jamais gravés dans sa mémoire. Perdre sa mère serait la pire épreuve qui soit. Au point que son monde s'arrêterait de tourner. À quoi bon continuer à vivre sans elle ? Elle a beau afficher un sourire de façade et mentir, en affirmant à Sandra que tout va s'arranger, Ari le sait : si sa mère disparaissait, rien n'irait bien. Plus rien n'irait jamais bien.

22

— Si tu vois une lumière au bout d'un long tunnel obscur, surtout fais demi-tour et pars en courant dans l'autre direction ! Promis ?

— L'opération va bien se passer, Ari. Arrête de t'en faire. Combien de fois faut-il te le répéter ? Je suis ta mère et c'est à moi de me faire du souci pour toi. Toi, tu dois t'occuper de ta vie. Le chirurgien m'a expliqué que l'intervention allait durer plusieurs heures. Va profiter de ce beau soleil qu'on voit par la fenêtre. Mais je te connais par cœur : je sais que tu vas te faire un sang d'encre et que tu ne quitteras pas l'hôpital. Détends-toi. Dans quelques heures, je serai comme neuve.

— Je t'aime tellement, maman. Ne m'abandonne pas. Surtout pas.

— Je te promets que tout va bien se passer.

— Madame Harlow, il faut y aller.

Ari serre les dents de frustration. L'infirmière ne fait que son travail, elle le sait, mais Ari a un mauvais pressentiment. Ce qu'elle veut, c'est continuer à lui tenir la main. Si elle pouvait l'accompagner dans le bloc opératoire, elle le ferait. Elle n'est pas prête à affronter la perspective de la mort de sa mère – et elle ne le sera jamais.

— Ari, n'essaie pas d'intimider ces adorables infirmières. Et puis tu es beaucoup trop menue pour faire peur à qui que ce soit !

Ari ne s'est même pas rendu compte qu'elle a grommelé en regardant l'infirmière, lorsque celle-ci s'est approchée du lit.

— C'est toi qui m'as élevée, maman. Tu sais que je suis plus forte que j'en ai l'air, plaisante Ari en se penchant pour embrasser tendrement sa mère.

Des gens, de parfaits inconnus, viennent installer Sandra dans un fauteuil roulant puis l'emmènent. Lentement, Ari se laisse glisser sur sa chaise, laissant enfin jaillir ces larmes qu'elle a retenues toute la semaine. Sa mère est une force de la nature – jusqu'ici, elle s'en est bien sortie. Pourquoi se montrer pessimiste sans raison?

Au bout d'une heure dans cette chambre, en proie à la panique, Ari décide de se lever et d'aller faire un tour. À quoi bon se rendre malade d'inquiétude et rester là, seule? Cela ne fait qu'accroître son pessimisme. Quittant la chambre, elle se retrouve très vite à l'endroit précis où elle a percuté Rafe, plusieurs mois plus tôt.

Il lui semble que cette scène s'est produite il y a une éternité. Au cours des neuf mois passés, elle a beaucoup mûri – elle a quitté l'université, perdu la maison de son enfance, trouvé du travail et – bien sûr – rencontré Rafe. Elle regrette presque de ne pas avoir accepté son offre, ce qui lui permettrait à cet instant précis d'appuyer sa tête sur son épaule.

Aussitôt, elle se ressaisit. N'importe quoi! Même si elle avait signé ce contrat, il n'aurait pas été là pour elle. L'idée de sa proposition de détraqué est d'avoir une femme à sa disposition, quand cela lui chante. Il ne sera pas son petit ami, et il n'est certainement le genre d'homme à lui tenir la main pour la réconforter.

Ari se dirige vers le hall où des photos sont exposées sur les magnifiques murs bruns – une distraction bienvenue. Elle admire le travail du photographe, qui a réalisé de superbes clichés de demeures anciennes et de fleurs. Quelques portraits représentent des personnalités importantes de la région, dans des tenues très différentes, impliquées pour la plupart dans des projets caritatifs.

La dernière photo est un portrait de Rafe coiffé d'un casque de chantier et tenant à la main un marteau, un grand sourire aux lèvres. Sidérée, elle constate que sans son éternel costume, il paraît nettement plus humain.

Elle lit la légende de la photo : tous nos remerciements à Rafaëlle Palazzo, qui a financé la construction de cette aile du bâtiment. Ce donateur très impliqué dans la vie de la communauté n'hésite pas à mettre la main à la pâte.

De toute évidence, c'est une simple opération de communication. Sans doute a-t-il enfilé un jean pour réaliser ce cliché, avant de retourner au plus vite dans sa voiture climatisée avec chauffeur.

— Je n'aime pas tellement ce portrait, qui ne me montre pas sous mon meilleur profil. Mais c'est la photo que préfère mon assistante et j'ai appris qu'il était inutile de chercher à la contredire !

En reconnaissant la voix, Ari sursaute. Il la provoque, une fois de plus – mais elle refuse de mordre à l'hameçon.

— Bonjour monsieur Palazzo ! Quel hasard malencontreux, je n'arrête pas de tomber sur vous ici. Espérons que cette fois, je n'aurai pas besoin d'aller passer une radio, lance Ari en tournant la tête vers lui.

À ces mots, Rafe plisse les yeux.

— Arianna, ma chère Arianna… On dirait que tu ne m'as pas bien écouté la dernière fois. Je t'ai pourtant dit qu'en t'obstinant à m'appeler par mon nom de famille, tu t'exposais à être punie.

— Nous sommes dans un lieu public, je ne vois donc pas bien ce que vous pourriez me faire, persifle-t-elle, bravache.

Ils sont entourés de patients et de visiteurs, mais le bâtiment compte aussi des vigiles armés.

— Ah je vois, tu te crois en sécurité ? Ne me sous-estime pas. Ne me sous-estime jamais. Quand j'ai décidé quelque chose, rien ni personne ne peut m'arrêter, menace-t-il en prenant la tête d'Ari entre ses mains avant de la plaquer contre le mur.

— En temps normal, j'aurais adoré vous prouver le contraire, mais il se trouve que ce n'est pas le jour idéal. Il va falloir que je file rapidement.

Les yeux de Rafe scrutent son visage. Ari s'efforce de ne rien laisser paraître, mais elle sent qu'il n'est pas dupe. Elle a des cernes, les yeux rougis par les larmes et quelques kilos de moins que la dernière fois. Elle a vraiment mauvaise mine, elle le sait.

— Qu'est-ce qui ne va pas ?

— Ça ne vous regarde pas.

— Je croyais que tu n'avais pas envie de jouer au chat et à la souris. Dis-moi donc ce qui ne va pas, demande-t-il avec fermeté.

— D'accord. De toute façon, ça n'est pas un secret d'État. Ma mère subit une intervention chirurgicale, c'est un peu éprouvant. Il y a eu des complications lors de l'intervention précédente et les médecins ont dû l'opérer à nouveau. Cela fait des semaines qu'elle aurait dû sortir, mais son organisme fait des siennes. Je sais que tout va bien se passer, mais je ne peux pas m'empêcher de m'inquiéter.

— Ah, je me demandais si tu allais m'en parler. Merci de ta confiance. En attendant de savoir comment l'opération s'est déroulée, je vais te changer les idées.

Rafe retire ses mains du mur pour la prendre par le bras. Lorsqu'il tente de l'entraîner, elle résiste, trébuchant presque. De toute façon, en lui opposant davantage de résistance, elle risquerait de tomber. Elle décide donc de le suivre. Quel autre choix lui reste-t-il? Surtout, elle ne veut pas faire d'esclandre et attirer tous les regards sur elle.

— Je ne veux pas de votre pitié ni de vos égards. Je me suis très bien débrouillée toute seule, toute la matinée.

— Manifestement, ça ne va pas si fort que ça. Tu as perdu plus de poids que tu ne peux te le permettre, tu as les joues creuses et la tête de quelqu'un qui n'a pas passé une bonne nuit depuis une éternité. Tu devrais venir travailler pour moi, cela ne fait aucun doute. De toute évidence, il te faut quelqu'un pour veiller sur toi.

À ces mots, Ari ressent presque de la gratitude, car un court instant, l'agacement que suscite Rafe lui fait presque oublier son inquiétude. Comment peut-on être aussi autoritaire et tyrannique?

— Je me débrouille très bien toute seule, merci. Inutile de veiller sur moi. Pour info, j'ai pris un bon petit déjeuner ce matin.

— Menteuse. Cela fait plusieurs jours que tu picores et tu n'as rien mangé ce matin, j'en suis sûr. Tu t'inquiètes, ce qui est normal. Mais c'est égoïste, Ari. À ton avis, que ressent une mère en voyant que sa fille ne prend pas soin d'elle? À sa sortie du bloc opératoire, il va falloir qu'elle pense à guérir, et non qu'elle s'inquiète pour toi.

En entendant ces mots, Ari se force à respirer calmement. Cet homme est d'une telle arrogance, d'une telle grossièreté!

Ce qui la met réellement hors d'elle, c'est qu'au fond, il a raison. La simple idée de manger lui retourne l'estomac. Comment pourrait-elle avaler quoi que ce soit alors que sa mère est peut-être en train de mourir? Impossible.

— Où allons-nous? demande-t-elle en le voyant s'éloigner.

— Manger.

— Mais je n'ai pas faim! Je vous l'ai déjà dit, j'ai mangé ce matin.

— Et moi, je t'ai déjà dit que tu es une menteuse. Es-tu déjà sortie victorieuse d'une dispute avec moi? Non. Tu n'es peut-être pas encore ma chose, mais c'est une simple formalité. Je t'aurai. Par conséquent, ta santé compte pour moi. Alors soit tu t'installes dans cette cafétéria pour prendre un vrai déjeuner, soit je te jette sur mon épaule, je t'emmène chez moi par la force et je t'oblige à avaler un repas. À toi de voir!

Incrédule, Ari s'arrête devant les portes de la cafétéria pour le dévisager. Les propos sidérants qu'il tient sur un ton parfaitement anodin ne cesseront jamais de l'étonner. Elle a bien envie de voir jusqu'où il irait. À son regard, elle comprend toutefois qu'il n'hésitera pas à mettre ses menaces à exécution.

Certes, il y a des agents de sécurité dans le bâtiment, mais Rafe compte parmi les principaux donateurs de l'hôpital. Ils n'interviendront sans doute pas s'il tente d'enlever Ari, même si elle se met à hurler. Or elle ne peut pas prendre le risque d'être absente lorsque sa mère sortira du bloc opératoire.

À contrecœur, elle se détourne et entre dans la cafétéria qui, fort heureusement, est presque vide. Ari n'a pas la moindre envie d'entendre les conversations d'autres gens ni de faire la queue. Elle va devoir se concentrer pour ne pas s'étouffer en avalant cette immonde nourriture d'hôpital, sachant que la simple idée de manger lui soulève le cœur.

— Oh, Ari. Je suis un peu déçu que tu n'aies pas choisi la deuxième possibilité. J'aimais assez l'idée de te prendre sur mon épaule, avec ton petit cul tout près de mon visage. En tournant la tête, j'aurais pu croquer tes courbes appétissantes.

À ces mots, un frisson parcourt l'échine d'Ari. Elle non plus, ça ne l'aurait pas dérangée qu'il lui mordille les fesses... Un sentiment de culpabilité la submerge aussitôt: Sandra est toujours au bloc opératoire. Voilà une raison de plus de détester Rafe.

Ignorant sa remarque, elle passe devant les différents plats du self-service. Rien ne la tente, mais elle finit par prendre une assiette. Un choix qui ne semble pas satisfaire Rafe, puisqu'il pose d'autres plats sur le plateau, avant de l'accompagner jusqu'à la caisse.

Elle ne fait pas mine de sortir de l'argent de son sac à main. Puisqu'elle n'a rien demandé, il est hors de question qu'elle propose de régler. Rafe paie, puis conduit Ari à une table au fond de la cafétéria.

Passer un moment en tête-à-tête avec lui ne l'enchante vraiment pas. Il y a une dizaine de personnes dans la salle, mais toutes sont trop éloignées de leur table pour pouvoir entendre leur conversation.

Après quelques minutes de silence, Rafe pousse un soupir en regardant le plateau, auquel Ari n'a pas touché.

— Allez, mange s'il te plaît.

La douceur de sa voix la surprend.

Elle a du mal à comprendre pourquoi il s'intéresse subitement à son alimentation. En quoi cela le regarde-t-il?

— Qu'est-ce que ça peut vous faire que je mange ou pas? demande-t-elle, étonnée.

— En temps normal, je me moquerais éperdument de ce que tu manges et de la qualité de ton sommeil. Tu es une grande fille, qui devrait être capable de prendre soin d'elle. Mais en te voyant dépérir et à deux doigts de tourner de l'œil d'épuisement, je ne peux pas m'empêcher d'intervenir. D'accord, tu n'as pas signé de contrat avec moi, mais crois-moi, Ari, je serais aussi intraitable avec mes sœurs. Dès mon plus jeune âge, mon père m'a appris que lorsqu'une femme a besoin qu'on s'occupe d'elle, les hommes doivent se montrer à la hauteur. Je décrète une trêve pour les heures à venir, le temps que ta mère sorte du bloc opératoire. Une fois qu'elle sera remise, j'ouvrirai à nouveau les hostilités, répond-il avec un sourire chaleureux, en lui adressant un clin d'œil malicieux.

À son regard, Ari comprend qu'il est sincère. En découvrant qu'il vient de baisser sa garde et de lui dévoiler l'être humain derrière le masque, son ventre se serre. Par automatisme, elle se redresse. En cet instant, elle se sent irrésistiblement attirée par Rafe. Il y a du Dr Jekyll et Mister Hyde en lui. Serait-il la réincarnation moderne de ce personnage de la littérature du XIXe siècle?

Comprenant à quel point elle pourrait craquer pour ce Rafe-là, si gentil et attentionné, tout son système de défense se met en alerte. Se battre contre Rafe l'Ordure ne lui fait pas peur. Par contre, affronter Rafe le Chevalier Blanc est au-dessus de ses forces. La tentation de se jeter dans ses bras serait trop forte.

— Allez, prends une bouchée, Ari, décrète Rafe, voyant qu'elle reste immobile.

— Oui, oui, répond-elle en saisissant le sandwich à la dinde. Elle croque dans le pain moelleux, puis mâche soigneusement sa bouchée, en espérant qu'elle réussira à l'avaler.

— Gentille petite!

Presque soulagée, Ari constate qu'il a retrouvé son ton moqueur. Ce Rafe-là lui paraît plus facile à affronter.

— Je ne suis la gentille petite de personne, rétorque-t-elle, cinglante.

Elle découvre avec satisfaction qu'il recommence à l'agacer.

Quelques minutes plus tard, elle constate avec surprise que le sandwich a disparu. Toute à sa colère contre Rafe, elle n'a même pas réalisé qu'elle était en train de manger.

— Si la colère t'ouvre l'appétit, alors elle en vaut la peine, lance-t-il.

— Je vais devenir bien grasse en votre présence, car vous me mettez hors de moi.

— Je te verrais bien un peu plus plantureuse. Tu as des courbes sublimes, mais avec quelques kilos supplémentaires, elles seraient encore plus divines. J'ai déjà eu l'occasion d'admirer ta poitrine généreuse dans mes mains.

Le souffle coupé, Ari regarde autour d'elle, priant pour que personne n'ait entendu sa remarque grossière.

Rafe se penche en avant, à quelques centimètres de son visage.

— Ça te met mal à l'aise? Tout le monde baise. Ça n'a rien de honteux.

— Je croyais que vous aviez décrété une trêve, lui rappelle-t-elle. Le sexe avec vous, c'est plus que honteux. En plus, après, je me sens horriblement sale, conclut-elle en attrapant un morceau de melon.

Croquant dedans trop énergiquement, elle fait gicler du jus sur le visage de Rafe. Le spectacle du jus de melon qui dégouline sur les joues de Rafe lui donne envie de rire. Est-ce le stress, une crise de nerfs ou autre chose? Elle n'en sait rien. Toujours est-il qu'elle est prise d'un fou-rire incontrôlable.

Plusieurs personnes tournent la tête dans leur direction. Le visage de Rafe s'assombrit et il plonge la main dans sa poche pour attraper son mouchoir brodé à ses initiales, ce qui renforce encore l'hilarité de la jeune femme. Elle en a des crampes au ventre et n'arrive pas à contrôler son fou-rire. Ses nerfs sont-ils en train de lui jouer des tours? Elle fait son possible pour se ressaisir, en vain. Impossible de s'arrêter. Rapidement, des larmes se mettent à couler sur ses joues.

— Notre trêve aura été de courte durée, manifestement. En tout cas, je suis ravi de t'avoir fait rire, marmonne Rafe en essuyant son visage, faisant repartir le fou-rire d'Ari de plus belle.

Elle se dit qu'elle aurait sans doute continué à rire jusqu'à ce que le personnel médical ait pitié d'elle et l'assomme avec un sédatif. Mais soudain, un bruit violent résonne dans les couloirs de l'hôpital et la fait taire.

Plusieurs détonations se succèdent, suivies de cris. En une fraction de seconde, Rafe se relève et passe un bras protecteur autour des épaules d'Ari.

— Qu'est-ce qui se passe?

— Un type avec une arme! hurle une femme en se précipitant dans la cafétéria en courant.

Puis elle s'écroule à terre, tandis qu'une tache rouge se diffuse sur son épaule. Au moment où Rafe soulève Ari pour la prendre dans ses bras, un homme de grande taille armé d'un fusil semi-automatique franchit les portes de la cafétéria. Terrorisée, Ari croise le regard du tireur qui tourne l'arme vers elle. Puis il appuie sur la détente. Lâchant un juron, Rafe tente de s'interposer entre Ari et le forcené. Trop tard.

La jeune femme a le sentiment d'avoir reçu un coup dans la poitrine. Elle se dit que Rafe l'a peut-être laissée tomber. Puis elle découvre une tache rouge qui envahit lentement son T-shirt.

— Oh non ! Mon T-shirt préféré… souffle-t-elle avant de perdre connaissance.

23

En voyant le sang d'Ari imprégner le tissu de son vêtement, Rafe devient fou furieux. Il pose délicatement la jeune femme à terre, puis sort en courant de la cafétéria. Il sent une douleur au bras, mais rien ne l'empêchera de tuer ce type qui a osé tirer sur Ari.

L'homme marque un temps d'arrêt en voyant Rafe se jeter sur lui. Il appuie de nouveau sur la détente. Mais soit il est à cours de balles, soit son arme s'est enrayée. Deux secondes plus tard, Rafe parvient à le précipiter à terre.

Le forcené tente alors de saisir une autre arme à sa ceinture, mais Rafe tombe sur lui sans lui en laisser le temps. Lorsque son poing touche sa mâchoire et la fracasse d'un seul coup, l'homme en a le souffle coupé. Le coup de poing suivant fait jaillir du sang de son nez. À sa plus grande joie, Rafe entend un craquement, qui lui parvient malgré les hurlements qui emplissent la pièce. Il recule son bras pour porter un nouveau coup, déterminé à achever cette ordure.

Qui osera dire que cet individu mérite de vivre? se demande-t-il, enragé.

— Monsieur Palazzo, c'est bon, nous le tenons. Arrêtez. Arrêtez ou vous allez le tuer!

— C'est bien ce que j'ai l'intention de faire! hurle Rafe en assénant un nouveau coup de poing au forcené.

Plusieurs hommes le saisissent et le tirent en arrière. Il se retourne, prêt à s'en prendre à ceux qui ont le toupet d'intervenir. Puis il sent une piqûre dans son bras et tout devient flou autour de lui.

— Non, souffle-t-il avant de perdre connaissance.

En revenant à lui, Rafe met un instant à se souvenir de ce qui s'est passé. Il entend des moniteurs sonner lorsque les battements de son cœur s'accélèrent.

— Ari ! appelle-t-il.

— Monsieur, je suis le Dr Bruce. Tout va bien. On vous a tiré dessus, vous avez été touché à l'épaule. Nous avons réussi à extraire la balle et vous serez remis rapidement.

— Je me moque de savoir qui vous êtes. Où est Ari ?

— Ari ?

— Oui, la jeune femme avec qui j'étais et qui s'est fait tirer dessus à la cafétéria.

— Avez-vous un lien de parenté avec cette personne, monsieur ?

Rafe n'a pas l'habitude qu'on lui pose des questions. Mais le médecin n'en dit pas davantage, ce qui le rend aussi furieux qu'inquiet.

— Vous savez parfaitement que je ne suis pas marié et vous connaissez ma famille. Donc non, de toute évidence, je n'ai pas de lien parenté avec elle, vous le savez. Mais vous allez me dire comment elle va, et tout de suite !

— Le respect du secret médical m'oblige…

— Ne m'obligez pas à rappeler les montants que je verse à cet hôpital ! J'exige des informations, et tout de suite. Si vous refusez de me donner de ses nouvelles, je serai obligé d'adresser mes donations à un autre établissement.

Rafe n'est pas d'humeur à se plier aux règles de l'hôpital. Il veut voir Ari et s'assurer qu'elle va bien. La dernière chose dont il se souvient, c'est qu'elle était dans ses bras et qu'elle perdait du sang. Il regarde le médecin, qui réfléchit.

— Mademoiselle Harlow a reçu une balle dans la poitrine, très près du cœur. L'opération chirurgicale a été extrêmement délicate, elle aurait pu ne pas survivre. Mais elle est en vie. Les prochaines 48 heures seront décisives. Je dirais qu'elle a une chance sur deux de s'en sortir.

Rafe se redresse aussitôt dans le lit, puis tente d'arracher sa perfusion. Hors de question qu'il reste couché dans ce lit d'hôpital glacial pendant qu'Ari est ailleurs, entre la vie et la mort.

— Monsieur Palazzo, calmez-vous. Vous devez rester ici sous surveillance médicale, en raison du risque d'infection.

— Je me moque éperdument de vos histoires d'infection. Conduisez-moi auprès d'Arianna Harlow, tout de suite, ou je veillerais à ce que vous puissiez plus jamais exercer la médecine, ni dans cette ville, ni ailleurs! hurle Rafe.

Le médecin le dévisage un instant, puis il hausse les épaules: inutile de chercher à raisonner cet homme…

— Entendu, suivez-moi.

En se levant du lit, Rafe est contraint de marquer une pause, car tout se met à tourner autour de lui. Le médecin n'ose lui faire remarquer qu'il est trop faible pour se lever. Il se contente de rester dans l'encadrement de la porte, le temps que Rafe reprenne ses esprits.

Lorsqu'il se sent un peu mieux, Rafe pose un pied devant l'autre, lentement. Il porte une chemise d'hôpital, ce qui ne l'enchante pas – il tient à sa dignité et avec un tel vêtement ouvert dans le dos, rester digne est impossible!

— Une fois que vous m'aurez conduit à elle, demandez à une infirmière d'aller chercher mes vêtements, ordonne-t-il.

Le médecin se contente d'approuver de la tête.

Ils s'engagent dans le couloir pour rejoindre l'ascenseur. Dans la cabine, le médecin appuie sur le bouton du cinquième étage. Le mouvement de l'ascenseur donne la nausée à Rafe. Quelques secondes plus tard, la cabine s'immobilise et Rafe, soulagé, s'engage dans le couloir.

Il emboîte le pas au médecin qui franchit des doubles portes, puis s'immobilise devant une chambre. En découvrant Ari allongée dans un petit lit, avec quantité d'appareils reliés à sa peau blanche, il a l'impression que son cœur va s'arrêter de battre.

— Son état est stable pour l'instant, dit le médecin après avoir regardé les fiches au pied du lit. Je vais vous faire apporter vos vêtements immédiatement.

Oubliant la présence du médecin, Rafe se laisse tomber sur une chaise et prend la main chaude d'Ari dans la sienne. Il tente de se convaincre que s'il est si bouleversé, c'est parce que c'est lui qui l'a conduite à la cafétéria. Mais il sait que c'est faux.

La vraie raison, c'est qu'il commence à éprouver des sentiments pour elle. Une fois qu'elle sera sortie d'affaire, il refoulera ce qu'il ressent, et il oubliera tout cela. Les émotions n'ont pas leur place dans sa vie. Il doit tout maîtriser. Il veut la posséder pour reprendre le contrôle de son existence. C'est tout. Rien de plus.

Il appuie sa tête contre le lit et ne tarde pas à s'endormir, la main de la jeune femme toujours dans la sienne. Privé des antalgiques qui passaient dans sa perfusion, il a mal au bras et il a l'impression qu'on attaque son crâne au marteau-piqueur. Le stress l'a épuisé – et le sommeil apporte un soulagement bienvenu.

— Rafe. Où suis-je? Mais qu'est-ce qui s'est passé?

En entendant la voix éraillée d'Ari, qui paraît terrorisée, Rafe se réveille aussitôt.

— Ari. Comment te sens-tu? demande-t-il en s'efforçant de reprendre ses esprits.

— J'ai l'impression d'avoir été percutée par un train. Qu'est-il arrivé? Pourquoi suis-je reliée à tous ces appareils? Et pourquoi ai-je aussi mal dans la poitrine? demande-t-elle, en le fixant avec angoisse.

— On t'a tiré dessus. Je ne peux pas t'en dire davantage pour le moment, parce que je n'ai pas quitté ta chambre. Mais crois-moi, je vais découvrir l'identité de cet homme et la raison pour laquelle la sécurité de l'hôpital n'est pas intervenue pour l'empêcher de te tirer dessus.

— Et maman? demande-elle, tandis que ses yeux s'emplissent de larmes.

— Elle va bien, Ari. Une infirmière est venue, il y a quelques heures, pour dire que l'opération s'était bien passée. Ils n'ont pas voulu l'inquiéter immédiatement après l'intervention, elle croit donc que tu es en train de te reposer. Je vais passer la voir dans quelques minutes. Avant, je voulais simplement m'assurer que tu allais bien.

— Merci. Mais vous n'aviez pas besoin de rester ici, avec moi. Vous êtes très occupé, je le sais. Quand pourrai-je la voir?

— Il va falloir patienter encore un peu, parce que tu es aux soins intensifs, où tu devras rester encore au moins jusqu'à demain. Tu as pris une balle dans la poitrine et tu as subi une opération importante. D'ailleurs, c'est incroyable que tu te remettes aussi vite.

— S'il vous plaît, il faut que je la voie, supplie Ari.

— Ari, cela ne lui fera aucun bien si tu t'effondres à ses

pieds. Repose-toi et prends soin de toi, pour pouvoir t'occuper d'elle.

— Alors passez la voir, je vous en prie. Dites-lui que je vais bien et que j'irai la voir dès que possible.

— Entendu. J'y vais tout de suite.

Rafe se penche en avant puis pose doucement un baiser sur ses lèvres avant de se relever et de quitter la chambre.

Il ne met pas longtemps à trouver la chambre de la mère d'Ari. En franchissant la porte, il la découvre dans le lit, les yeux ouverts. Au passage, il se réjouit d'avoir remis ses vêtements et de ne pas devoir se présenter devant elle vêtu uniquement d'une chemise d'hôpital fine comme du papier!

— Sandra Harlow?

— En personne. Que puis-je faire pour vous?

La ressemblance avec Arianna est frappante. Les mêmes pommettes marquées, le même nez droit, la même silhouette menue. Même leurs yeux noisette sont identiques. Mais Ari a de longues boucles brunes, tandis que Sandra est blonde aux cheveux courts, avec quelques reflets argentés. Elle reste une très belle femme.

— Je suis désolé, j'ai une mauvaise nouvelle à vous annoncer. Votre fille a eu un accident. Elle va bien, je vous assure, mais il va falloir attendre quelques jours avant de pouvoir la voir, dit-il d'un ton qu'il espère rassurant.

— Arianna? Mais que s'est-il passé? Je veux la voir tout de suite, répond Sandra tandis que les moniteurs s'affolent, indiquant un accroissement de son rythme cardiaque.

— Madame Harlow, Ari va bien, mais vous avez l'une et l'autre subi des opérations. Et aucune de vous deux n'est en état de se déplacer pour le moment. Concentrez-vous sur votre rétablissement, car Ari va avoir besoin de vous, dit Rafe en s'asseyant avant de lui prendre la main.

Les yeux affolés de la femme croisent les siens. Soulagé, il voit sur les écrans que son rythme cardiaque ralentit un peu.

— Qui êtes-vous?

— Je suis un ami d'Ari, répond-il.

Impossible de lui avouer la vérité – de lui dire qu'il prévoyait de se servir de sa fille, puis de la larguer une fois qu'il se serait lassé d'elle. Non, dire une chose pareille ne passerait sans doute pas...

— Et comment vous appelez-vous? demande-elle sur le même ton suspicieux que sa fille.

Leurs intonations sont si semblables qu'il en sourit.

— Rafaëlle Palazzo. Ravi de faire votre connaissance, madame Harlow.

Elle le dévisage un instant, décontenancée, puis ses yeux s'éclairent.

— J'ai déjà entendu votre nom. Les infirmières ont parlé de vous. C'est vous qui faites tant pour cet hôpital?

— Peu importe, madame Harlow. Ce qui compte, c'est qu'Ari et vous alliez mieux.

— Ah je vois, vous n'aimez pas parler de vous.

Rafe sourit de nouveau en entendant ce ton si direct. Quelque chose lui dit que Sandra et sa mère s'entendraient à merveille. Il va falloir veiller à ce qu'elles ne se rencontrent jamais, pour lui éviter bien des maux de tête. Il veut posséder Ari pour qu'elle assouvisse ses besoins, sans que les familles s'en mêlent. Pour cela, inutile que leurs proches se rencontrent.

— Je voulais simplement vous informer de ce qui est arrivé. Là, je vais devoir retourner auprès d'elle, lance Rafe, mal à l'aise.

— Mais vous ne m'avez pas dit ce qui s'est passé! Vous m'avez simplement expliqué qu'elle se trouvait hors de danger, remarque Sandra.

Rafe n'a pas la moindre envie de lui annoncer que sa fille a été victime d'un tireur fou, mais il ne va pas pouvoir faire autrement. Il prend une profonde inspiration, puis lui raconte l'irruption de l'homme armé dans la cafétéria. Sandra écarquille les yeux et sa peau pâle devient encore plus blanche. Mais elle parvient à garder son calme pendant qu'il lui expose les événements de la veille.

— Heureusement que vous étiez là, dit-elle après un long silence.

— En même temps, c'est moi qui ai insisté pour l'entraîner à la cafétéria, répond-il, dévoré par la culpabilité.

Il s'en veut terriblement.

— Mais ça aussi, c'est une bonne chose, monsieur. Ma fille n'a pas vraiment pris soin d'elle ces derniers temps. Merci d'avoir été là. D'ailleurs, je suis sidérée que vous ayez réussi à lui faire avaler quoi que ce soit. J'ai passé tout le week-end à essayer de la faire manger. Si vous connaissez bien ma fille, vous devez savoir que c'est une vraie tête de mule.

Rafe sourit. Sur ce point, il est entièrement d'accord avec Sandra – sa fille est terriblement têtue. Malheureusement, il adore cette facette de sa personnalité.

— Ça, c'est certain! Mais j'ai déjà réussi à la faire changer d'avis, déclare-t-il avec un clin d'œil.

— Ah oui? Intéressant, monsieur Palazzo. Vous voudrez bien passer me donner de ses nouvelles jusqu'à ce que les médecins m'autorisent à la voir?

Mal à l'aise, Rafe bouge sur sa chaise. Il souhaite passer le moins de temps possible avec Sandra. Non seulement il apprécie sa compagnie, ce qui n'est pas une bonne chose, mais il sera beaucoup plus difficile d'avoir avec Ari le genre de relations qu'il souhaite s'il connaît sa mère.

Ses parents lui ont inculqué le respect de la famille. S'il se prend d'affection pour Sandra avant de recruter sa fille comme maîtresse, les remords le rongeront. De jour en jour, la situation devient plus compliquée. Il aimerait pouvoir l'oublier. Mais il en est incapable.

— Je vais demander aux infirmières de passer vous donner des nouvelles.

— Oh, je préférerais que vous veniez personnellement pour me dire comment elle va, puisque vous serez auprès d'elle, répond-elle en le fixant de ses yeux tristes.

Oh non…

— Je passerai vous donner des nouvelles, madame Harlow, promet-il.

— Merci. Et appelez-moi Sandra. Nous allons être amenés à nous voir régulièrement dans les jours à venir.

Rafe la dévisage, surpris. Cette petite femme cache une volonté de fer. Elle lui a clairement fait comprendre qu'il serait bien inspiré de passer lui donner des nouvelles plus souvent qu'il ne l'avait prévu initialement.

— Bien. Reposez-vous, Sandra. Et je vous en prie, appelez-moi Rafe, dit-il avant de se lever et de quitter la pièce.

Au lieu de retourner directement dans la chambre d'Ari, il sort de l'hôpital et sent avec plaisir la brise fraîche lui balayer le visage. Qu'est-il en train de faire? Tout cela commence à devenir trop sérieux.

La meilleure chose à faire, il le sait, serait d'appeler son chauffeur et de partir sur-le-champ. Il est grand temps de couper les ponts avec Ari et avec sa mère. Grand temps de recruter une nouvelle maîtresse – une femme sans famille – et de retrouver sa vie d'avant. Indécis, il secoue la tête et reste immobile.

— Tiens, voilà Rafaëlle Palazzo, l'homme qui va avoir de gros ennuis !

Poussant un grondement, Rafe se tourne vers sa sœur, qui tape du pied et lui adresse un regard noir.

— Salut, Lia. Tu vas bien ? demande-t-il avec résignation.

— Je suis furax. Parfaitement. Je n'arrive pas à y croire : tu te fais fait tirer dessus et tu ne penses même pas à nous prévenir ?

— Maman va t'étriper, tu le sais ? lance Rachel en s'avançant vers lui avant de le serrer dans ses bras. On s'est tellement inquiétés.

— Je vais bien, assure-t-il, submergé par la culpabilité.

— Allons rejoindre maman. Elle est carrément en colère contre toi, l'avertit Rachel.

— Où est-elle ?

— Dans la chambre d'Arianna, avec papa. Les infirmières nous ont dit que tu y avais passé la nuit. En découvrant que tu n'y étais pas, Lia et moi sommes parties à ta recherche. Maman était certaine que tu retournerais auprès d'elle, c'est pourquoi ils ont décidé de t'attendre là-bas. Je crois qu'elle avait envie de voir Ari. On dirait qu'elle l'aime bien.

Rafe n'aime pas trop ce qu'impliquent les mots de sa sœur... Il n'a pas la moindre envie que sa famille cherche à donner une autre dimension au contrat qu'il entend conclure avec Arianna Harlow.

Devant la porte, le rythme cardiaque de Rafe s'accélère. La situation est en train de lui échapper et il a horreur de ça.

24

— Oh Arianna, ma pauvre chérie !

Tournant la tête, Ari voit les parents de Rafe entrer dans sa chambre. Mais que font-ils là ?

— Je vais très bien, répond-elle, presque automatiquement.

— C'est terrible, ma belle. Je n'arrive pas à y croire. Je suis furieuse que mon fils ne nous ait pas appelés immédiatement. Ce pauvre Rafe a été blessé, vous avez été blessée et il ne prend même pas la peine de prévenir sa mère, dit-elle en se laissant tomber sur la chaise à côté du lit d'Ari, avant de lui prendre la main.

— Rafe a été touché ? murmure Ari, le souffle coupé.

— Vous ne le saviez pas ?

— Mais non, il ne m'a rien dit. Et je n'ai presque aucun souvenir de ce qui s'est passé. La dernière chose dont je me souviens, c'est d'avoir eu la sensation d'être frappée en pleine poitrine, puis de voir une tache de sang sur mon T-shirt. Puis tout est devenu noir. D'après le médecin, j'ai eu beaucoup de chance. Si la balle m'avait touchée un centimètre plus à gauche, je serais morte. Dans mon malheur, j'ai eu de la chance que cela arrive dans un hôpital. Ça m'a permis d'être opérée immédiatement.

— Ma pauvre petite. Moi, j'aurais préféré que vous ne soyez pas touchée. Quelle terrible tragédie. Une jeune femme a été tuée – son petit bébé en a réchappé de justesse. Deux autres personnes sont mortes, elles aussi. C'est égoïste, je le sais, mais j'ai été tellement soulagée d'apprendre que Rafe ne comptait pas parmi les victimes. La simple idée de perdre mon fils me déchire le cœur, c'est insoutenable. Je me suis aussi fait beaucoup de souci pour vous. Nous ne nous connaissons pas bien, j'en suis consciente, mais vous êtes tellement adorable. Vous savoir blessée me rend malade.

Autant de gentillesse fait venir les larmes aux yeux d'Ari. Comment le fils d'une telle femme peut-il être aussi différent? Rosabella est pleine de gentillesse, d'attention, de compassion – autant de qualités qui font défaut à Rafe. Bien sûr, ça n'est pas entièrement vrai. Par moments, Rafe fait preuve d'une incroyable gentillesse, mais il se ressaisit rapidement avant de se retrancher derrière un masque glacial.

— Où Rafe a-t-il été touché? demande Ari.

— Il s'est jeté sur le forcené et ce malade lui a tiré dans le bras avant que Rafe le précipite à terre.

— Rafe s'est jeté sur lui? demande Ari, incrédule.

— Mais oui, ma chère. Ce type venait de vous tirer dessus, lance le père de Rafe, comme s'il était parfaitement normal que son fils se précipite sur un tueur le menaçant avec une arme.

— Ah bon… mais je ne le savais pas.

Ari s'en veut terriblement. Elle s'est fait du souci pour sa mère, sans remarquer que Rafe portait un bandage. Serait-elle un monument d'égoïsme?

— Maman. Papa. Que faites-vous ici?

Tournant la tête, Ari aperçoit Rafe dans l'encadrement de la porte. Il n'a pas l'air ravi. Ari a un mouvement de recul involontaire.

— Rafaëlle Palazzo, change de ton ! Mon petit, tu vas m'entendre. Je n'arrive pas à y croire : c'est un médecin qui m'a annoncé que mon fils unique a failli se faire tuer ! Tu aurais dû nous appeler immédiatement, ton père et moi ! tonne Rosabella.

Elle serre la main d'Ari avant de se lever et de se précipiter vers Rafe pour le prendre dans ses bras. Elle a beau le sermonner, ses gestes débordent d'amour. Comme tant de mamans, elle gronde alors qu'elle a envie de pleurer.

— Je vais parfaitement bien, maman. Je n'ai pas failli me faire tuer. C'est une simple éraflure, dit-il avec douceur, en passant son bras intact autour du cou de sa mère.

— Tu me caches la vérité. Je pensais t'avoir élevé mieux que cela, Rafe. Le médecin m'a dit qu'il avait extrait une balle. Peu importe qu'il ne s'agisse pas d'une blessure grave. Quand on se fait tirer dessus, on prend la peine d'appeler sa mère, le sermonne-t-elle.

— J'étais très occupé, maman, rétorque-t-il d'une voix plus douce en voyant les larmes couler sur les joues de Rosabella.

— Bien sûr, mon fils. Et cette pauvre Arianna… Je n'arrive pas à croire qu'on ait pu tirer sur cette adorable fille, lance-t-elle d'une voix plus douce.

— Il va payer pour ce qu'il a fait.

Sa voix est lourde de menaces.

— Oui, mon fils. Ils l'ont enfermé dans une pièce, à un autre étage, lance Martin en s'approchant de son fils pour lui donner une tape dans le dos.

— Le personnel s'est montré assez évasif quant à l'endroit précis où il se trouve, grommelle Rafe.

— Il faut laisser faire la justice maintenant. Tu l'as neutralisé et il va aller en prison. J'espère que cette ordure sera condamnée à la peine de mort. Avant de commettre l'erreur d'entrer dans la même pièce que toi, il a tué plusieurs personnes.

— Oh, les pauvres familles, murmure Ari.

— Oui. Même si tout l'argent du monde ne peut remplacer une mère, Rafe a veillé à ce que les familles ne manquent de rien, lance fièrement Rosabella en se retournant vers Ari.

Tournant la tête, la jeune femme croise le regard de Rafe. Il n'est pas responsable de cette tuerie. Alors, pourquoi tient-il à s'occuper des victimes et de leurs familles? Cette nouvelle facette de sa personnalité attise la curiosité de la jeune femme. Cet homme semble bien plus complexe qu'elle ne l'a cru au premier abord.

— Oh, maman! dit Rafe sur un ton de reproche.

— Rafe, tu es toujours si modeste alors que tu fais tant pour les autres. Attention, je sais aussi que tu peux être horriblement arrogant par moments! Mais tu as vraiment un bon fond et je ne comprends pas pourquoi tu tiens tant à le cacher.

— Ça suffit, maman, ordonne-t-il d'une voix extrêmement calme.

Ari en a des frissons dans le dos.

— Rosabella, tu le mets mal à l'aise, intervient Martin.

— Oh, chut! lance Rosabella, avant de s'interrompre malgré tout.

— Nous devrions y aller pour laisser Arianna se reposer, dit Rafe en regardant ses parents.

— Je suis désolée, ma pauvre. Nous bavardons, alors que vous avez besoin de dormir. Je reviendrai vous voir demain, en laissant le reste de la famille à la maison. Ça sera plus calme, conclut Rosabella en lâchant son fils.

Elle se penche en avant et la serre tendrement dans ses bras. Ari n'en revient pas de ce geste si maternel, alors qu'elles se connaissent à peine. Elle en a la gorge serrée et ne peut s'empêcher de se dire qu'elle ressemble à Sandra. Toutes deux sont pleines de compassion, avec une aptitude naturelle à aller vers les gens.

Qu'a-t-il bien pu se passer dans la vie de Rafe pour l'inciter à vouloir tout maîtriser à ce point? À sa décharge, il faut reconnaître que c'est uniquement face aux femmes qu'il se comporte ainsi – et en affaires. Manifestement, il est d'une extrême gentillesse dans tous les autres domaines. Ari se surprend à avoir envie d'en apprendre davantage.

Mais elle est aussi suffisamment intelligente pour savoir qu'il est préférable de ne pas s'engager dans cette direction.

— Je repasserai plus tard, dit Rafe.

Son expression ne laisse aucune place au doute: il serait inutile de protester. La peur lui serre de nouveau la gorge lorsqu'elle réalise qu'il pourrait facilement la faire craquer. Et ça, il ne faut surtout pas que ça arrive. Surtout pas. Sous aucun prétexte.

25

En sortant de la chambre d'Ari, Rafe, accompagné de sa famille, reste silencieux. Pour une fois, même ses sœurs ne disent pas un mot. La situation a complètement dérapé, passant de la case « hors de contrôle » à « catastrophe nucléaire ».

Simple question de fierté ou obsession, Rafe n'en sait rien. Mais il est déterminé à ne pas renoncer à Ari maintenant, quelles que soient les difficultés qu'elle représente pour lui et sa vie réglée comme du papier à musique. Il va devoir convaincre sa famille de rentrer chez elle, pour reprendre les choses en main.

— Allons dîner quelque part! propose Rafe en arrivant sur le parking.

— Excellente idée, mon fils, répond son père sur un ton grave. Ainsi, tu pourras nous expliquer pourquoi tu ne nous as pas appelés aussitôt après la fusillade. Et puis j'aimerais aussi savoir ce qui se passe réellement entre toi et cette Ari, qui semble tant te plaire.

Rafe serre les dents pour ne pas lancer la réplique qui lui vient à l'esprit. Jamais il n'a manqué de respect à ses parents et il n'a pas l'intention de commencer aujourd'hui.

— Mais enfin, papa, c'est évident… Rafe est amoureux! affirme Rachel d'un ton taquin.

— Pour une fois dans ta vie, Rachel, tais-toi. Ari est… c'est juste une employée potentielle.

— Ah ! lance Lia.

Rafe dévisage ses deux sœurs.

— Tiens, tiens, voilà l'homme providentiel – le héros de San Francisco, qui s'interpose et neutralise un forcené pour sauver sa princesse d'une mort certaine.

Tournant la tête, Rafe voit son meilleur ami s'avancer vers eux, un sourire amusé aux lèvres. Il se dit que la soirée risque d'être encore plus longue que prévu – il adore Shane, mais ce garçon ne peut s'empêcher de le cuisiner dès qu'il le soupçonne de lui cacher des choses.

— Je te croyais à l'étranger, Shane.

— Dès que j'ai appris ce qui s'était passé, j'ai sauté dans le premier avion. Merci de m'avoir appelé, au passage !

— Il n'y a pas de quoi en faire toute une histoire. Je vais très bien, crois-moi. Retourne donc en Amérique du Sud ou là où tu étais pour sauver la planète !

— Rafaëlle, tu es insupportable, lance Rosabella sur un ton de reproche, avant de s'avancer vers Shane pour le serrer dans ses bras.

— Oui, vraiment insupportable, renchérit Shane avec un air de chien battu. Toutefois, il adresse un clin d'œil à Rafe lorsque Rosabella desserre son étreinte. Son ami sait parfaitement mettre Rafe mal à l'aise et il adore ça.

— Tu viens dîner avec nous ? Nous allions partir, demande Martin.

— Avec plaisir ! Cela fait plus de six mois que je n'ai pas vu ma famille préférée. Comment vas-tu, beauté ? plaisante-t-il en caressant la tête de Rachel.

— Je n'ai plus dix ans, Shane. Arrête de faire ça ! aboie-t-elle.

— Désolé, petite. À mes yeux, tu auras toujours douze ans !

— Et Lia ? Elle aussi, elle restera toujours une petite fille ? demande Rachel sur un ton moqueur, mettant sa sœur et Shane terriblement mal à l'aise.

Rafe fronce les sourcils en découvrant la tension entre son meilleur ami et sa sœur. Que se passe-t-il ?

— Shane ? interroge-t-il.

Rafe sent que quelque chose ne va pas : depuis son arrivée, son ami n'a pas regardé Lia dans les yeux. Et maintenant, il évite carrément son regard. C'est sûr, il va devoir avoir une explication avec son ami, aujourd'hui même.

— Alors ? Je croyais qu'on allait manger ? Je viens de traverser la moitié de la planète en avion et je meurs de faim, décrète Shane en riant.

— Oui, avec toutes ces émotions, je n'ai rien pu avaler de la journée. Maintenant que je te sais sain et sauf, l'appétit revient. Allons dans un restaurant avec une belle vue, propose Rosabella, tandis que le groupe approche de la voiture qui les attend.

La famille s'installe à l'arrière de la limousine. Rafe remarque que Lia se glisse à une extrémité du véhicule, tandis que Shane prend place à l'autre bout, le plus loin possible. Il espère réussir à garder son calme jusqu'au moment où il se retrouvera entre quatre yeux avec Shane.

— Alors, où étais-tu ? Et qu'as-tu fait ces derniers temps ? demande Rosabella.

— Oh, rien de spécial. J'ai passé un peu de temps en Amérique du Sud, répond-il, mal à l'aise.

— Rien de spécial ? Tu construis des logements pour des familles qui seraient hébergées sous des tentes, voire qui seraient à la rue sans toi, et tu le fais avec tes fonds personnels, en plus. Et pour couronner le tout, tu as mobilisé un groupe d'investisseurs, qui donnent de l'argent, et aussi de leur temps. Ça n'est pas « rien de spécial »! déclare Lia.

— Comment se fait-il que mon fils et toi, vous soyez aussi sûrs de vous en affaires et aussi mal à l'aise pour parler de vos activités caritatives et de toutes ces belles réalisations? Vous devriez le crier sur tous les toits!

— Pour commencer, ça n'est vraiment pas grand-chose. Quand j'étais plus jeune, j'étais égoïste. Je prenais, sans penser à donner en retour. Et puis, s'engager dans des activités caritatives pour recueillir des louanges est absurde. Donner de son temps ou son argent n'a aucun sens si on le fait pour être vu ou félicité. Si j'aime faire du bénévolat à l'étranger, c'est parce que là-bas, les médias ne s'intéressent pas à moi. Quand personne ne sait où je suis, ça me permet de respirer. Ton fils a travaillé avec moi sur plusieurs projets. Il prétend que c'est pour se changer les idées, mais sur le terrain, il travaille comme un forcené, répond Shane, en faisant un signe de tête en direction de Rafe pour lui signifier son admiration.

— En parlant de mon cachottier de fils, sais-tu ce qui se passe entre lui et cette adorable Ari?

Tournant la tête, Shane croise enfin le regard de son ami, qui lui adresse un signe de tête imperceptible, pour lui demander de ne pas le questionner devant ses parents. En voyant le regard de Shane s'illuminer, Rafe comprend qu'il est cuit.

— Eh bien, je n'ai encore jamais entendu parler d'elle, ce qui signifie sans doute qu'elle plaît à Rafe.

— S'il ne t'a pas parlé d'elle, ça n'est sans doute pas du sérieux entre eux, intervient Martin, un peu perdu.

— C'est là que tu te trompes. Tu vois, Rafe et moi n'avons pas de secrets l'un pour l'autre. Je suis au courant de ses aventures dans les jours qui suivent la rencontre. S'il me cache des choses, c'est qu'il ne sait pas où il en est. Une situation extrêmement rare. On dirait qu'il a enfin rencontré quelqu'un capable de bousculer sa vie parfaitement planifiée, explique Shane avec un grand sourire.

Trop, c'est trop ! Rafe décide de se défendre.

— Si je ne t'ai jamais parlé d'Ari, c'est parce que nous nous connaissons à peine. Oui, je sors avec elle, ou du moins j'aimerais bien. Elle est peu docile, contrairement aux femmes qui me plaisent habituellement, mais elle a beaucoup de qualités, répond Rafe, avant d'entendre sa mère s'étouffer devant la teneur de ses propos.

— Quoi qu'il en soit, ma vie privée ne te regarde pas, Shane. Quant à toi, Maman, si ça devenait du sérieux avec une femme, je t'en parlerais. Le fait est qu'aucune fille ne m'a intéressé depuis bien longtemps – même pas Ari, conclut-il.

— C'est terrible de dire une chose pareille, Rafe, lance Rosabella sur un ton de reproche.

— Parlons d'autre chose. Ce qui m'intéresse davantage, c'est de découvrir pourquoi Shane et Lia s'évitent soigneusement du regard.

Tous les regards se tournent d'abord vers Lia, écarlate, puis en direction de Shane, qui transpire à grosses gouttes.

— Mais non, il n'y a aucun problème, affirme Shane tout en tripotant nerveusement les manchettes de sa chemise.

— Rien du tout ? Et la nuit que vous avez passée ensemble, il y a quelques mois, ça ne compte pas ? intervient Rachel avec un sourire malicieux.

— Quoi ? s'exclame Rafe en regardant son meilleur ami.

— Avant que tu m'étripes, laisse-moi t'expliquer. Nous n'avons pas vraiment passé la nuit ensemble…, commence-t-il.

— Tu as très précisément cinq secondes pour m'expliquer ce qui s'est passé, avant que je t'éjecte d'un véhicule en mouvement et que je demande au chauffeur de te passer sur le corps.

— Écoute... Il y a quelques mois, Lia et moi sommes allés à un gala de charité. Nous avons dîné ensemble, puis pris quelques verres. Nous avons un peu trop bu de ce vin délicieux, avant de prendre encore quelques verres dans ma chambre. Et nous nous sommes endormis. Point final, il ne s'est rien passé.

Un silence de mort emplit la voiture. Puis Shane ajoute :

— Je le jure !

— Papa, ouvre la portière – je vais balancer Shane dehors ! gronde Rafe.

— Quel hypocrite ! Je n'ai pas touché ta sœur et je ne lui ai pas manqué de respect. J'aime beaucoup trop ta famille pour abuser de Lia. Toi, par contre, tu traites les femmes comme des moins que rien. Qui es-tu pour me juger, Rafe ? Je t'adore, mais en matière de femmes, tu te comportes vraiment en salaud, déclare Shane en lançant un regard furieux à son ami.

— Ça te va bien de dire des choses pareilles. Quand as-tu passé pour la dernière fois deux nuits de suite avec la même femme ? Moi, je suis responsable. Je reste avec la même personne pendant trois mois au minimum, rétorque Rafe.

— Tu penses qu'aborder tes relations avec les femmes comme des fusions d'entreprises fait de toi un saint ?

— Il n'y a rien de mal à fixer les règles du jeu.

— Mieux vaut arrêter ici cette discussion, Rafe.

— Tu as sans doute raison. Nous pourrions dire des choses que nous regretterions par la suite.

Rafe regarde autour de lui – un instant, il en a oublié la présence de ses parents. Il n'aime ni le regard réprobateur que lui lance sa mère, ni l'expression pensive sur les visages de ses sœurs.

Pendant le reste du trajet, Rafe reste silencieux. Les choses deviennent de plus en plus compliquées avec Ari et il aimerait être seul pour réfléchir à tout cela. Est-il en train de tomber amoureux? Certainement pas.

Lorsque la limousine s'arrête, Rafe pousse presque un soupir de soulagement. Dans la voiture, la tension est palpable. De plus, ce qui n'arrange rien, ses sœurs semblent communiquer sans échanger un mot. Depuis qu'elles sont petites, elles ont cette faculté et souvent, cela débouche sur des problèmes.

Une fois tout le monde installé, Rafe remarque que la tension persiste entre Shane et Lia. Vraiment, il faut qu'il prenne son ami à part pour découvrir ce qui se passe. Shane et lui se ressemblent – en matière de femmes, ils font n'importe quoi. Et Rafe n'a pas la moindre envie que Lia se retrouve impliquée là-dedans. De plus, son amitié avec Shane n'y résisterait sans doute pas.

— Tu vas continuer encore longtemps à m'éviter?

Coincé contre la porte des toilettes pour hommes, Shane reste immobile. Il ne pensait pas que Lia le suivrait jusque-là. Rafe est encore plus suspicieux qu'avant, et va sûrement lui demander des explications.

Si Rafe savait que je fais des rêves mouvementés au sujet de sa sœur, je serais un homme mort…

Après plusieurs secondes de silence gêné, Shane regarde enfin Lia dans les yeux. L'expression qu'elle arbore et sa posture défensive n'augurent rien de bon.

— Lia, ça a été une erreur. Jamais je n'aurais dû t'embrasser ce soir-là – Rafe est mon meilleur ami. Je ne sais pas comment ça a pu arriver.

— Je ne suis plus une gamine, Shane. J'embrasse les garçons que je veux sans l'autorisation de mon grand frère. Si j'en ai envie, je peux même coucher avec qui je veux, lance-t-elle sur un ton de défi.

À ces mots, Shane a envie de se taper la tête contre le mur. La dernière chose qu'il ait envie d'imaginer, c'est Lia en train de coucher avec quelqu'un – à moins que le quelqu'un en question ne soit lui, bien sûr.

— Si tu cherches à me faire sortir de mes gonds, tu es sur la bonne voie – mais je ne suis pas sûr que tu apprécies le résultat, menace-t-il.

— Sortir de tes gonds? Mais il est impossible de susciter une réaction chez toi! Tout ce dont le grand Shane est capable, c'est d'afficher une attitude guindée et de l'indifférence. Tu sais quoi? Je m'en moque éperdument. Je vais aller au bar pour draguer quelqu'un qui osera me regarder dans les yeux, affirme Lia avant de tourner les talons.

Le sang de Shane ne fait qu'un tour et la frustration lui fait oublier toutes ses bonnes résolutions. Il attrape Lia par le bras pour la ramener face à lui. La surprise dans les yeux de la jeune femme cède rapidement la place au désir lorsqu'il l'attire contre lui. C'est une erreur, Shane le sait, mais il ne peut s'en empêcher. Il prend la tête de Lia entre ses mains et l'embrasse sur la bouche.

En découvrant le goût de miel de son baiser, il cesse totalement de réfléchir. Loin d'explorer lentement sa bouche, il a le sentiment d'être un homme affamé qui vient enfin de trouver à manger. Plaquant Lia contre le mur, il presse son corps contre le sien. Sa main descend le long de la nuque de Lia, puis caresse son chemisier, pendant qu'il dévore sa bouche.

Lorsque la main de Shane passe sur ses seins, Lia pousse un gémissement qui provoque aussitôt une érection chez Shane. Il plaque son membre durci contre elle.

Elle répond voluptueusement à ses caresses, l'encourageant à la prendre sur-le-champ. La main de Shane plonge sous le chemisier, où il cherche le soutien-gorge. Il veut sentir sa peau nue.

— Tiens tiens, comme c'est intéressant. C'est sûr, il ne se passe absolument rien entre vous.

En entendant la voix de Rachel, Shane se fige. Il s'écarte d'une Lia écarlate, horrifié en découvrant qu'il a failli lui faire l'amour dans les toilettes pour hommes d'un restaurant.

— Je suis désolé, dit-il avant de tourner les talons et de s'éclipser rapidement par l'arrière du restaurant.

— Ça, c'était une envie pressante !

C'est la dernière chose qu'il entend Rachel dire avant de sortir du restaurant. Il décide d'appeler Rafe plus tard, en inventant une excuse pour son départ précipité. S'il croisait le regard de son ami maintenant, celui-ci comprendrait instantanément ce qui vient de se passer.

Dévoré de culpabilité, il hèle un taxi puis prend la fuite. Lorsque son téléphone se met à sonner, cinq minutes plus tard, il ignore l'appel. Il devra faire face un jour ou l'autre. Mais pour l'instant, il n'est pas prêt. Rafe est son meilleur ami, sa famille. S'il perdait cette amitié, il ne sait pas ce qu'il deviendrait.

Sa situation est désespérée. Même fuir au bout du monde,

dans un pays en développement, ne lui a pas permis d'oublier Lia. La jeune femme lui plaît terriblement, mais tout projet avec elle est impossible. Sur le long terme, il sait qu'il lui ferait du mal, car il est incapable de s'engager. Quant à avoir une aventure avec elle, cela n'en vaut pas la peine : il la blesserait, en perdant au passage son meilleur ami. Si seulement il pouvait en convaincre certaines parties de son anatomie, tout irait pour le mieux.

26

— Si vous n'allez pas chercher un fauteuil roulant sur-le-champ pour m'emmener voir ma fille, je vous jure que je vais trouver un objet tranchant, que je planterai dans l'œil de la première personne qui me touchera !

— Entendu, Sandra. Je vais vous conduire auprès d'Ari.

Rafe ne peut réprimer un sourire amusé en voyant Sandra, si frêle, menacer l'aide-infirmier de cent kilos. Le plus drôle, c'est que celui-ci semble intimidé.

— Ah, voilà enfin une personne raisonnable, lance-t-elle en faisant glisser ses jambes sur le bord du lit.

— Laissez-moi vous aider. Ainsi, vous garderez toute votre énergie pour la visite. Ari a elle aussi menacé le personnel de l'hôpital ces derniers jours. Je vois de qui elle tient son caractère.

— Je suis contente que vous m'emmeniez voir ma fille, mais ne me cherchez pas trop ! J'ai mal partout, mon Ari chérie a été blessée par balle et ces idiots de médecins me répètent que je dois rester au lit, pour mon bien. Je ne suis pas d'humeur à supporter des plaisanteries. Ce que je veux, c'est voir ma fille, et tout de suite ! cingle-t-elle en soutenant le regard de Rafe.

Il admire Sandra – et ça, c'est un problème. Il n'en doute pas une seconde, elle mettra sa menace à exécution si elle n'obtient pas gain de cause, tout comme sa propre mère couperait en deux quiconque oserait s'interposer entre elle et ses enfants. Ces deux femmes se ressemblent étrangement…

— Vous avez des origines italiennes, madame Harlow? demande-t-il en l'aidant à s'installer dans le fauteuil roulant.

— Je n'en sais rien. Pourquoi?

— Vous êtes une passionnée. Ça témoigne de racines fortes, répond-il en poussant le fauteuil roulant dans le couloir.

Il le sait, personne n'osera s'opposer à son initiative, même si les médecins jugent préférable que Sandra attende un jour de plus pour se lever. Quand Rafe décrète qu'une chose est possible, alors dans cet hôpital cela devient possible.

— Ah, Rafe, nous avons tous de la passion en nous, même si nous ressentons rarement le besoin de l'exprimer. En règle générale, je suis plutôt calme et sereine. Mais le personnel devrait savoir qu'il ne faut jamais séparer une mère de son enfant. Ari a grandi dans mon ventre, j'ai protégé son petit corps fragile, puis j'ai mis au monde un bébé parfait. Je ne serai pas toujours là pour veiller sur elle, mais je déconseille à quiconque de lui faire du mal en ma présence. Cancer ou pas, ma fille passe avant tout le reste. Un peu d'inconfort ne va pas me tuer. D'ailleurs, je commence à croire que rien ne pourra m'anéantir.

— Je suis d'accord avec vous! Vous avez traversé plus d'épreuves que la plupart des gens ne pourraient en supporter et vous restez une battante. Ne baissez jamais les bras, conseille-t-il, tandis qu'ils arrivent à l'étage d'Ari.

— Vous savez, Rafe, je prends plaisir à nos petites discussions. La plupart du temps, vous vous cachez derrière un masque impassible, mais je discerne une flamme sous la surface. Vous ne le savez peut-être pas, mais vous êtes quelqu'un de bien.

Rafe manque s'arrêter net en entendant ces mots. Si elle découvrait ses projets concernant sa fille, elle ne parlerait pas ainsi. Les mères comme elles ont tendance à vouloir tenir les hommes comme lui à l'écart de leurs filles. C'est pour cela qu'il ne recrute jamais des femmes dont les mères ressemblent à celle-ci. Elles dispensent une éducation qui peut faire naître chez leurs filles des idées idiotes, idéalistes, sur l'amour.

Un sourire ironique illumine son visage lorsqu'ils entrent dans la chambre d'Ari. Celle-ci se raidit, puis se détend en apercevant sa mère, esquissant son premier sourire depuis la fusillade. Peut-être est-il inutile de s'inquiéter qu'Ari tombe amoureuse de lui? Elle se montre aussi hostile en sa présence qu'elle l'était à leur rencontre.

Par conséquent, il n'a pas à se sentir coupable de quoi que ce soit. Lorsqu'elle a accepté de se donner à lui, elle ne se faisait aucune illusion sur le genre d'homme qu'il est.

Il approche le fauteuil roulant de Sandra du lit, puis quitte discrètement la chambre. La mère et la fille ont besoin de passer du temps toutes les deux, et il n'a aucune envie de s'immiscer dans leurs retrouvailles. Il doit endurcir son cœur pour se préparer au bras de fer qui va l'opposer à Ari.

— Je suis contente de te voir, maman. Je me suis fait tellement de soucis pour toi.

— Et moi donc! Comment te sens-tu?

— Ça va beaucoup mieux. Ma poitrine me fait toujours mal, mais c'est supportable. L'important, c'est comment toi, tu vas. Le médecin m'a dit que l'intervention s'est bien passée, mais ce qui m'intéresse, c'est de savoir comment tu te sens, sans tous les détails techniques dont il m'a abreuvée.

— Il n'y a pas grand-chose à dire. L'infection a été maîtrisée et les médecins n'ont pas découvert de nouveau cancer. Je serai peut-être encore un peu faible pendant un mois environ, mais les médecins m'assurent que je vais pouvoir rentrer rapidement à la maison. Tu n'imagines même pas à quel point j'ai hâte de retrouver mon lit. Toutes les plantes ont dû dépérir, mais j'en replanterai, ça m'occupera en attendant de pouvoir retourner travailler à la boutique de fleurs.

À ces mots, le cœur d'Ari s'accélère. Le moment est venu d'avouer que la maison et le magasin de fleurs ont été vendus. Depuis que sa mère est sortie du coma, elle s'efforce de la préserver, mais n'est-il pas pire de lui donner de faux espoirs? Ari ouvre la bouche, mais aucun son n'en sort. Non, il lui est impossible de briser le cœur de sa mère maintenant.

— Je suis contente que tu sois aussi positive, maman, chuchote-t-elle enfin, la gorge nouée par l'émotion.

— Oh, pardon ma chérie. Je suis là, en train de jacasser et de te parler de mes projets, alors que tu vas si mal. Je suis une mauvaise mère, dit-elle en passant la main dans les cheveux de sa fille pour les rabattre en arrière, comme elle le fait depuis toujours.

Ce geste fait monter les larmes aux yeux d'Ari.

— Non, maman. J'adore t'entendre faire des projets. J'avais si peur que nous n'en ayons pas, et c'était la pire perspective au monde. Jamais je n'y arriverai sans toi, sanglote-t-elle.

— Arianna Lynn Harlow, je ne veux plus jamais t'entendre dire des choses pareilles. Tu es le plus précieux des cadeaux que la vie m'a confiés, ma raison d'être. Le monde pourrait s'écrouler autour de nous, voire m'emporter, peu importe, du moment que je sais que tu vas bien. Les parents ne devraient pas survivre à leurs enfants, ce n'est pas dans l'ordre des choses. Quand mon heure viendra, promets-moi que tu continueras à croquer la vie à pleines dents, dit Sandra.

— Impossible, maman.

— Bien sûr que tu y arriveras. Je t'ai élevée pour faire de toi une battante. Quelles que soient les épreuves de la vie, nous les surmontons et nous retombons sur nos pieds. Quand j'ai appris qu'un forcené t'avais tiré dessus, cela a été la pire frayeur de ma vie. Je n'arrive pas à croire que quelqu'un ait osé te faire du mal. Tu es toute ma vie. Chaque jour depuis que j'ai appris que j'étais enceinte, j'ai remercié le Ciel de t'avoir auprès de moi.

— Maman, si tu continues à dire ce genre de choses, je n'arrêterai jamais de pleurer. Moi aussi je t'aime, plus que tu ne peux l'imaginer. Cette année a été vraiment difficile, mais tout est en train de s'arranger.

Le moment serait bien choisi pour lui annoncer la vente de la maison et du magasin. Sa mère serait triste, c'est certain, mais elle comprendrait qu'Ari n'a pas eu le choix. Une fois de plus, les mots refusent de sortir de sa bouche. On frappe à la porte.

— Bonjour, j'espère que nous ne vous dérangeons pas?

Ari et Sandra tournent la tête vers la porte, où elles découvrent Rosabella, Lia et Rachel, les bras chargés de fleurs et d'une immense boîte de chocolats.

— Quiconque apporte du chocolat est le bienvenu dans ma chambre, de jour ou de nuit, répond Ari avec un sourire baigné de larmes.

— Voilà une réponse qui me plaît! Comment vous sentez-vous? demande Rosabella en posant les chocolats sur la table d'Ari.

— Beaucoup mieux. Le médecin dit que mon niveau de fer est trop bas et que ma tension doit remonter, mais je le soupçonne de chercher la petite bête. La solution, c'est une bonne dose de chocolat, répond-elle en ouvrant la boîte.

Elle choisit un chocolat, le glisse dans sa bouche puis pousse un soupir de satisfaction en sentant la confiserie onctueuse fondre sur sa langue.

— Désolée, je manque à tous mes devoirs. Quand je vois du chocolat, j'oublie tout ! Maman, je te présente Rosabella, Rachel et Lia, la famille de Rafe. Je vous présente ma mère, Sandra, dit Ari d'un air penaud en finissant de mâcher et en avalant son chocolat.

— Ravie de faire votre connaissance. Merci d'être aussi gentilles avec ma fille.

— Moi aussi, je suis enchantée de vous rencontrer. Vous avez une fille extraordinaire, répond Rosabella en secouant la main de Sandra.

La conversation s'engage, puis Sandra se tourne vers Ari en souriant et se penche vers la table.

— Dis donc, tu pourrais partager tes chocolats, propose Sandra en écartant la main d'Ari pour prendre elle-même un chocolat.

Après avoir croqué dans la confiserie, elle affiche la même mine ravie que sa fille.

— Nous avons choisi une très grande boîte pour que tu puisses en proposer à tout le monde, décrète Rachel en s'installant sur le lit avant de se servir.

— Rachel, ces chocolats ne sont pas pour toi, voyons, lance Rosabella à sa fille d'un ton de reproche.

— Si je termine tout ça, intervient Ari, il va falloir me trouver un plus grand lit. Merci de cet adorable cadeau. Je vous en prie, dégustons-les ensemble.

— Allons-y alors ! dit Lia en s'asseyant au pied du lit, avant de se pencher en avant pour se servir. Tu as bien meilleure mine aujourd'hui. Je parie que tu vas bientôt pouvoir rentrer chez toi.

— Je l'espère. Je me demande si votre frère ne soudoie pas le personnel pour me garder ici contre ma volonté, afin de me punir de ne pas lui obéir, déclare Ari sans réfléchir.

— Ne pas lui obéir? Et que veut-il donc t'obliger à faire? demande Rachel avec un sourire.

— Oh, un truc cochon, j'imagine, enchérit Lia en éclatant de rire.

— Les filles, vous êtes insupportables, gronde Rosabella.

Le visage d'Ari devient écarlate, tandis qu'elle prend conscience de sa gaffe. Impossible de leur dévoiler quoi que ce soit.

— On ne reçoit pas beaucoup de chaînes dans cet hôpital. Si l'une de vous suit la série Supernatural, racontez-moi les dernières péripéties de Sam et Dean. J'adorerais me transformer en vampire, juste pour affronter ces deux beaux gosses.

La stratégie d'Ari fonctionne à merveille. Cette remarque qui lui ressemble si peu surprend tout le monde, faisant oublier ce qu'elle a dit au sujet de Rafe.

— Eh bien, Dean s'est encore mis dans le pétrin…

Ari se penche en arrière pour écouter Lia lui raconter les aventures des garçons de Winchester. Fan de cette série, elle a un faible pour ces deux frères sexy. Qui pourrait lui en tenir rigueur?

27

— J'ai quatre rois ! Trop fort ! s'écrie Ari en exécutant une danse de la victoire dans son lit et en levant les bras au-dessus de la tête.

Instantanément, Rafe sent poindre une érection en voyant bouger les seins d'Ari, qui rougit aussitôt. Cela fait maintenant un mois qu'il l'a pénétrée, en la sentant si étroite et si serrée autour de lui. Il n'en peut plus. Un simple souffle d'air suffit à provoquer chez lui une érection de pierre.

— Oh, arrêtez d'être aussi mauvais perdant. Vous n'êtes pas concentré du tout aujourd'hui et je mène largement, lance Ari, enjouée.

Cette remarque lui fait oublier sa frustration sexuelle. Lorsqu'il a insisté pour que leur partie de cartes ait un enjeu, Ari a proposé de jouer des pièces de monnaie. Détail amusant, elle s'est mise dans tous ses états en remportant le fabuleux jackpot de… deux dollars ! Le plus drôle, c'est son propre enthousiasme lorsqu'il gagne. La présence d'Ari fait ressortir le petit garçon en lui et lui fait oublier l'homme d'affaires impitoyable et autoritaire. Ce qui lui fait le plus peur, c'est qu'il prend même plaisir à jouer aux cartes avec elle. Jamais il ne s'est absenté un après-midi pour jouer au poker. Il faut que cela cesse. Et le seul moyen d'y arriver est de l'entraîner dans son lit.

— Est-ce que vous allez faire la tête toute la journée parce que vous avez perdu ou vous allez penser à distribuer les cartes?

— T'a-t-on jamais appris que la patience est une vertu?

— Si, on a dû me le dire une ou deux fois. Maintenant, distribuez les cartes! La chance est de mon côté, déclare-t-elle en se frottant les mains.

Rafe éclate de rire en battant les cartes. Pas d'un rire de façade, mais d'un vrai rire venant du cœur. Ari arrive à le décontenancer.

Levant les yeux, il voit qu'elle le fixe d'un air étonné. Ses yeux souriants descendent lentement jusqu'à sa bouche. Faut-il qu'elle le regarde ainsi, juste au moment où il a repris le contrôle sur son corps! Son érection revient aussitôt, violente, plus douloureuse que jamais.

— Attention, si tu continues à me regarder ainsi, avec cet air aguicheur, je vais oublier ta blessure pour te sauter dessus sur-le-champ, prévient-il avant de pousser la table.

Surprise, Ari ouvre la bouche, sans toutefois lui dire d'arrêter. Rafe se lève et va fermer la porte, qu'il verrouille.

Je vais y aller doucement, se dit-il en posant la main sur le bouton de sa braguette.

— Toc toc. Je viens prendre vos signes vitaux.

Aussitôt, Rafe déverrouille la porte, se retenant de râler en voyant entrer l'infirmière. Il est à deux doigts de lui dire de repartir tout de suite, mais il se retient. Sans un regard pour Ari, il quitte la chambre, le corps en ébullition. Il sait qu'il n'est pas près de trouver l'apaisement. Il sait aussi que l'instant s'est envolé et qu'à son retour, Ari sera de nouveau sur ses gardes.

Un bon verre, ou plutôt dix, voilà la seule chose qui peut l'aider, en attendant d'avoir Ari entre ses mains. Il quitte l'hôpital, estimant qu'il vaut mieux ne pas revenir ce soir-là.

— Tu vas beaucoup mieux aujourd'hui. Le médecin dit que si tes signes vitaux restent stables, tu vas pouvoir rentrer chez toi.

Arianna lève les yeux vers Rafe qui vient d'entrer dans sa chambre. Cela fait maintenant deux semaines qu'elle est à l'hôpital et il vient la voir tous les jours. Gentil et attentionné, il joue à des jeux de société avec elle, il lui apporte des choses exquises à manger et il la traite comme une princesse. Il est constamment en train de la toucher, de lui masser les pieds, de lui caresser le bras, de remettre en place une mèche de ses cheveux. Malgré tout, elle ne supporte plus d'être à l'hôpital et la nouvelle de sa sortie prochaine la réjouit au plus haut point. Elle doit partir loin de cet homme avant de commettre une grave erreur, comme accepter de travailler pour lui.

— Super. Je suis prête à rentrer chez moi. Je n'arrive pas à croire que j'ai toujours un emploi, après plusieurs semaines d'absence. C'est une vraie chance. J'ai hâte de retrouver une vie normale.

— Évidemment que tu as toujours ton travail, Ari. Penses-tu que ton patron s'amuserait à virer la femme dont parlent tous les journaux, celle qui a contribué à l'arrestation d'un tueur?

Rafe s'installe sur le bord de son lit. Aussitôt, elle s'écarte. Sitôt que leurs corps se frôlent, une chaleur la submerge et résister à cet homme devient de plus en plus difficile.

— Je ne vous ai pas aidé à capturer l'assassin. J'ai pris une balle et j'ai perdu connaissance. La presse adore exagérer, car cela fait vendre du papier. Savez-vous combien de magazines ont appelé, pour que je leur livre un scoop? Lorsque je leur raconte le déroulement des faits, ils trouvent cela si ennuyeux qu'ils passent à l'histoire suivante.

— Ça, c'est parce qu'ils ne te connaissent pas comme moi je te connais. S'ils prenaient le temps de t'écouter, ils se bousculeraient devant la porte pour écouter ton récit, dit-il en prenant la main d'Ari pour la porter à ses lèvres.

Depuis qu'elle connaît un peu mieux ses parents, elle se dit que décidément, cet homme est un mystère. Il a grandi dans une famille aimante. Même si sa femme l'a trompé et blessé son amour-propre, les gens normaux surmontent ce genre d'épreuves... Elle craque et lui assène :

— Mais pourquoi me consacrez-vous autant de temps ? Je ne suis pas la femme qu'il vous faut. Jamais je ne serai soumise. Et je ne ferai jamais tous ces trucs que vous voulez me faire faire. Et puis, pourquoi êtes-vous aussi humain par moments, et aussi salaud à d'autres ? D'ailleurs, si vous cessiez d'être un salaud, vous seriez un genre d'homme idéal !

Instantanément, Rafe se fige pour reprendre son expression glaciale. Incroyable comme cet homme peut être chaleureux par moments, et froid l'instant d'après. En une fraction de seconde, le chevalier blanc qui se précipite au secours de la vierge effarouchée cède la place à un super-méchant.

— Je vais t'accompagner chez toi. Je reviens dans deux heures, dit-il sur un ton ferme, avant de quitter la pièce.

Ari lève les yeux au ciel. Bon débarras, pense-t-elle. Malgré tout, elle s'est résignée à ce qu'il la raccompagne chez elle. Rafe en a décidé ainsi et elle sait qu'il est impossible de le faire changer d'avis.

De retour chez elle, elle retrouvera sa vie d'avant et elle pourra redevenir la bonne vieille Ari, normale et ennuyeuse. Sa vie inintéressante lui plaît. Avec ses nouvelles amies, elle s'autorise un peu de fantaisie de temps en temps, mais au quotidien, c'est la routine – et ça lui convient à merveille.

Certes, elle n'a pas d'amoureux et sa vie n'a rien d'exaltant. Le bon côté des choses, c'est qu'elle ne souffre pas et que personne ne lui brise le cœur. Une vie avec Rafe serait un parcours en montagnes russes sur le plan émotionnel. Et la plupart du temps, le trajet s'effectuerait en descente, et non en montée. Elle se passe très bien de cela.

Rafe discute un instant avec le médecin avant de retourner dans la chambre d'Ari. Elle va pouvoir sortir aujourd'hui. Il est ravi que les visites à l'hôpital prennent fin. Il a des besoins à assouvir, ce qui ne risque pas d'arriver en jouant aux cartes avec elle.

Il a réfléchi au prochain chapitre de leur histoire, prit les mesures nécessaires pour avoir en main tous les éléments qui lui permettront de sceller le pacte avec Ari. Reste à attendre le moment idéal pour abattre ses cartes. Tous les bons joueurs le savent : dans le jeu, la subtilité est déterminante.

— Je vois qu'on t'a donné les vêtements. Comment te sens-tu ?

— Je vais bien, monsieur, vous êtes bien aimable, marmonne-t-elle, contrariée de lui devoir la jolie tenue qu'elle porte.

— Ari, ça recommence ? Je t'ai déjà entendue m'appeler Rafe, je sais que tu en es capable. À partir de maintenant, à chaque fois que tu m'appelleras monsieur, je te rappellerai qui commande. C'est compris ? Quand tu t'adresses à moi, tu m'appelles par mon prénom.

Il sourit, mais l'expression d'Ari montre qu'elle a bien compris qu'il ne bluffait pas. Pourvu qu'elle le défie car il meurt d'envie de lui enseigner de nouveaux jeux. Il a bien pensé à assouvir ses besoins avec une autre femme, mais cette idée ne le tente pas. C'est un problème, qu'il ne pourra résoudre qu'une fois que la petite Arianna aura cédé.

— Alors ? Ton temps est bientôt écoulé, prévient-il, tandis que sa mâchoire se crispe.

— Oui, j'ai compris… Rafe, lâche-t-elle les dents serrées.

En l'entendant prononcer son prénom, son pouls s'accélère. Cette fille est irréductible, une pure merveille, qu'il va choyer… pendant une courte période.

— Je l'avoue, je suis un peu déçu, Ari, mais pas trop inquiet, car tu ne peux pas t'empêcher de me défier. J'attends avec impatience la prochaine fois, dit-il avec un sourire coquin.

Elle le torpille du regard. Elle le désire, il le sait, mais elle le méprise aussi. Parfait. Elle ne doit pas oublier qui il est, ni ce qu'il veut.

Les femmes ont toutes une idée derrière la tête. Les unes l'admettent, les autres pas. Mais toutes attendent quelque chose – non, en réalité toutes attendent une longue liste de choses – de la part d'un homme : richesse, célébrité, sécurité, ou autre chose. Les hommes, eux, sont des créatures simples, qui ne veulent qu'une chose de la part de leurs femmes : qu'elles assouvissent leurs besoins, qu'elles les satisfassent. Pourquoi devrait-il avoir honte de penser ainsi ? C'est naturel. L'amour n'existe pas.

Il n'est pas un mauvais bougre – pas du tout. En réalité, il est même plutôt gentil avec les femmes, puisqu'il dit ouvertement ce qu'il ressent et ce qu'il attend. Dans un coin de sa tête, une petite voix lui souffle qu'il se trompe, mais il la fait taire rapidement. Puis il suit Ari, qui quitte sa chambre. Il a prévu de faire plusieurs arrêts sur le chemin conduisant à son appartement. S'il n'en tenait qu'à lui, elle ne resterait pas longtemps dans ce trou à rats.

28

— Où sommes-nous? demande Ari tandis que Rafe se gare dans un parking souterrain.

Il s'est servi d'une carte magnétique pour entrer, et il y a des caméras de surveillance partout. Rafe est capable de bien des choses, mais elle ne pense pas avoir affaire à un ravisseur. Peut-être, lassé d'attendre qu'elle se décide, va-t-il la séquestrer jusqu'à ce qu'elle cède? Ari sent son estomac se nouer lorsqu'il descend de voiture et en fait le tour pour ouvrir sa portière.

Méfiante, elle sort et attend une explication, mais il se contente de lui adresser un sourire qui signifie que la situation est sous contrôle, puis lui tend le bras. Elle est trop épuisée pour tenter de résister, certaine de perdre de toute façon. Elle se laisse donc guider vers les ascenseurs. Le tout sans qu'il prononce un mot.

Rafe passe une carte sur un boîtier noir, déclenchant l'ouverture des portes de l'ascenseur. Ari lui lance un regard interrogateur en entrant dans la cabine. Ignorant sa question muette, il appuie sur un bouton. L'ascenseur monte, étage après étage, dans un mouvement régulier qui paraît interminable à Ari. Enfin, un carillon annonce qu'ils sont arrivés. Soulagée, elle jette un regard à l'écran d'affichage de l'ascenseur et constate qu'ils se trouvent au seizième étage.

— Par ici, je t'en prie.

Le moment est mal choisi pour le défier. Même s'il a toujours affirmé qu'il suffirait d'un signe d'elle pour qu'il cesse de la harceler, elle a peur – non pas peur de lui, mais de la manière dont elle réagira à son contact.

Elle le sait, elle est incapable de se refuser à lui, et le retour à la normale une fois qu'elle a joui dans ses bras est insupportable. Dans ces moments-là, Ari n'a pas le sentiment d'être celle que sa mère voulait qu'elle devienne.

Rafe sort une autre carte qu'il passe à l'endroit où aurait dû se trouver une poignée et la porte s'ouvre aussitôt. Où sont passées les clés et la poignée de la porte ? Sans doute un bâtiment équipé de bonnes vieilles serrures est-il beaucoup trop ringard pour monsieur Pallazzo. Elle ne serait pas surprise de découvrir des rayons laser, prêts à foudroyer les intrus.

— Bon, allez-vous me dire où nous sommes ? lance-t-elle sèchement en entrant dans l'appartement, où elle découvre un salon spacieux.

— Ça pourrait être chez toi, ici. J'ai acheté cet appartement voici plusieurs mois, répond-il lorsqu'elle se retourne vers lui.

Atterrée, elle en conclut qu'il avait la certitude de sa reddition.

— Vous gaspillez votre argent et vous me faites perdre mon temps. Je ne veux pas de votre appartement. Maintenant, ramenez-moi chez moi, dit-elle avant de se diriger vers la porte.

— Jette donc un coup d'œil, Ari. Qu'as-tu à perdre ?

Bien qu'il parle avec douceur, le ton de sa voix ne laisse aucun doute sur le fait qu'il ne s'agit pas d'un service qu'il lui demande, mais bien d'un ordre.

— Alors, c'est ici que vous enchaînez vos putes et que vous leur faites des trucs inavouables ? Ça fait un peu trop magazine de déco, je trouve. Je m'attendais plutôt à un donjon, avec des fouets et des chaînes aux murs. Ah, mais je n'ai pas vu le reste de l'appartement. Peut-être qu'on y accède par un passage secret? dit-elle en s'avançant vers le couloir.

— Je n'ai pas besoin de fouets et de chaînes, Arianna. Mon pouvoir de persuasion est immense, chuchote-t-il dans son oreille, ce qui la fait sursauter, car elle n'avait pas réalisé qu'il se trouvait juste derrière elle.

— Mais oui bien sûr, où avais-je la tête? Vous êtes un véritable macho, un Dieu que tout le monde doit craindre en se prosternant devant lui, dit-elle en se tournant vers lui pour le foudroyer du regard.

Rafe la dévisage.

— Un de ces jours, ton éloquence te causera des problèmes.

— C'est une menace? Pour quelqu'un qui n'est pas adepte de la punition, vous recourez beaucoup à l'intimidation, je trouve.

Rafe la plaque contre le mur, pressant son corps contre le sien pour l'empêcher de bouger. Il la dévisage de ses yeux presque violets. Ari sent son cœur s'accélérer et elle a le souffle coupé en découvrant cette soif mêlée de rage dans ses yeux.

— Je n'ai jamais prétendu que je ne pratiquais pas la punition, Ari. Je punis et je me ferai un plaisir de t'inculquer l'obéissance. Simplement, je ne fais jamais mal, souffle-t-il avant de pencher la tête vers elle pour plaquer sa bouche sur la sienne.

Elle repousse sa poitrine, consciente que dans quelques minutes, elle sera fichue s'il continue à l'embrasser ainsi. Au moment où les genoux d'Ari commencent à flancher, il se recule, le souffle coupé.

— Termine ta visite, ordonne-t-il avant de tourner les talons et de s'éloigner.

Ari reste un instant appuyée contre le mur puis elle l'entend ouvrir un placard. Une fois certaine que ses jambes ne la lâcheront pas et qu'elle parviendra à marcher sans tomber, elle s'avance dans le couloir et franchit une porte ouverte.

En découvrant l'incroyable lit à baldaquin qui trône au milieu de la pièce, avec d'épais piliers richement sculptés, elle sourit largement. Un plaid moelleux jeté sur le lit retient son regard. Se peut-il qu'il sache que le violet est sa couleur préférée? Non, c'est sûrement une coïncidence. Elle est tentée de passer sa main sur le tissu pour voir s'il est aussi soyeux qu'il en a l'air. En même temps, elle ne dormira jamais dans ce lit. Inutile donc de se faire du mal. Jamais elle ne vivra dans un luxe pareil.

Faux, se dit-elle. Une fois ses études universitaires terminées et le job de ses rêves décroché, elle aura un excellent salaire, qui lui permettra de s'offrir toutes ces choses qui rendent la vie plus agréable. Elle gâtera aussi sa mère, pour lui faire oublier ces années de sacrifices.

Ari tourne les talons, déterminée à quitter l'appartement. Non, elle ne veut pas voir la salle de bain, où une immense baignoire lui tend certainement les bras. C'est alors que quelque chose attire son regard. Elle se tourne de nouveau vers le lit avant de lever les yeux.

Lorsqu'elle comprend de quoi il s'agit, elle ouvre de grands yeux et couvre sa bouche de la main, en approchant d'un pas. Sa propre réaction la déstabilise au plus haut point: loin d'être horrifiée, elle sent les premiers signes d'excitation poindre en elle.

— Je vois à la manière dont ton corps se fige que tu n'es pas aussi opposée à mes pratiques que tu le prétends. Le simple fait de penser à ce que j'ai envie de te faire t'excite, on dirait, et tu as peur de l'admettre – devant moi, et devant toi-même.

La voix enjôleuse dans son oreille associée aux attaches de bondage qu'elle a découvertes font flancher ses genoux. Les mains de Rafe passent sur son ventre, puis se glissent sous son chemisier. Ses doigts remontent lentement pour passer sur ses seins, caressent délicatement ses tétons à travers le tissu du soutien-gorge, tandis que son souffle passe sur la nuque d'Ari. Lorsque la langue de Rafe glisse tendrement sur sa peau, elle sent une chaleur la traverser, provoquant une réaction immédiate de son corps. Elle sent que son sexe est mouillé, prêt à accueillir Rafe.

— Oui, Ari. Tu en as envie. Tu le veux tellement que ça te fait trembler. Tu as envie de jouer à ces jeux avec moi. Reconnais-le. Cesse de me résister et laisse-moi faire. Jamais aucune femme ne l'a regretté.

À ces mots, le corps tout entier d'Ari se crispe et son désir s'envole instantanément. Sa remarque a produit l'effet d'une gifle. Combien de femmes est-il venu sauter dans ce lit? Combien de femmes a-t-il caressé avant de les jeter?

— Je voudrais rentrer chez moi maintenant, dit-elle en s'écartant de lui pour franchir la porte.

Elle poursuit d'un pas déterminé jusqu'à l'ascenseur. Heureusement, il ne tente pas de la retenir. Au moins tient-il sa parole de la respecter lorsqu'elle se refuse à lui.

29

Le trajet jusqu'à l'appartement d'Ari se déroule dans un silence pesant. Pourquoi a-t-elle changé d'attitude en une fraction de seconde? se demande Rafe. Il a acheté cet appartement pour elle, en choisissant personnellement le moindre objet qui s'y trouve.

Il a toujours bien traité ses maîtresses. Mais pour Ari, il est allé beaucoup plus loin, en prenant le temps de la découvrir. Il connaît les parfums qu'elle aime, il sait qu'elle préfère les salles de bain luxueuses aux colliers de diamants et surtout, il sait qu'elle est prise au piège dans une prison, attendant qu'on vienne la délivrer.

Elle pense être sortie victorieuse du rapport de force qui nous oppose, mais elle ne fait que retarder l'inéluctable.

Sur le moment, Rafe est trop en colère pour entamer une discussion. De plus, ils ne sont pas sur un pied d'égalité – elle se remet à peine de son opération. S'il la pousse dans ses retranchements et qu'elle cède, pourra-t-il réellement savourer sa reddition? Non, il décide de remettre sa victoire à plus tard, préférant triompher d'un adversaire en pleine possession de ses moyens.

Il s'arrête devant la résidence délabrée où vit Ari et sort de sa voiture. Contrarié, il constate qu'elle ouvre elle-même la portière et descend du véhicule, sans attendre qu'il vienne l'aider. Il décide de ne rien dire et se contente de la suivre dans l'escalier décati.

Devrait-il faire déclarer la résidence insalubre? Elle n'est pas aux normes, ça serait donc un service à rendre aux locataires. Rafe déteste les marchands de sommeil, ces propriétaires sans scrupule qui n'hésitent pas à profiter des faibles et des démunis. Ou alors, il pourrait acheter la résidence pour la faire rénover? Il va y réfléchir.

— Merci de m'avoir raccompagnée, lance Ari en glissant sa clé dans la serrure capricieuse et en essayant d'ouvrir la porte, tandis que Rafe reste à côté d'elle, silencieux.

Lorsqu'elle réussit enfin à ouvrir la porte, dans un grincement, elle pousse un soupir de soulagement en entrant chez elle.

— À bientôt, Arianna.

— Je ne crois pas, non. On dirait que nous arrivons à la fin du bref bout de chemin que nous avons parcouru ensemble. J'espère que vous avez suffisamment de respect pour moi et pour vous-même pour ne pas insister, répond-elle en regardant ses pieds.

Rafe la pousse dans l'appartement pour la plaquer doucement contre le mur. Il passe ses doigts sous le menton d'Ari et le lève, jusqu'à ce qu'elle croise enfin son regard.

— Si je ne voyais que de l'indifférence dans tes yeux, je laisserais tomber, Ari. Malheureusement pour toi et pour moi, je te plais beaucoup plus que tu ne veux l'admettre. Il y a une lueur dans ton regard et que cela te plaise ou non, ton corps réagit à mes caresses comme l'archet au violon. Quand tu rendras les armes, je serai là pour te libérer de toutes ces inhibitions auquel tu te cramponnes et là, il va falloir t'accrocher – parce que, crois-moi, ça sera torride.

La respiration d'Ari s'accélère. Rafe le sait: il pourrait la prendre là, sur-le-champ. Il a la certitude qu'elle ne résisterait pas – qu'elle crierait son nom, à mesure que son plaisir irait crescendo.

— Tu as mon numéro, conclut-il en tournant les talons.

Rafe a besoin de se défouler. Il décide d'aller directement à la salle de sport, où il se change puis se dirige vers le ring de boxe. L'échauffement entraîne un afflux d'adrénaline dans son corps. Il se sentira mieux après un bon combat.

— Tiens, Rafe, ça fait longtemps. Tu as de la chance, Sam est là.

Rafe se retourne et découvre son entraîneur préféré : appuyé contre le mur, Mickey affiche un sourire ravi. Rafe se contente d'incliner la tête dans sa direction. L'homme est un peu trop exalté à la perspective de voir couler du sang, et tous deux savent ce qui va se passer. Sam est un champion de boxe en poids moyen et Rafe est son sparring-partner préféré.

Entre eux, le combat est toujours âpre et les laisse fourbus tous les deux, d'une bonne fatigue. Pour Rafe, la boxe est un exutoire idéal qui permet d'évacuer le stress et l'apaise. Il est prêt.

Dès que Rafe monte sur le ring, des spectateurs se rassemblent, contents d'assister à un bon entraînement. Lorsque Sam arrive, leurs regards se croisent.

— Tiens, je ne pensais pas avoir l'occasion de coller une bonne raclée aujourd'hui, lance Sam avec un sourire. Ça fait longtemps qu'on ne t'a pas vu par ici. Tu es sûr d'avoir envie de faire quelques rounds avec moi, minus ?

— On dirait que tu as la trouille de m'affronter, c'est tout. Tu as oublié ton short de grand garçon à la maison ? rétorque Rafe.

— Non, je l'ai laissé chez ta mère en repartant par la fenêtre, ce matin.

Rafe éclate de rire et Sam entre sur le ring, en se dirigeant vers lui pour lui donner une accolade. Puis Mickey les rejoint pour leur donner des casques.

— Non merci, dit Rafe en repoussant la protection. Il a envie de ressentir la douleur – ça l'aidera à atténuer sa colère.

— Tu vas mourir, décrète Sam avec un sourire méchant.

— C'est bon, les gars. Vous connaissez les règles. Pas de coups en dessous de la ceinture, interdit de serrer l'adversaire dans ses bras comme une femmelette. Et si je dois venir vous séparer, vous allez m'entendre. Soyez fair-play et amusez-vous, déclare l'entraîneur en leur tapant sur l'épaule.

Rafe et Sam se saluent en se touchant les poings, puis ils rejoignent leurs coins. Le gong retentit et le combat commence…

— Mais qu'est-ce qu'il t'est arrivé? s'exclame sa mère en le voyant arriver.

Ses parents et ses sœurs, qui ont reporté la date de leur retour, sont toujours là. Bien qu'il les adore, il commence à se dire qu'il est temps que leur visite s'achève.

— Tout va bien, maman. J'ai juste fait un peu de boxe.

— Mais tu as un œil au beurre noir et la lèvre toute enflée!

— Oui, c'est ce qui arrive généralement quand je m'entraîne avec Sam, répond-il avec un rire. Tu devrais voir sa tête. Il n'est déjà pas terrible mais là, c'est encore pire.

— C'est atroce. Je ne savais pas que tu pratiquais encore cet horrible sport. Comme j'en veux à ton père de t'avoir initié à la boxe.

— C'est normal que tu dises cela. Mais ça a l'air bien plus douloureux que ça ne l'est. Pour tout t'avouer, ça fait longtemps que je ne m'étais pas senti aussi bien, répond-il en s'avançant dans le salon pour passer derrière le bar.

Il attrape une bouteille de bière bien fraîche et boit une grande gorgée. Il ne le reconnaîtra jamais, mais il a vraiment mal partout. Cela faisait un bon moment qu'il n'avait pas boxé.

— Nous avions prévu de partir demain matin, mais nous pouvons rester un peu, jusqu'à ce que tu te sentes mieux.

— Non! Je veux dire, c'est gentil mais je vais travailler jour et nuit dans les semaines qui viennent, ce qui ne me laissera pas beaucoup de temps à vous consacrer, explique-t-il en espérant ne pas avoir vexé sa mère.

— C'est bon, j'ai compris. Tu as envie de te sentir chez toi de nouveau. On va partir. Mais tu as intérêt à nous appeler si tu as besoin de nous. C'est entendu?

— Bien sûr, maman. Je vais aller me coucher directement. Passez-moi un coup de fil quand vous serez de retour à la maison, d'accord?

Il serre Rosabella dans les bras, puis parvient à monter l'escalier sans broncher. En enlevant sa chemise, il pousse un gémissement. Son épaule est en feu. Sam, qui ignorait qu'on lui a tiré dessus quelques semaines plus tôt, lui a asséné un coup au mauvais endroit. Rafe a vu trente-six chandelles et Mickey a interrompu le combat, avant de sermonner Rafe pendant un bon quart d'heure sur son imprudence.

Ceux qui peuvent parler sur ce ton à Rafe se comptent sur les doigts de la main. Mickey est l'un des rares à avoir ce privilège. Il connaît Rafe depuis l'école primaire.

Après une douche brûlante, il se sent beaucoup mieux et se dit qu'il survivra. Son appétit est revenu et il décide de descendre prendre un sandwich. Alors qu'il vient de terminer de manger, on sonne à la porte d'entrée. Le personnel a terminé son service et il souhaite éviter que ses parents se fassent réveiller. Il se précipite à la porte, pour voir qui a l'impolitesse de sonner chez lui alors qu'il est presque minuit.

La colère le submerge en découvrant l'identité de l'importun.

— Bonsoir, mon chéri. On dirait que je tombe à pic. Tu as l'air d'avoir besoin qu'on s'occupe de toi.

30

— Qu'est-ce que tu fous là, Sharron?

— Eh bien, en voilà une manière de parler à sa femme.

— Tu n'es plus ma femme, depuis plusieurs années. Pars immédiatement d'ici, avant que j'appelle la police.

— Oh, chéri, tu me manques tellement.

Elle laisse tomber son manteau par terre, dévoilant pour tout vêtement un body rouge très peu couvrant. Sans laisser à Rafe le temps de lui claquer la porte au nez, elle se jette à son cou.

Aussitôt, Rafe l'attrape par les bras et la repousse, dégoûté.

Voyant que sa tentative de séduction ne fonctionne pas, elle change de registre.

— Oh, Rafe, j'ai besoin de toi. Je pensais vouloir changer de vie, mais je n'y arrive pas sans toi. Ne sois pas aussi cruel, sanglote-t-elle en se jetant de nouveau dans ses bras.

— Alors comme ça, ces trois dernières années, tu n'as fait que pleurer sur l'échec de notre couple? C'était avant ou après que tu te fasses jeter par mon meilleur ami? lance-t-il, moqueur.

— Non, bien sûr que non. J'ai essayé de vivre ma vie, de sortir, de sourire, pour faire bonne figure. Quand on a vécu avec quelqu'un comme toi, on ne peut pas tourner la page. J'ai besoin de toi, Rafe. Je t'en prie. Tu m'aimais tant, je sais que tu m'aimes encore, supplie-t-elle.

Quel talent! Elle a vraiment raté sa vocation de comédienne. Est-ce parce qu'il a envie d'en découdre avec elle ou simplement parce qu'il a passé une rude journée? Il ne le sait pas. Toujours est-il que Rafe ouvre grand la porte pour la laisser entrer.

— Oh merci, chéri. Je le savais, je t'ai manqué, dit-elle en se jetant une nouvelle fois à son cou. Il la repousse avant de s'engager dans le couloir.

— Suis-moi.

Les talons de douze centimètres de Sharron claquent sur le parquet tandis qu'elle court quasiment pour rester à sa hauteur. Rafe se dit que ses seins doivent déborder de sa lingerie fine. Rien dans son corps retouché ne l'émeut. Lorsqu'il l'a rencontrée, elle était une vraie femme, pas une poupée siliconée.

Il aurait dû y voir plus clair dans son jeu. En réalité, elle n'a même pas cherché à cacher son intérêt pour son argent, se dit Rafe. Mais il disait qu'elle appréciait les belles choses – rien de mal à cela – sans voir que tout ce qu'elle aimait chez lui, c'était qu'il lui permettait d'assouvir son goût du luxe.

— Assieds-toi, ordonne-t-il.

Elle s'installe dans le canapé du bureau, en adoptant la pose la plus avantageuse. Il la regarde, pour voir si elle éveille quoi que ce soit en lui. Après tout, il est horriblement frustré sur le plan sexuel.

Son regard passe de son visage savamment maquillé à ses seins, puis à ses cuisses – mais il ne ressent rien, pas le moindre début d'excitation.

Intéressant.

— Pourquoi ne viendrais-tu pas t'asseoir à côté de moi, Rafe? Ou mieux encore, amène-moi dans la chambre. J'ai appris deux ou trois trucs qui devraient te plaire, promet-elle.

— J'ai une bien meilleure idée, dit-il en attrapant un dossier sur son bureau avant de s'avancer lentement vers elle. Une lueur de triomphe illumine le regard de Sharron en voyant qu'il se penche vers elle. Elle a vraiment cru qu'il était tombé dans le panneau.

— Qu'est-ce que c'est, mon chéri?

— Et si on parlait un peu de toi? dit-il sur un ton impénétrable.

— Mmmn, qu'est-ce que tu veux savoir? Je n'ai pas de secrets pour toi, répond-elle sur un ton enjôleur.

— Eh bien…

Il marque une pause, pour mieux savourer l'expression consternée qui ne va pas tarder à s'afficher sur son visage.

— On pourrait parler du fait que tu es fauchée, que tu seras bientôt à la rue et que tu as été bannie de tous les cercles de la haute société, d'ici à New York?

Après une fraction de seconde, Sharron se fige. Son sourire satisfait s'envole et cède la place à une lueur de haine dans ses yeux. Aussitôt, elle se ressaisit pour prendre un air effondré.

Pourtant, Rafe ne ressent pas le sentiment de victoire escompté. À sa surprise, il a presque pitié d'elle – presque. Elle ne fait que récolter ce qu'elle a semé. Ce petit jeu commence à le lasser. Il se dirige vers le téléphone qu'il décroche pour appeler la sécurité. C'est le moment qu'elle choisit pour bondir du canapé et se jeter sur lui.

— Qu'est-ce que tu fais? Non, je t'en supplie. Laisse-moi t'expliquer. Lorsque tu m'as mise à la porte, j'ai essayé de refaire ma vie. J'avais perdu toute joie de vivre. Et puis j'ai fait la connaissance d'Antonio, que j'ai pris pour quelqu'un de bien. Au début, il était si gentil. C'est pour lui que je me suis fait refaire les seins et le nez – pour lui plaire. Mais c'était un vrai salaud. Je pensais qu'il s'occuperait de moi, ce qui explique que je ne me suis pas vraiment intéressée au jugement de divorce. Et puis du jour au lendemain, il m'a virée de chez lui, en reprenant même les bijoux qu'il m'avait offerts. Je n'ai pas mérité ça. Maintenant, je n'ai plus rien – pas d'argent, pas de logement, rien. Tu ne peux pas me laisser comme ça, Rafe. Parce que tu m'aimes.

Rafe l'écoute, sans la moindre émotion.

— Selon mes informations, il t'a virée après t'avoir retrouvée au lit avec le type qui assurait l'entretien de la piscine. C'est vraiment caricatural, non? Le gars qui s'occupe de la piscine – franchement.

— C'est faux. Jamais je n'aurais fait une chose pareille.

— Va raconter ça à ceux que ça intéresse. Moi, sincèrement, je m'en moque. Tu vois, je pensais que ça me ferait plaisir de te voir dans cette situation, mais tu me laisses tellement indifférent que cette conversation commence déjà à m'ennuyer.

— Tu n'étais pas aussi froid, avant. Qu'est-ce qu'il t'est arrivé? hurle-t-elle.

— Je suis tel que j'aurais toujours dû être.

— Mais qu'est-ce que je suis censée faire? gémit-elle.

— Ça, c'est à toi de voir. Je veux que tu partes, Sharron. Et que tu ne remettes jamais les pieds ici.

Sur ces mots, Rafe décroche le téléphone pour appeler la sécurité. Quelques secondes plus tard, les vigiles arrivent et emmènent Sharron, qui ne cesse de hurler. Si elle osait revenir, il n'hésiterait pas à la faire arrêter.

31

— Ça fait plaisir de te retrouver !

Ari retient son souffle lorsque ses trois amies se bousculent autour d'elle pour l'embrasser. Leur étreinte provoque une douleur sur sa cicatrice, toujours sensible, mais sentir cette immense affection vaut bien tous les désagréments du monde.

— Vous m'avez manqué, les filles. Racontez-moi ce que vous avez fait en mon absence !

— Nous t'avons déjà tout dit lorsque nous sommes venues te voir à l'hôpital. Maintenant, à toi de nous raconter. Qui était le mec magnifique dans ta chambre, lors de notre dernière visite ? Ça nous a rendues dingues tout le week-end !

— Oh, c'est… personne, en fait, répond Ari, qui n'a pas la moindre envie de parler de Rafe.

Les messages qu'il lui envoie la mettent sur les nerfs. Elle sait que l'inéluctable va se produire, sans savoir quand. Si seulement il cessait de jouer à ces petits jeux, elle connaîtrait ses intentions. Actuellement, elle sursaute dès qu'elle aperçoit une ombre. Sur le qui-vive, elle tressaille en entendant les portes qui s'ouvrent et se ferment dans son immeuble, à travers les murs fins de son appartement.

La jeune femme est ravie d'être enfin de retour au travail – là au moins, il ne risque pas de débarquer. Rafe est trop classe pour prendre son immeuble d'assaut et venir l'enlever. Aïe… la simple idée d'imaginer cette scène fait naître en elle une pointe d'excitation. Un frisson lui parcourt le dos, qui n'est pas un frisson de peur…

Mais que lui arrive-t-il ? Cet homme est en train de la rendre dingue, qu'il soit présent ou pas. Tout ce stress n'est pas bon pour sa santé.

— Quelle cachottière ! En plus, tu mens mal. À l'instant où il est entré dans ta chambre, la température est montée d'un cran. Le feu dans ses yeux aurait suffi à faire fondre la peau sur mes os. De l'hôpital, je suis rentrée directement chez moi et j'ai sauté sur mon mari, qui était ravi. Il m'a conseillé de faire plus souvent ce que j'avais fait avant de rentrer, lance Amber en faisant mine de s'éventer de la main.

— Amber ! s'exclame Ari, horrifiée, en regardant autour d'elle.

— Oh allez ! On fait tous des trucs cochons. Il me faudrait juste une photo de ton mec au-dessus de mon lit, pour baiser comme une bête avec mon mari.

— Regardez, c'est mignon. Elle ne sait plus où se mettre, intervient Miley en riant.

— Mais ça fait des mois maintenant que nous connaissons Arianna. Il suffit qu'elle entende le mot « sexe » pour devenir écarlate, dit Shelly.

— Vous êtes insupportables, bande de monstres. Je n'arrive pas à croire que je me laisse faire, à écouter des choses pareilles, répond Ari avec un sourire.

— Oui, nous sommes insupportables. D'ailleurs, je m'attends à voir arriver un chariot de feu, d'un instant à l'autre, pour m'escorter jusqu'aux portes de l'enfer. Mais pour le moment, j'aimerais bien que tu lâches le morceau, avant qu'on essaie le supplice chinois sur toi, menace Amber.

— Les filles, je plains sincèrement vos maris. Être marié à l'une de vous, ça doit être comme vivre avec un agent du FBI – un interrogatoire permanent. Quel cauchemar…

— Oui oui, c'est ça… Maintenant, déballe, dit Shelly, en tapant impatiemment du bout du pied.

— C'est juste… un ami. Je refuse d'en dire davantage. Ça fait plusieurs semaines que je ne suis pas venue travailler et je ne veux pas donner à l'entreprise la moindre raison de me virer. Si vous promettez de me laisser tranquille toute la journée, peut-être – je dis bien : peut-être – que je lâcherai une info après le travail, dit Ari, en prenant soin de regarder chacune droit dans les yeux.

— Entendu, mais sache que je ne suis pas contente, rétorque Miley en boudant.

— Allez-y, ne vous gênez pas, vous pouvez râler et dire du mal de moi dans mon dos !

— Entendu. Ça facilitera un peu les choses, répond Shelly avec un sourire désarmant qui montre qu'elle lui a déjà pardonné.

— Tu nous as vraiment manqué. Personne n'a jamais réussi à s'intégrer à notre cercle d'amies avant toi. Grâce à toi, les trois mousquetaires sont devenus les quatre-squetaires.

— Les quatre-squetaires ? C'est un mot inventé, n'est-ce pas ? demande Ari en éclatant de rire.

— Oui, mais ça sonne bien, non ? répond Amber.

— Mesdames, prévoyez-vous de vous mettre au travail prochainement ? À moins que papoter autour de la fontaine à eau ne fasse partie de vos attributions ?

— C'est bon, c'est bon, on arrive ! lance Miley en se dirigeant vers son bureau.

— Miley…, gronde Ari, avant de jeter un regard confus vers son patron. Désolée, monsieur. J'arrive tout de suite.

— Content de vous revoir, répond-il avec un sourire avant de retourner dans son bureau.

Amber la serre une dernière fois dans ses bras, puis elles rejoignent leurs bureaux respectifs. Ari s'assied, avant de pousser un soupir de soulagement. Son job n'est pas passionnant, mais la présence de ses amies le rend agréable. Elle espère sincèrement que leurs chemins ne se sépareront jamais. Avec elles, elle a retrouvé le plaisir de rire. Et elle n'a pas envie que cela cesse.

Ari réussit à ne pas livrer trop d'informations sur Rafe à ses amies. Ce qu'elle ignore, c'est la véritable raison pour laquelle celles-ci ne la cuisinent pas. Pendant qu'Ari était aux toilettes, ses collègues se sont emparées de son téléphone portable et elles ont découvert plusieurs SMS torrides de Rafe, remontant à la semaine précédente. Même si ses derniers mots, lorsqu'ils se sont quittés, avaient laissé entendre qu'il attendrait qu'elle fasse le premier pas, il n'a pas tenu bien longtemps. Les propos qu'il lui tenait sont scandaleux – et ont provoqué en elle un émoi qu'elle n'avait pas la moindre envie de ressentir.

Déterminées à lui trouver un homme – elle en a bien besoin ! – ses amies décident de faire avancer les choses. Elles lisent les messages dans lesquels il décrit tout ce qu'il a envie de lui faire, des nuits entières, puis constatent que les réponses d'Ari ne sont vraiment pas enthousiastes.

Ses copines décident de faire bouger les choses. Et le résultat sera au-delà de leurs espérances.

32

— De toute façon, tu ne peux pas refuser. C'est clair?

Ari se fige, consciente qu'elle ne pourra pas s'en sortir. Soit elle cède, et les choses seront moins terribles, soit elle refuse: dans ce cas, elle n'a pas fini d'en entendre parler. L'envie de prendre ses jambes à son cou la tenaille, mais elle sait que c'est sans issue.

— Bon, d'accord. Mais je tiens à vous dire que je viens contrainte et forcée, et que je suis très fâchée contre vous.

— Ça me va!

La jeune femme regarde s'éloigner sa collègue, visiblement ravie d'avoir obtenu gain de cause. Ari est coincée: elle va devoir sortir avec les filles. Petite consolation: Amber lui a promis d'aller dans un club latino chic, où son frère travaille comme videur. Aucun risque de nouvelle agression.

— Allons-y. Miley et Shelly nous attendent dans la voiture. Mon mari a emmené les enfants au cinéma. Il n'y a personne chez moi, nous pourrons nous préparer là-bas. J'ai la tenue idéale pour toi.

— Ah non, hors de question que tu m'habilles en salope, Amber! s'exclame Ari en poursuivant son amie.

Elle proteste pour la forme, consciente qu'elle n'en sortira pas gagnante – ce qui semble être une constante dans sa vie.

Pendant la demi-heure de trajet jusqu'à chez Amber, les filles discutent de ce club, qui semble absolument génial. Ari doit le reconnaître – en son for intérieur – l'endroit a l'air vraiment sympathique. Toute la semaine, Rafe lui a envoyé des messages, auxquels elle n'a pas répondu. Et ce soir paraît bien choisi pour tenter de trouver un homme qui lui plaira autant que son séducteur tyrannique. En réalité, un homme qui lui plairait ne serait-ce que moitié autant que Rafe suffirait amplement. Ari refuse de croire qu'il est le seul homme sur terre capable de transformer ses jambes en coton.

— Moi, je m'occupe des cheveux, annonce Miley en entrant dans la salle de bain, où elle attrape le fer à boucler, le lisseur et plusieurs flacons de laque.

Ari frémit en pensant aux efforts qu'il faudra déployer pour retrouver des cheveux normaux.

— Super. Moi, je ferai le maquillage, dit Shelly en prenant la trousse de toilette.

— Alors moi, je choisirai la tenue, enchérit Amber avec un enthousiasme exagéré.

— Assieds-toi ! ordonne Miley en conduisant Ari vers la table.

Quelques secondes plus tard, elle se met à torsader les cheveux d'Ari pour former des boucles qu'elle fixe sur sa tête à l'aide d'épingles. Une fois le visage dégagé, Shelly commence à appliquer le maquillage.

— Attention, je ne veux pas avoir l'air d'une pute ! insiste Ari.

— On essaie juste de t'aider à te faire sauter. Un peu de reconnaissance ! rétorque Miley, en tirant sur une mèche de cheveux.

— Je n'ai pas besoin d'aide, marmonne Ari.

— C'est là où tu te trompes. Plus coincée que toi, tu meurs. Détends-toi. Ce soir, on va s'amuser.

— Pourquoi tenez-vous tellement à me trouver un mec ?

— Mais c'est évident, voyons ! Nous nageons toutes en plein bonheur conjugal et nous voulons te faire connaître cette immense joie, lance Amber qui vient de les rejoindre.

Les trois femmes éclatent de rire.

— Disons plutôt qu'on est coincées dans nos petites vies de banlieusardes et qu'on a envie de s'éclater par procuration, à travers toi, reconnaît Miley.

— Ah bon, vos vies de couple sont si mortelles ? demande Ari, inquiète.

— Oh ma cocotte, nous plaisantons, tu le sais bien. Nous adorons nos maris et nos enfants, mais sincèrement, nous nous sommes mariées trop jeunes, sans avoir eu le temps de nous amuser suffisamment. C'est pour cela que c'est sympa d'avoir une amie célibataire. Mais aucune de nous ne tromperait son mari. Ça, je te le promets, déclare Amber solennellement.

— D'accord, vous avez gagné. Faites ce que vous voulez. Mais je vous préviens : je ne sais pas danser. Alors quels que soient les efforts que vous déploierez, ça sera la cata quand je piétinerai les pieds d'un pauvre gars.

— Tu vas être tellement canon que tu pourrais piétiner qui tu voudras, du moment qu'il pourra te tripoter, conclut Amber avec un sifflement.

Lorsqu'elles quittent la maison, Ari est extrêmement mal à l'aise. Sa robe la moule comme une deuxième peau, du décolleté jusqu'aux hanches, où le tissu rouge vif s'évase jusqu'à mi-cuisse. Pour couronner le tout, la robe possède une fente sur le côté qui risque de dévoiler ses jambes à la terre entière si elle fait un mauvais mouvement.

— Arrête de bouger, ça nuit à l'effet-sirène de la robe ! conseille Miley.

Néanmoins, Ari doit le reconnaître, elle se sent sexy. Jamais elle n'a porté un vêtement aussi osé. Ses atouts sont mis en valeur, mais comme les autres femmes ont des tenues presque aussi sexy qu'elle, elle n'a pas le sentiment de détonner. De plus, elles ont des relations dans la boîte de nuit, un garde du corps personnel – alors, que pourrait-il lui arriver ? Rien du tout. Enfin, rien n'aurait pu lui arriver si ses amies n'avaient pas demandé au garde du corps de veiller à ce qu'il y ait un peu d'animation sur la piste de danse.

— Parfait, nous sommes arrivées à temps pour le cours de danse. J'espère qu'il sera sympa, ce soir, annonce Shelly en descendant de la voiture.

— Qui a parlé de cours de danse ? Je peux à peine bouger dans cette robe ! gémit Ari, horrifiée.

— Attention, tu as promis de jouer le jeu. Si tu reviens sur ta parole, nous n'allons pas te lâcher pendant un mois. Fais-le ce soir et nous te laisserons tranquille ! décrète Amber en croisant les doigts derrière son dos.

— Juré ?

— Bien sûr. Sache que je suis vexée que tu mettes ma parole en doute, assène Amber avant de tourner les talons et de s'éloigner.

— Désolée. Promis, j'arrête de râler et je m'amuse, lance Ari avant de rattraper ses trois amies.

— Parfait. C'est ce que nous voulions entendre, répond Shelly tandis que la porte de la boîte s'ouvre pour les laisser entrer.

Un peu suspicieuse, Ari constate avec surprise que ses amies lui ont pardonné bien vite. Mais fascinée par les lumières tamisées de la boîte de nuit, elle oublie aussitôt leur prise de bec.

— Les filles, vous arrivez juste à temps ! Pierre s'apprêtait à commencer le cours, dépêchez-vous. Vous savez qu'il déteste attendre. Ce soir, c'est un cours de cha-cha-cha.

Tournant la tête, Ari découvre un petit homme vêtu d'un pantalon beaucoup trop serré, qui les dirige vers le fond de la pièce.

— Donnie, ça fait longtemps. Tu nous as manqué, dit Miley en l'embrassant sur la joue.

— C'est sûr que des gars comme moi, il n'y en a pas deux, ma chérie. Allez, dépêche-toi, ordonne-t-il en lui donnant une tape sur les fesses.

Ari les suit de près, pour ne pas être à la traîne.

— Allez, allez ! Vous quatre, vous me mettez en retard. Si Donnie n'avait pas répété que ses amies allaient arriver d'un instant à l'autre, le cours aurait déjà commencé depuis bien longtemps.

En apercevant le sublime prof de danse, Ari reste stupéfaite. Lui aussi porte un pantalon trop serré, mais aucune une femme ne s'en plaindrait.

— Vous allez rester là bouche bée toute la soirée, princesse, ou vous comptez participer au cours ?

Mortifiée, Ari voit ses amies éclater de rire et l'entraîner vers l'avant de la salle.

— T'inquiète, Ari. La première fois que j'ai vu Pierre, j'ai failli défaillir. Et lorsqu'il a touché mes fesses pendant un cours, j'ai eu un orgasme. Mais ne t'emballe pas trop : Donnie et lui sont en couple. Ce qui est une excellente chose, parce que je serais capable d'oublier que je suis mariée s'il lui prenait l'envie de danser le cha-cha-cha sous la couette avec moi, plaisante Amber en gloussant.

— Le cha-cha-cha est une danse fun, sexy et provocante. L'idée, c'est de s'avancer vers son partenaire, puis de l'inciter à venir vers vous. Plus on se sert de ses fesses, mieux c'est. Le bon Dieu vous a dotés de jolis postérieurs bien ronds, n'ayez pas peur de les agiter. Si vous ne savez pas bouger vos fesses, rentrez chez vous : une danse latine sans trémoussement de fesses n'a aucune allure.

Stupéfaite, Ari constate que Pierre parle avec le plus grand sérieux. Peut-être va-t-il lui demander de quitter la salle ? Elle n'a jamais tortillé des fesses de sa vie. Elle ne sait même pas comment s'y prendre. En regardant le prof qui explique les pas, elle commence à transpirer à grosses gouttes. Jamais elle ne réussira à assimiler toutes ces informations en une demi-heure…

— Vous, là. Venez par ici !

Ari regarde Pierre, inquiète. Va-t-il l'exclure avant le début du cours ? A-t-il compris, d'un simple coup d'œil, qu'elle n'avait rien à faire là ?

— Allez. Ne fais pas attendre Pierre ! lui souffle Miley en poussant Ari vers l'avant.

— Prenez mes mains, ordonne-t-il.

Heureusement, le cerveau d'Ari fonctionne et miraculeusement, ses bras se lèvent pour placer ses mains dans celles de Monsieur super-beau gosse.

— Il y a deux pas de base dans le cha-cha-cha. Pour le premier pas, on fait passer son poids d'un pied sur l'autre, en se déplaçant lentement vers l'arrière, puis vers l'avant. Souvenez-vous, on utilise ses fesses. On se sert toujours de son joli petit postérieur, sans rester immobile. Allez, on y va !

Ari regarde les jambes de son partenaire et imite ses pas. Finalement, ça n'est pas si compliqué – il suffit de transférer son poids d'une jambe sur l'autre. À mesure que tous deux exécutent le pas de danse, elle prend un peu confiance en elle.

— Bravo. Joli trémoussement de fesses ! la félicite Amber.

Ari a des envies de meurtre...

— Maintenant, on ajoute un peu de cha-cha-cha, dit Pierre en esquissant un mouvement des genoux et un déhanchement.

La jeune femme trébuche plusieurs fois en essayant de l'imiter. Puis au moment où elle se dit qu'il va la mettre à la porte, son corps semble intégrer le mouvement.

— Super. Vous vous débrouillez très bien, pour une première fois, lui dit Pierre.

— Et comment savez-vous que c'est la première fois? demande Ari qui a pris un peu d'assurance.

— Ha ha, très drôle ! Si ça n'est pas la première fois que vous dansez le cha-cha-cha, alors laissez tomber tout de suite ! lance-t-il avec un sourire pour atténuer son sarcasme.

Finalement, il n'est pas aussi intimidant qu'il en a l'air.

Pierre envoie Ari rejoindre les autres élèves, puis passe de l'un à l'autre pour prodiguer ses conseils, jusqu'à ce que tous les participants maîtrisent les mouvements de base.

— Maintenant, mettez-vous deux par deux. Oui, je sais, il y a plus de femmes. Allez, ne faites pas les timides, je ne vous demande pas de vous mettre à poil. Il faut apprendre à danser à deux. La danse, c'est le prélude au sexe. Mesdames, pour rendre votre homme fou, allumez-le avec votre corps. La danse est une partie de chasse. Ne vous laissez pas attraper tant que vous n'êtes pas prête. Compris?

— Oui ! s'exclament plusieurs femmes, déchaînées.

— Bien. Très bien.

Le temps passe à la vitesse grand V Eh bientôt, le cours de danse est terminé. En quittant la salle, Arianna est ravie.

Elle n'arrive peut-être pas à se trémousser en remuant les fesses comme certaines participantes, mais elle sait danser le cha-cha-cha.

— Allez, prenons un verre, puis allons danser! ordonne Amber en se dirigeant vers une table réservée par Donnie.

Dans les heures qui suivent, Ari ne voit pas le temps passer. Elle danse avec tant d'hommes qu'elle aura du mal à se souvenir de tous ses partenaires. Si elle savait ce que ses amies sont en train de mijoter pendant ce temps, elle ne tarderait pas à se retrouver dans une voiture de police, inculpée d'homicide.

33

Rafe sent son téléphone vibrer, mais il décide d'ignorer le message – il est fatigué, agacé et n'a pas la moindre envie de parler, quelle que soit la personne qui l'appelle. Lorsque ce fichu appareil vibre de nouveau, il soupire et l'extrait de sa poche, pour vérifier d'un œil qui cherche à le joindre avant d'éteindre le téléphone. Il est l'heure de dormir, ou du moins d'essayer.

En découvrant qu'il s'agit d'un message d'Ari, son pouls s'accélère. Toute la semaine, elle a ignoré ses SMS. La première chose qui lui vient à l'esprit est qu'elle a un problème. Tandis qu'il appuie sur la touche pour ouvrir le message, son cœur bat à toute allure.

Les deux photos qui s'affichent sur l'écran lui font instantanément passer toute envie de dormir. Mais qui a bien pu lui envoyer ces clichés? Certainement pas Ari. En arrière-plan des photos, on distingue le nom d'une boîte de nuit, dont Rafe connaît l'adresse. Précipitamment, il enfile une veste et attrape ses clés. On dirait qu'Ari n'a pas tiré les leçons de sa mésaventure passée. De nouveau, elle est sortie et ne va pas tarder à se retrouver en difficulté. Il bouillonne de colère. En plus, elle continue à se refuser à lui, alors que tout ce qu'il veut, c'est lui offrir de la sécurité. Enfin, lui offrir de la sécurité, tout en l'ayant à sa disposition.

En un temps record, Rafe rejoint la boîte latino où il remonte la longue file d'attente. Tirant une liasse de billets de cent dollars de sa poche, il s'approche du videur.

— Bienvenue, monsieur! se contente de dire celui-ci en ouvrant la porte à Rafe, tandis que les gens dans la file d'attente protestent.

— Taisez-vous ou je ne laisse plus entrer personne, entend Rafe, avant que la musique de la boîte ne couvre tout son du monde extérieur.

Il s'avance jusqu'à la piste de danse, où il repère presque tout de suite Ari. Elle est dans les bras d'un imbécile qui la plaque fermement contre lui tout en lui pelotant les fesses. Rafe voit rouge et se précipite sur la piste.

— Je prends le relais, décrète-t-il.

L'homme se retourne, s'apprêtant à protester. En apercevant le visage de Rafe, il recule aussitôt.

— Tiens, Rafe! Qu'est-ce que tu fais ici? demande Ari en lui adressant un sourire ivre.

— On dirait que je vole à ton secours, une fois de plus, marmonne-t-il en lui prenant la main.

Il est bien déterminé à partir avec elle, tout de suite.

— Allez, on s'en va!

— Non, j'ai envie de danser. Ce soir, j'ai appris le cha-cha-cha et je me débrouille très bien. John, Paul et Tiger… ou plutôt… Trevor – oh zut, je ne me souviens pas de son nom – bref, ils ont tous dit que je bouge très bien mes fesses, annonce-t-elle, ravie.

Rafe la dévisage, incrédule. Mais que lui arrive-t-il?

— J'ai dit qu'on y allait, répète-t-il.

— Moi, j'ai envie de danser, dit-elle en faisant la moue.

Puis elle lève les bras et esquisse des pas de cha-cha-cha.

Lorsqu'elle se tourne en se trémoussant, la fente de sa robe laisse apercevoir le côté d'une culotte noire transparente. Instantanément, Rafe n'a plus la moindre envie de quitter la boîte de nuit. La musique devient alors plus sensuelle et Rafe l'attire dans ses bas. Ses mains se glissent sur le dos de la jeune femme pour la plaquer contre lui, et il esquisse un pas de danse, en glissant une jambe entre celles d'Ari. Celle-ci n'a pas d'autre choix que de suivre le mouvement.

— Je ne connais pas cette danse, murmure-t-elle d'une voix voilée.

— Contente-toi de me suivre, répond-il tout en la faisant tourner sur la piste.

— Je crois que j'aime beaucoup cette danse, chuchote-t-elle, tandis que Rafe baisse la tête pour inspirer son parfum sucré.

Cela fait si longtemps qu'il ne l'a pas eue dans son lit. Certes, séduire une femme ivre n'est pas fair-play, mais au fond, l'alcool n'est-il pas un simple dégrippant qui facilite les relations humaines? Du courage liquide, qui permet aux gens de faire ce qu'ils veulent vraiment? Et puis, ça n'est pas comme s'ils n'avaient encore jamais couché ensemble.

— Je vais te ramener chez moi et t'arracher cette robe – enfin, si on peut qualifier cela de robe.

— Je l'adore. Au début, j'étais morte de honte, mais Amber a insisté pour que je mette cette tenue. Et quand elle a une idée en tête, il est inutile de protester. À mon avis, elle travaille pour les services secrets comme tortionnaire, conclut Ari en gloussant.

— Amber? C'est l'une des femmes qui sont venues te rendre visite à l'hôpital?

Rafe a encore du mal à assembler toutes les pièces du puzzle.

— Oui. C'est Amber, Shelly et Miley qui m'ont amenée ici. Elles ont tenu à ce que je sois le plus sexy possible, pour que je me fasse sauter. Elles disent que je suis trop coincée, que je dois me lâcher. Et comme j'ai découvert avec toi que le sexe, c'est un truc de dingue, j'ai pensé « pourquoi pas ? »

Rafe ne sait pas s'il doit remercier le ciel que les amies d'Ari prennent de telles initiatives, ou s'il doit enfermer Ari dans une cage. Maintenant, il sait qui a envoyé les photos. Ses copines ont dû lire les messages qu'il lui a envoyés et décider de prendre les choses en main. Rapidement, il fouille dans sa mémoire pour se souvenir du contenu de ses SMS, en espérant qu'ils ne contenaient rien de trop compromettant. Et en réalité, en cet instant précis, il s'en moque.

— Donc tu es partante pour faire la fête et coucher avec des inconnus, mais pas pour devenir ma maîtresse appointée, c'est ça ?

Il sait que c'est l'alcool qui la pousse à parler ainsi. Néanmoins, il doit y avoir une part de vérité dans ses propos. Se serait-il trompé à son sujet ? Ne le désire-t-elle pas plus qu'un autre ? Il est rare que Rafe soit en proie au doute, mais en cet instant, il ne sait que penser.

— Je ne savais pas que j'aimais le sexe avant de coucher avec toi, mais c'est génial, vraiment génial. J'ai donc décidé de recommencer. Mais pas avec toi, parce que tu es un grand malade qui veut tout maîtriser dans ma vie.

— Non, Ari. Ce que je veux, c'est te soumettre.

Elle le fixe un instant, les sourcils froncés, tandis que son cerveau imbibé d'alcool essaie de comprendre ses propos. Rafe en profite pour effleurer la nuque d'Ari du bout des lèvres. Elle pousse alors un gémissement qui le traverse de la tête aux pieds. Lorsqu'elle plaque ses hanches contre lui, son sexe s'éveille instantanément.

— Ça ne revient pas au même? souffle-t-elle.

— Pas du tout. Allons chez moi et je te montrerai la différence.

Elle le fixe comme pour tenter de résoudre un problème de mathématiques complexe. Tandis qu'il attend sa réponse, le corps de Rafe le harcèle. Si elle refuse, il restera dans cette boîte de nuit jusqu'à ce que ses amies la raccompagnent – mais il espère qu'elle acceptera sa proposition.

— Entendu. Mais je ferais mieux de prévenir mes amies.

Les mots d'Ari mettent presque une minute pour arriver jusqu'à son cerveau. Là, il la tire par le bras hors de la piste de danse.

— Où sont-elles?

— Par ici, répond-elle, avec un geste ivre.

Il repère les femmes qu'il a vues dans la chambre d'hôpital, et se dirige droit vers leur table. Toutes les trois le dévorent du regard. Elles sont un peu effrayantes, avec leur mine avide de celles qui vivent par procuration… En rentrant, il jettera un coup d'œil sous son lit, des fois qu'elles y aient caché des talismans…

— Tiens tiens, voilà le mystérieux Rafe. Il me semble vous avoir aperçu à l'hôpital, dit l'une d'elles.

— Oui, c'est étrange, j'ai reçu un message envoyé depuis le téléphone d'Ari, avec une photo d'elle et le nom de cet endroit… Je vais la ramener chez moi.

— Tu es d'accord, Ari? demande l'une des femmes.

— Oh, oui. Rafe veut me montrer la différence entre maîtrise et soumission.

Rafe accuse le coup, en voyant les yeux exorbités des trois femmes. Il va devoir avoir une petite explication avec la jeune ivrogne sur ce qui se dit en public et ce qui ne se dit pas. Soudain, les amies de la jeune femme ne semblent plus aussi décidées à la laisser partir.

Peu importe. Qu'elles essaient de l'en empêcher, pour voir.

— Mesdames, au revoir, déclare-t-il avec fermeté, en passant son bras autour de la taille d'Ari.

Sans laisser aux trois femmes le temps de protester, il entraîne Ari hors de la boîte de nuit. Il l'installe dans sa voiture, puis démarre. Peu avant d'arriver chez lui, il jette un coup d'œil en direction du siège passager, fou de désir. Un gémissement lui échappe : Ari est inconsciente. Il aime les femmes soumises, mais pas au point de coucher avec un corps inanimé…

Peut-on mourir de frustration sexuelle ? Oui, il commence à en avoir la conviction. Il prend Ari dans ses bras pour la porter jusque chez lui, puis l'allonge sur son lit. Ensuite, il se dit qu'il n'y a qu'une chose à faire : boire un bon verre et prendre un bain glacé.

34

En se retournant, Ari sent une douleur sur sa tempe – rien d'insupportable, mais le mal est suffisant pour lui rappeler qu'elle a bu quelques verres de trop la veille. L'obscurité qui l'entoure lui indique que c'est le milieu de la nuit. La bouche sèche, elle meurt d'envie de boire un verre d'eau. En se redressant pour rabattre la couverture, elle heurte quelque chose de solide.

Tâtonnant du bout des doigts, elle se rend compte qu'il y a un homme à côté d'elle. Pétrifiée, elle s'efforce de faire le point.

Première chose à faire : déterminer l'identité de cet homme. Glissant précautionneusement la main sous les couvertures, elle constate qu'elle est habillée. Ouf ! Maintenant, reste à identifier l'homme à ses côtés. Dire qu'elle a décidé d'avoir une aventure et qu'elle ne sait même plus avec qui... Cette idée l'emplit d'horreur. Certes, elle a tenu des grands discours et elle pensait être capable d'avoir une aventure, mais la réalité est terriblement humiliante. Comment pourrait-elle se regarder en face si elle aborde le sexe comme un simple jeu ? Elle se sent déjà horriblement mal lorsque Rafe la déshabille du regard. Son évocation lui rafraîchit instantanément la mémoire. Elle se souvient avoir dansé jusqu'à en avoir mal aux pieds. Beaucoup d'hommes, des flirts innocents, et de nombreux déhanchements. Cha-cha-cha !

Elle dansait avec un inconnu, puis l'instant d'après, elle s'est retrouvée dans les bras de Rafe – précisément là où elle avait rêvé d'être toute la nuit. Il l'a fait tourner sur la piste de danse, en la mettant dans un état d'excitation qu'aucun autre homme n'aurait pu provoquer.

Oh, toutes ces choses qu'elle a pu lui dire… C'était chaud, très très chaud. Elle l'a quasiment supplié de lui faire l'amour. Morte de honte, Ari sent ses joues s'embraser. Si j'arrive à me sortir de ce mauvais pas, je ne boirai plus jamais une goutte d'alcool, se promet-elle.

Tout doucement, elle s'extirpe des couvertures et se glisse hors du lit. Lorsque ses pieds touchent le sol, elle sourit. Elle y est presque !

Au moment où elle se redresse, la voix de Rafe l'arrête.

— Où vas-tu, Arianna ? Ça fait des heures que j'attends que tu te réveilles.

Oh non… Tant pis pour mes bonnes résolutions ! Il me faut un verre d'eau, là maintenant tout de suite, se dit-elle.

— Il faut que je passe à la salle de bain, répond-elle en se levant pour traverser la pièce.

Par bonheur, elle ouvre la bonne porte et se retrouve dans la vaste salle de bain, et non dans le placard. Se sentant prise au piège, elle prend son temps. Elle se passe de l'eau sur le visage, se rince la bouche et utilise les toilettes.

En passant la main dans ses cheveux, elle pousse un grognement. Sa chevelure ressemble à un gigantesque nid de rats ! Il va lui falloir une éternité pour remettre de l'ordre là-dedans. Pendant vingt bonnes minutes, elle tente de rattraper les dégâts, avant de baisser les bras. La seule chose susceptible de la sauver, c'est un grand flacon d'après-shampooing de luxe, pour trois ou quatre applications successives.

Après avoir perdu le plus de temps possible dans la salle de bain, elle est bien obligée de sortir. En tournant la poignée de la porte, elle croise les doigts pour qu'il se soit rendormi. Des miracles se produisent parfois. Elle ouvre lentement la porte, pour découvrir que la lampe de chevet est allumée. Raté.

— Eh bien dis donc, tu as mis longtemps... J'espère que tout va bien?

Voilà qui est d'une grossièreté incroyable. Il la chronomètre, maintenant? Peu importe. Elle va rester calme, sans se laisser entraîner dans une énième prise de bec avec lui.

— Merci pour tout, mais je dois y aller maintenant. Hier soir, j'avais un peu trop bu et j'ai dit des choses que je ne pensais pas vraiment. Vous savez ce que c'est. Allez, bye! lance-t-elle en essayant de sortir de la chambre.

Mais Rafe lui barre le chemin.

— Pourquoi es-tu si pressée? Nous avions prévu de faire plein de choses avant que tu ne t'endormes.

— Écoutez, je viens de vous expliquer que je n'en pensais pas un mot. Je n'ai aucune envie de rester, il faut que j'y aille, prétend-elle avec une assurance feinte.

Elle ment, et ils le savent tous deux. Au fond, elle meurt d'envie de rester, elle est lasse de lui résister. Mais cela ne change rien au fait qu'elle ne pourra jamais être celle qu'il voudrait qu'elle soit. Le seul moyen de se sortir de cette situation, une fois pour toutes, est sans doute de le mettre tellement en colère qu'il ne voudra plus jamais la revoir.

— Mais si, tu le pensais – tu pensais chaque mot prononcé sur cette piste de danse.

— Vous voulez que je vous dise, monsieur Palazzo? Vous êtes un porc. Il vous faut tout ce que vous ne pouvez pas avoir.

Comme je vous ai dit que je ne serai jamais à vous, vous avez décidé que vous m'auriez, comme tout ce que vous achetez. Seulement voilà : je ne suis pas à vendre, je ne serai jamais votre joujou, et je vous trouve lamentable. Faites-vous une raison : sur ce coup-là, vous ne gagnerez pas.

Ari est fière du ton ferme de sa voix. Face à un géant, elle a le sentiment d'avoir le dessus. Après lui, elle affrontera Goliath ! La lueur dans les yeux de Rafe, en découvrant qu'elle l'appelle de nouveau par son nom de famille, la fait frissonner de peur, mais elle réprime aussitôt ce sentiment.

— Tu veux savoir pourquoi je gagne systématiquement ? Parce que j'ai toutes les cartes en main. Jamais je ne m'embarque dans un projet sans être certain du résultat. Tu as cru avoir le choix ? Ça n'a jamais été le cas. La seule donnée entre tes mains, c'était le délai. Et même ça, c'était tout relatif. Maintenant, je suis à bout de patience. Il est temps d'accepter l'idée que tu m'appartiens.

— Vous êtes tellement habitué à voir tout le monde vous obéir au doigt et à l'œil que vous ne vous rendez pas compte que vous êtes tyrannique. Est-ce que ce genre de discours motive les gens ? Vous pensez inspirer le respect ? Le respect et la peur sont deux choses très différentes. Vous faites peut-être peur à votre entourage, mais personne ne vous respecte.

— Je pourrais te démontrer le contraire, mais ça ne m'intéresse pas. J'en ai assez de ce ton suffisant. Avoue-toi donc vaincue et manifeste-moi la reconnaissance que je mérite. À plusieurs reprises, je suis venu à ton secours. Tu devrais être reconnaissante. Un bon début, pour cela, serait de te mettre à genoux, lance-t-il avec un sourire narquois.

Ari sent la colère la submerger. Jamais elle n'a jamais eu autant envie de frapper quelqu'un. Elle s'approche de lui, déterminée à lui montrer ce qu'elle pense de son envie de la maîtriser.

— Déboutonne mon pantalon, ordonne-t-il.

Son arrogance la pétrifie. Croit-il vraiment qu'elle va lui donner du plaisir? Quel malade! Incapable de se contrôler, elle lève le bras. Dans la pièce plongée dans l'obscurité, on entend le bruit d'un impact, celui de la chair contre la chair, lorsque sa main s'abat sur la mâchoire de Rafe.

Les yeux de celui-ci lancent des éclairs. Incrédule, il passe la main sur sa mâchoire.

— Ça alors, si je m'attendais à ça... Avec toi, on va de surprise en surprise, Arianna, murmure-t-il, bougeant sa mâchoire.

La jeune femme reste sonnée par son geste spontané.

— Je m'en vais, souffle-t-elle en tournant les talons.

— Oh non, tu ne vas nulle part, Ari. Tu mérites une bonne punition.

La jeune femme pousse un cri lorsque Rafe la soulève et la prend sur son épaule. La peur, et aussi une étrange excitation, gagnent son corps lorsque la main de Rafe se lève et qu'il lui assène une claque sur les fesses.

— Arrête de te tortiller. Plus tu résisteras, plus tu seras punie, lance Rafe d'une voix qui trahit son excitation.

Lorsqu'il s'arrête pour saisir plusieurs attaches en soie, Ari retient son souffle.

35

Ari frémit lorsque Rafe la pose sur le carrelage glacé. Aussitôt, elle tente de dégager son bras qu'il tient fermement, en vain.

— Rafe, arrête. C'est n'importe quoi. L'un et l'autre, nous avons dit des choses désagréables, nous avons fait des choses désagréables. Oublions tout cela, faisons comme si ça n'était jamais arrivé, supplie-t-elle, tandis qu'il tourne le robinet de la douche.

Un puissant jet d'eau commence à couler.

— Trop tard, Ari. Tu as commis deux erreurs. M'appeler par mon prénom n'y changera rien.

— D'accord. Et si je t'appelais connard, ou démon?

— Tu n'arranges pas ton cas, dit-il, un sourire dans la voix.

Intérieurement, il se frotte les mains.

Il l'attrape de nouveau pour la soulever. La jeune femme se débat, en vain – il est beaucoup plus fort qu'elle. En un clin d'œil, il réunit ses mains, puis les attache à l'aide du ruban de soie, à une barre fixée au mur de la douche.

L'eau se déverse sur Ari, tout habillée. Rafe se recule d'un pas et se déshabille entièrement. Ari n'arrive pas à détacher son regard de lui lorsqu'il entre dans la vaste douche. Son érection croissante vient effleurer les hanches d'Ari.

— Tu luttes de toutes tes forces contre ce qui va arriver, mais ton corps ne ment pas, Ari. Il y a du désir à l'état pur dans tes yeux. Et le bout de tes seins est tendu, c'est la preuve qu'ils m'attendent. La chaleur et la moiteur de ton corps montrent que tu te prépares à m'accueillir au plus profond de toi. Tu es prête, prête pour moi. Laisse-toi aller, chuchote-t-il en plaquant contre elle son sexe gonflé.

Elle secoue la tête, refusant de céder. Impossible de lui laisser le pouvoir. Si elle cédait, il ne cesserait jamais de la dominer.

— Maintenant, tu vas comprendre pourquoi il ne faut jamais me défier, chuchote-t-il avant de lui mordiller doucement le lobe de l'oreille.

Des frissons parcourent tout le corps d'Ari, tandis que la bouche de Rafe glisse le long de sa nuque. Jusque-là, elle ne voit pas de raison de cesser de le défier. Si cela terminait toujours ainsi, peut-être allait-elle même l'insulter plus souvent. Mais elle sait que par la suite, elle le regrettera – il y a un revers à la médaille.

Soudain, la bouche de Rafe se détache de son corps et il lui arrache son chemisier, qui se déchire. Il lance le vêtement gorgé d'eau au fond de la douche, avant d'arracher sa culotte. Désormais, elle est entièrement nue devant lui, et prisonnière.

Elle essaie de s'écarter du mur, mais les mains de Rafe saisissent ses chevilles. D'un mouvement rapide, il lui écarte les pieds et les attache. Son corps est désormais sans défense.

— Tu penses qu'il n'existe qu'une seule forme de souffrance, Ari?

— Oui, répond-elle, la voix tremblante.

— Eh bien tu te trompes. Vois-tu, j'ai appris à obtenir ce que je veux d'une femme, sans violence. J'ai appris à avoir le dessus sans être – comment dis-tu, déjà? – un monstre. Je pourrais te faire mal si je le voulais, je le sais. De toute évidence, je suis plus grand, plus fort que toi. Mais il existe une quantité de formes de torture.

— Qu'est-ce que vous allez faire? demande-t-elle.

Pourvu qu'il passe rapidement aux actes, qu'on n'en parle plus. La peur de l'inconnu est pire que tout.

— Tu aimes ce qui se passe en toi, pendant la lente montée vers l'orgasme qui te fait vaciller? Ce que tu ressens en basculant de l'autre côté, vers l'extase? Ça te fait trembler, jeune femme? Tu sens que tu deviens plus chaude, plus mouillée, plus étroite? demande-t-il en faisant passer sa main sur la courbe de sa hanche, avant de revenir vers l'avant de son corps et de glisser ses doigts en elle.

— Rafe… gémit-elle.

— Qu'est-ce qu'il y a?

— Je t'en supplie. J'avais tort. En fait, j'ai envie de coucher avec toi, souffle-t-elle.

— C'est ce qui va se passer, mais tu ne vas pas jouir.

— Quoi? souffle-t-elle, tandis que les doigts de Rafe exécutent un mouvement de va-et-vient en elle.

Elle ne comprend pas un traître mot de ce qu'il est en train de lui dire. Lorsqu'elle se contorsionne pour que les doigts de Rafe la pénètrent plus profondément, il se retire, la laissant haletante.

Rafe prend le pommeau de douche pour faire couler l'eau sur le corps d'Ari. Le jet la masse, faisant encore monter son désir d'un cran. Rafe fait passer l'eau sur ses mamelons durcis, suscitant une sensation encore plus vive que s'il les prenait dans sa bouche.

— S'il te plaît, murmure-t-elle tandis qu'il fait passer le jet puissant sur son buste, puis sur son sexe enflammé.

Lorsque l'eau vient caresser la partie la plus sensible de son anatomie, Arianna sent monter l'orgasme. Elle s'efforce de rester immobile, pour ne pas lui montrer qu'elle est à deux doigts de jouir.

— Tu penses m'avoir? Je sais décrypter ton corps. Je sens tout ce qui se passe en toi, à la tension de tes muscles, chuchote-t-il, écartant le pommeau de douche de son sexe pour le passer sur son dos.

Il continue à masser son corps, faisant passer le jet d'eau sur toutes les zones sensibles de son anatomie, jusqu'à ce qu'elle soit en larmes. La souffrance de ne pas atteindre l'orgasme qui la soulagerait est pire que tout ce qu'elle aurait plus imaginer.

— Je t'en supplie, Rafe, je ferai tout ce que tu voudras, s'écrie-t-elle.

Tout, pourvu qu'il la fasse basculer au-delà du plaisir.

Il baisse le pommeau de douche puis se plaque contre le dos d'Ari, son membre puissant appuyé contre la raie de ses fesses. Ondulant des hanches contre lui, elle s'efforce de se tortiller et d'incliner son corps pour qu'il puisse se glisser profondément en elle.

— Pas encore, mademoiselle Harlow. Là, il ne s'agit pas de ton plaisir, mais du mien. Tu as décrété que tu n'avais pas envie de moi, tu n'as cessé de te refuser. Hors de question que tu jouisses. Une fois que tu m'auras dit que tu me veux, là je te ferai crier de plaisir, promet-il, tout en glissant en elle un ou deux centimètres de son érection.

— Mais j'ai dit que je te voulais, s'écrie-t-elle.

— Il ne s'agit pas simplement de me vouloir maintenant – mais d'accepter ma proposition.

— Ah non, gémit-elle.

Jamais elle ne s'offrira à lui, même s'il faut pour cela mourir de frustration.

— Tant pis pour toi, dit-il en se glissant en elle.

Oh oui, c'est exactement ce qu'elle voulait. C'est si bon, il la comble si parfaitement. Elle pourrait passer des heures à danser ainsi avec lui. Il effectue quelques va-et-vient en elle, la conduisant une fois de plus au bord de l'extase. Puis à l'instant précis où elle va jouir, il se retire.

— Non, crie-t-elle, submergée de colère en découvrant son manège.

Il se place devant elle, tandis que l'eau continue à couler sur eux, et détache les liens qui retiennent ses mains. Puis il s'appuie contre le mur et la tire vers l'avant, pour placer sa tête face à son érection.

Sans hésiter, elle obtempère. Elle prend le sexe de Rafe dans sa bouche, découvrant le goût de son plaisir. Jamais, jusque-là, elle n'avait eu envie de sucer un homme, jamais elle n'aurait cru qu'elle aimerait ce goût. Mais son corps brûle d'un désir inassouvi et elle le dévore, le prenant plus profondément encore dans sa bouche à chaque mouvement de tête.

— Oui, c'est ça, oui ! s'écrie-t-il, tandis que ses doigts, glissés dans les cheveux d'Ari, maintiennent sa tête, tout en faisant aller et venir son bassin.

Elle n'arrive pas à le prendre tout entier dans sa bouche, mais l'envie de découvrir le goût de son sexe la pousse à essayer. Elle veut le sentir au plus profond de sa gorge, sentir son plaisir tiède s'écouler en elle, savoir qu'elle l'a conduit à l'extase.

Proche de jouir elle-même, elle accélère le mouvement, animé par ce feu qui a embrasé son corps, tandis que sa bouche va et vient le long du sexe de Rafe.

— Oui, oui! crie-t-il, tandis qu'elle sent un liquide tiède s'écouler dans sa bouche.

Son sexe se contracte plusieurs fois, tandis qu'il se déverse sur sa langue. Elle continue à le sucer avidement – elle ne veut pas que cela s'arrête. Les cris de plaisir son partenaire résonnent dans la douche.

Elle tremble de tous ses membres tandis que Rafe se retire, puis détache ses jambes. Le supplice est terminé. Maintenant, c'est à son tour de jouir. Les mains libres, elle tente de l'attirer contre elle.

— Viens, Rafe, s'il te plaît, supplie-t-elle tandis qu'il se recule.

— Non, Ari. C'est ton châtiment. Tu vas te consumer toute la nuit, sans orgasme.

Comprenant qu'il ne plaisante pas, elle le regarde droit dans les yeux, tout en glissant sa main vers la partie de son anatomie qui brûle de désir. En quelques caresses, elle se donnera elle-même ce plaisir tant désiré. Impossible de rester dans cet état de désir violent…

— Non, non, non, gronde Rafe en attrapant sa main. Je ne serais pas un véritable monstre, n'est-ce pas, si je te laissais te donner du plaisir, explique-t-il en la prenant dans ses bras pour la porter hors de la salle de bain.

— Voyons voir ce que nous pouvons faire.

Il l'allonge, nue et trempée, sur le lit, avant d'attacher rapidement ses mains à la tête de lit.

— Tu n'as pas le droit de faire ça. C'est de la séquestration! hurle-t-elle tandis qu'il fait les cent pas dans la chambre.

— Dans la douche, tu m'as dit que tu étais consentante, lui rappelle-t-il.

— J'ai changé d'avis. Je veux repartir maintenant.

— Dommage. Évite de me contrarier et cela ne se reproduira plus.

— De toute façon, je ne veux plus jamais te revoir après ce soir.

Tout en sachant que c'est parfaitement inutile, elle tente de défaire ses entraves.

Rafe sort de la chambre, laissant Arianna haletante. Constatant qu'il ne revient pas au bout de quelques minutes, elle commence à paniquer. Va-t-il vraiment la laisser ainsi le reste de la nuit?

Elle ne sait combien de temps elle reste allongée sur le lit, tentant de se défaire des liens qui la retiennent, le corps en feu. Peu après, la porte s'ouvre de nouveau. Elle ne quitte pas du regard Rafe qui entre dans la chambre, déterminée à ne plus le supplier.

Sans un mot, il s'approche du lit, la couvre, puis éteint la lumière avant de ressortir. Elle finit par sombrer dans le sommeil, en ruminant des idées de vengeance.

36

Lorsqu'il revient dans la chambre, Ari semble plongée dans un sommeil agité. Il l'a laissée sur le lit pendant une heure, estimant que son comportement méritait un châtiment.

Impossible de rester loin d'elle plus longtemps en la sachant juste à côté, en sachant qu'elle se languit d'être pénétrée par son membre raidi. Il pourrait, bien sûr, se concentrer une fois de plus sur son plaisir à lui sans la satisfaire, mais ces orgasmes-là lui procurent beaucoup moins de plaisir…

Il enlève sa robe de chambre, s'approche du lit, puis rabat les couvertures pour admirer la rondeur de ses seins magnifiques, et fait passer ses doigts sur les mamelons d'Ari, qui durcissent instantanément. Ce simple contact suffit à lui provoquer une érection. Il ouvre la table de nuit pour y attraper un préservatif, qu'il enfile avant de rabattre entièrement les couvertures, dévoilant le corps entièrement nu.

Il écarte les cuisses d'Ari pour glisser sa tête entre ses jambes et la réveiller, en décrivant avec sa bouche des cercles sur son sexe brûlant.

— Oh oui, gémit-elle, aussitôt réveillée par le plaisir qui s'empare de son corps, avide de l'orgasme dont il l'a privée plus tôt. Je t'en supplie, ne t'arrête pas, gémit-elle. Je t'en supplie…

Elle tire sur ses liens, tandis que la langue de Rafe tourne autour de son clitoris gonflé. Lorsqu'elle est au bord de l'extase, il se recule, lui arrachant un cri de frustration. Il remonte vers la tête d'Ari qu'il prend entre ses mains tout en basculant ses hanches vers l'avant, s'enfouissant dans sa chaleur d'un mouvement précis et ample. Le cri de plaisir qui échappe à Ari résonne dans la bouche de son partenaire. Il pose une main sur ses hanches pour la maintenir, afin d'aller et venir énergiquement en elle.

Il sent les parois du sexe de la jeune femme se contracter autour de lui et l'enserrer tandis qu'elle atteint l'extase et que ses cris étouffés emplissent la chambre. D'un mouvement de hanches énergique, il se glisse si profondément en elle que leurs corps semblent fusionner.

Le corps de la jeune femme tout entier enserre sa queue, lui arrachant un cri et des vagues de plaisir. Une seconde, la main de Rafe caresse sa joue rosie et leurs yeux se croisent. Incapable de détourner le regard, il esquisse un mouvement pour embrasser tendrement ses lèvres, avant d'interrompre son élan.

Lorsque les yeux d'Arianna se ferment et qu'elle sombre de nouveau dans le sommeil, Rafe sort précipitamment du lit. Il est en train de s'attacher à elle. Le sexe cède la place à autre chose. Pour lui, l'expression faire l'amour ne veut rien dire.

Non. Ce qui se passe entre nous, c'est du sexe, et rien d'autre.

Il réfléchit un instant avant de prendre une décision. Ses maîtresses ne passent jamais la nuit avec lui. C'est une règle à laquelle il ne déroge jamais. Luttant contre lui-même, il s'oblige à appeler son chauffeur.

— Arianna, c'est l'heure d'y aller.

Plongée dans un demi-sommeil, la jeune femme peine à ouvrir les yeux. Rafe? Il lui semble avoir reconnu sa voix.

— Ari, réveille-toi. La voiture est arrivée.

Arianna s'étire, avant de constater qu'elle a mal partout. Tandis que son cerveau embrumé tente de rassembler ses esprits, le souvenir de la nuit passée lui revient en mémoire avec la violence d'une tornade – la boîte de nuit, la douche, puis le lit.

— La voiture? demande-t-elle sans comprendre.

— Oui, nous en avons terminé pour la nuit. J'ai demandé à mon chauffeur de te ramener chez toi.

Elle finit par comprendre le sens des mots, prononcés sur un ton glacial. Il a eu ce qu'il voulait, elle doit s'en aller. Blessée, elle s'efforce de lutter contre ce sentiment. Elle n'a pas le droit de réagir ainsi – Rafe ne lui a jamais menti sur ses intentions.

Dès le départ, il a été très clair: il voulait du sexe, et rien de plus. Son contrat stipule noir sur blanc que ses maîtresses ne passent pas la nuit chez lui. Elle n'a donc aucune raison d'être surprise.

Certes, elle n'a jamais signé ce contrat, mais cela ne change pas pour autant les règles du jeu dans la tête de son partenaire. Peut-être a-t-il, à de brefs moments au cours de ces derniers mois, affiché un comportement un peu plus humain, mais au final, Rafe est ce qu'il est. Il ne lui a jamais rien laissé entrevoir, il ne lui a jamais fait croire qu'il désirait autre chose que du sexe et du pouvoir sur elle.

— Laissez-moi le temps de m'habiller, demande-t-elle enfin avant de se lever, constatant avec soulagement qu'il a défait ses entraves.

Ils n'échangent pas un mot tandis qu'elle ramasse ses affaires éparpillées au pied du lit. Elle ne cherche pas à cacher sa nudité en s'habillant. À quoi bon? Il l'a vue, tout vu, il a eu ce qu'il voulait et il en a terminé avec elle pour la nuit.

Il faut qu'elle sorte de chez lui avant de fondre en larmes.

— J'ai le contrat sous la main, si tu es décidée à venir travailler pour moi. J'ai même augmenté le salaire, pour le passer à deux cent cinquante mille dollars.

Arianna veille à ne pas laisser son corps se figer, à ne pas laisser transparaître la moindre émotion en entendant ces mots. Elle ne sait quel sentiment l'emporte, la rage ou l'humiliation. Mais elle s'efforce de rester impassible en enfilant ses chaussures.

Sans prononcer un mot, elle sort de la chambre. Elle entend le bruit de ses pas derrière elle, qui s'assure sans doute qu'elle quitte bien son logement – sans tenter de se cacher quelque part avant de ressortir plus tard de sa cachette pour le poignarder en plein cœur.

Ce qui serait une possibilité tout à fait envisageable.

— Pense à ma proposition, conseille-t-il au moment où elle franchit le pas de la porte d'entrée, avant de prendre place sur la banquette arrière de la voiture.

Humiliée, Arianna s'efforce de ne pas croiser le regard de Mario. Combien de fois a-t-il raccompagné les maîtresses de son patron? Combien d'entre elles a-t-il ramenées après leur dernière visite chez Rafe? Elle n'est qu'un nom de plus sur une longue liste de femmes.

En réalité, il n'y a aucune raison qu'elle éprouve cette mélancolie qui vient de la submerger et dont elle n'arrive pas à se défaire. Le supplice infligé par Rafe s'est montré efficace. Si elle avait été en couple avec lui, jamais elle n'aurait eu envie de le défier – pas eu cette montée du désir vaine.

Au moment où la voiture s'engage dans sa rue, Ari retient ses larmes. Non, elle ne va pas pleurer. Manifestement, Mario est un salarié loyal, qui répétera à son patron ce qui s'est passé.

Bientôt, elle sera chez elle et elle pourra pleurer à sa guise… ce qui ne l'avancera pas à grand-chose.

Heureusement, Mario reste silencieux, et lui témoigne même suffisamment de respect pour ne pas la regarder dans le rétroviseur. Elle aime bien le chauffeur de Rafe. En temps normal, elle aurait tenté de briser ce silence, en lui demandant s'il a passé une bonne journée. Mais là, elle est incapable de parler. En prononçant le moindre mot, elle sait qu'elle dira n'importe quoi.

Durant tout le trajet du retour, elle réussit à garder son calme sans s'effondrer, puis elle décline la proposition de Mario, qui insiste pour la raccompagner jusqu'à sa porte. Ari parvient à rentrer chez elle sans que sa clé lui donne trop de fil à retordre, puis elle se dirige calmement vers son lit. Ce n'est qu'une fois en lieu sûr qu'elle autorise ses genoux à céder et son cœur à voler en éclats.

Le problème, c'est qu'elle éprouve des sentiments pour Rafe. Sans aller jusqu'à dire qu'elle est amoureuse de lui, elle a commencé à attendre sa venue, à prendre plaisir à leurs affrontements, à désirer ses caresses. Oui, elle est assez bête de craquer pour un homme qui a été on ne peut plus clair : il n'est pas disponible pour autre chose qu'une relation dont il a fixé les règles.

Mais ce qu'il propose ne lui suffit plus. Elle le sait : si elle continue à le voir, elle se perdra. Par conséquent, elle va s'accorder cette matinée pour pleurer, avant de faire son possible pour ne plus jamais croiser Rafaëlle Palazzo, quoi qu'il lui en coûte. Si elle le revoit, elle finira de nouveau au lit avec lui. Et ça, elle ne s'en remettra jamais.

Le sommeil finit par la gagner, lui faisant oublier son chagrin. À son réveil, en fin d'après-midi, Arianna est fermement décidée à s'en tenir à ses bonnes résolutions et à ne pas retomber dans l'univers tordu de Rafe. Quoi qu'il fasse, elle ne cèdera pas – ni à lui, ni à ses désirs à elle. En attendant, il va falloir vivre au jour le jour.

37

Rafe raccroche violemment – Ari a éteint son téléphone. Il lui a laissé une semaine entière pour se calmer, avant de la rappeler. Mais elle a ignoré ses appels, ses SMS et ses e-mails.

Ça suffit. Il lui a laissé suffisamment de temps. Il va arriver à ses fins, que ce soit par la méthode douce ou la forte. Mais d'ici demain, elle sera à lui. Il a assez attendu.

— Annulez tous mes rendez-vous, ordonne Rafe à son assistante stupéfaite, avant de traverser les bureaux pour rejoindre l'ascenseur.

Il a rendez-vous avec un député dans une heure. Peu importe. Rien n'est plus important que de remettre de l'ordre dans sa vie. Aurait-il un problème? Bien sûr que non. Pour une raison étrange, Arianna Harlow l'obsède, mais c'est passager, rien de plus. Il n'éprouve aucun sentiment pour elle, se dit-il. Il s'agit de sexe, et de rien d'autre. D'ailleurs, de quoi pourrait-il bien s'agir?

Il la désire en permanence, jour et nuit. Mais ce qui le met le plus en colère, c'est que leurs échanges quotidiens lui manquent. Le temps passé à ses côtés à l'hôpital a été… étrangement agréable. Il avait hâte d'entendre son rire, hâte de voir son sourire victorieux en le battant au poker, hâte d'entendre le mot gentil qu'elle avait toujours pour le personnel.

Ari est si différente de toutes les femmes qu'il a connues. Aussitôt, il s'efforce de chasser cette idée de son esprit. Elle le désire – c'est suffisant pour que ce contrat fonctionne.

Depuis l'ascenseur, Rafe appelle son chauffeur, avant de jeter un coup d'œil à sa montre. On dirait qu'il va devoir rendre visite à Ari sur son lieu de travail. Cette perspective le fait sourire. Comme elle n'aime pas les esclandres, elle ne pourra pas l'agresser.

Rapidement, il se trouve devant l'immeuble où elle travaille. Sans la moindre hésitation, Rafe pénètre dans le bâtiment.

— Monsieur Palazzo, quel plaisir de vous voir! salue le vigile à l'accueil, en se levant d'un bond de son bureau.

— Merci, Dean. Inutile d'annoncer ma venue. C'est une visite privée.

— Très bien, monsieur, répond-il d'un air perplexe.

Rafe n'a pas pour habitude de passer à l'improviste dans les entreprises qu'il possède. Comme il déteste attendre, il annonce généralement sa venue à la direction, pour être accueilli comme il se doit. Il se dirige droit vers l'ascenseur et appuie sur le bouton correspondant à l'étage où travaille Ari. Son impatience va croissant à mesure que la cabine de l'ascenseur monte. Les portes s'ouvrent et il sort, découvrant le personnel concentré sur son travail. Manifestement, le directeur mène tout le monde à la baguette, constate Rafe avec satisfaction.

Au détour d'un couloir, il découvre la jeune femme installée à son bureau – aussitôt, sa gorge se noue. Cela fait un peu plus d'une semaine qu'il ne l'a pas vue. Avec déplaisir, il constate combien elle lui a manqué. Cela ne l'a jamais dérangé de ne pas voir ses maîtresses lorsqu'il s'absentait deux semaines, voire un mois entier. Mais maintenant, les choses sont différentes…

C'est sans doute uniquement parce que leur relation n'est pas officielle – que les choses ne sont pas encore décidées. Il n'aime pas l'attente, l'incertitude.

— Arianna.

Il a dit son prénom, sans rien ajouter. Elle se fige avant de lever lentement la tête. C'est certain, elle préférerait être n'importe où plutôt que là, coincée avec lui, sachant que ses collègues sont à proximité.

— Qu'est-ce que tu fais là? demande-t-elle, les dents serrées.

— Nous avons un dossier en suspens, mademoiselle Harlow. Comme vous refusez de répondre à mes appels, il ne me reste pas d'autre choix que de venir vous voir.

— Non, il n'y a aucun dossier en suspens. Nous nous sommes dit tout ce qu'il y avait à dire. Maintenant, je vais vous demander de me laisser travailler. Ça n'est pas professionnel, proteste-elle.

Décidément, il aime sa fougue – et le fait qu'elle n'ait pas peur de lui. Cela ne signifie pas qu'il n'arrivera pas à la faire plier, mais qu'il lui faudra beaucoup plus longtemps qu'à l'habitude pour se lasser de leur histoire. Il l'attrape par le bras pour l'entraîner vers une salle de réunion vide. Rafe le sait : si elle le suit sans discuter, c'est uniquement pour éviter de faire des remous. Ce qui lui convient parfaitement.

Une fois la porte de la salle de réunion refermée, elle se tourne vers lui, fulminante.

— Vous vous croyez où? C'est mon lieu de travail, ici. Si vous pensez que j'accepterai votre contrat une fois que vous m'aurez fait virer, vous vous trompez.

— Demain, je pars en voyage d'affaires et je veux que tu m'accompagnes. Je n'ai donc pas le temps que tu réfléchisses à ma proposition. Je suis venu activer le processus.

— Alors vous n'allez pas apprécier ma réponse. Pour moi, c'est terminé. Plus de petits jeux, plus de nuits d'alcool et de sexe. Rien, niet, fini. Vous comprenez?

— Tu continues à te refuser à moi?

— C'est exactement ce que je viens de dire!

— Alors tu ne me laisses pas le choix, lance-t-il avant de quitter la pièce.

Elle peut croire qu'elle a les cartes en main. Mais demain, elle sera à lui.

Ari regarde Rafe quitter la salle de réunion, brutalement très inquiète. S'agit-il d'une ruse? Va-t-il revenir sur ses pas et surgir dans la pièce? Déconcertée, elle reste plusieurs minutes dans la salle de réunion. Soudain, elle voit la poignée tourner. Son corps tout entier se fige.

Est-ce lui?

— Ari, qu'est-ce qui se passe? J'ai vu ton beau gosse passer en trombe devant mon bureau, il avait l'air furax.

— Sincèrement, Amber, je n'en ai pas la moindre idée, répond Ari, encore secouée mais soulagée de constater que Rafe est bel Eh bien parti. Il veut qu'on soit ensemble, mais je n'arrête pas de lui répéter que ça n'arrivera pas. En gros, il m'a dit que c'était ma dernière chance. Et quand j'ai refusé, il est sorti. Comme ça ne lui ressemble pas de baisser les bras, j'ai peur de ce qui va me tomber dessus.

— D'accord, je ne le connais pas, mais il est beau, il a un corps de rêve et il est richissime. Et tu n'as pas envie de sortir avec lui? Je respecte ta vie privée, mais tu vas me faire mourir d'impatience, j'espère que tu en as conscience. J'ai très envie de connaître ce grand mystère!

Voyant que son interlocutrice n'en dira pas davantage, Amber repart. Arianna sort de la salle de réunion et se dirige tout droit vers les toilettes, pour se passer un peu d'eau froide sur le visage et retoucher son maquillage. Elle est censée travailler et ne peut pas se permettre de s'effondrer.

Si Rafe mijote quelque chose dans son coin, elle ne peut rien y changer. Inutile de se tracasser. Cela fait bien quinze minutes qu'elle a quitté son bureau, il est grand temps de se remettre au travail.

En fin de la journée, voyant qu'il ne s'est rien passé, la jeune femme en conclut qu'il a peut-être simplement abandonné. Paradoxalement, elle en serait presque déçue. Avec tout le stress subi ces derniers mois, il ne serait pas étonnant qu'elle fasse une dépression…

Sa mère va bientôt sortir de l'hôpital et Arianna n'a toujours pas eu le courage de lui avouer ce qui s'est passé avec la maison et avec la boutique de fleurs. La traque lancée par Rafe ne lui a pas laissé beaucoup de temps. D'abord, elle a consacré toute son énergie à la recherche d'un travail, puis elle s'est investie à fond dans son job.

À chaque jour suffit sa peine. Demain est un nouveau jour. C'est ce qu'Ari se répète en permanence – et ce jour-là, elle l'a pensé au moins vingt fois. En présence de Rafe, elle a le sentiment d'être prise dans une tornade. D'ailleurs, elle n'est même plus sûre de savoir à quoi ressemble une vie normale.

38

— Vous voulez bien passer me voir dans mon bureau ?

— Entendu. Je finis d'envoyer un e-mail et j'arrive tout de suite, répond Arianna en appuyant sur le bouton de l'interphone pour répondre à son boss.

En quelques minutes, elle termine son courriel et l'envoie. Étirant les bras, elle se lève, un sourire aux lèvres. Bien que son travail soit ennuyeux et la motive à reprendre ses études pour exercer le métier de ses rêves, cet environnement lui plaît. Elle bénéficie d'avantages en nature extraordinaires, elle côtoie des gens sympathiques et elle gagne suffisamment d'argent pour pouvoir s'occuper de sa mère, tout en parvenant à épargner. Peut-être pourra-t-elle même retourner à l'université dans moins d'un an ? Ça, c'est dans l'hypothèse la plus optimiste.

Elle remonte le long couloir, puis frappe à la porte de son patron, qui est ouverte.

— Entrez, Ari. Dites-moi, combien de temps vous faudrait-il pour repasser chez vous et préparer votre valise ?

— Pardon, monsieur ?

On lui avait dit que ce poste impliquait des déplacements, mais elle pensait être prévenue suffisamment à l'avance, sans devoir partir au pied levé. Ce n'est pas le fait de s'absenter qui la contrarie – au contraire. Ce déplacement est une perspective agréable, qui lui permettra de quitter la région de San

Francisco. Bientôt, elle devra aller chercher sa mère à l'hôpital, lui annoncer que sa fille adorée a tout raté et puis, avec un peu de chance, ramasser les morceaux du cœur en miettes de sa pauvre maman.

— Le P.-D.G. veut que vous l'accompagniez à New York. Son avion part dans deux heures. Une voiture vous attend devant l'immeuble pour vous amener chez vous, puis vous conduire à l'aéroport. Est-ce cela vous laisse suffisamment de temps?

— Oui, bien sûr, mais je ne comprends pas bien, répond-elle. Combien de temps serai-je absente? Et pourquoi le P.-D.G. souhaite-t-il que je l'accompagne? Je ne pense pas avoir les compétences… Découvrant le sourire de son patron, elle s'interrompt.

— Ne vous inquiétez pas. C'est une excellente nouvelle. Cela signifie que la direction a remarqué la qualité de votre travail, ce qui pourrait impliquer une grosse promotion pour vous. Ça m'attristerait de vous voir quitter l'équipe, mais je ne m'opposerai certainement pas à votre évolution. Si des perspectives d'avancement se présentent, profitez-en et foncez, dit-il avec sincérité. La direction ne m'a pas précisé combien de temps vous serez absente, mais je pense qu'il s'agit d'un déplacement de courte durée. En règle générale, ils préviennent un peu plus de deux heures à l'avance pour les déplacements plus longs.

— C'est entendu, alors – je ne sais pas quoi répondre, dit-elle, hésitante et interloquée.

Au fond, elle n'est pas certaine d'avoir envie d'une promotion. Et si on lui proposait un job intéressant qui l'empêcherait de retourner à l'université? Elle n'a pas envie de rester à un poste simplement parce qu'il est bien payé. Elle veut terminer ses études et faire ce dont elle a toujours rêvé.

— Alors dites simplement « merci beaucoup » et repassez vite chez vous pour prendre vos affaires, répond-il en riant.

— Merci beaucoup, monsieur Avery, répond-elle automatiquement.

Il lui fait signe de partir. Elle tourne les talons et retourne à son bureau, où elle prend son manteau et son sac à main, avant de se diriger vers les ascenseurs. Une minute plus tard, elle arrive dans le hall, puis sort de l'immeuble.

Une magnifique Bentley est garée devant l'immeuble, avec un chauffeur qui l'attend devant la portière arrière. Dès qu'il l'aperçoit, il ouvre la portière et Ari s'engouffre dans la voiture, sans dire un mot. Impressionnée, elle s'inquiète immédiatement. Pourvu qu'il s'agisse bien de la voiture de la société, et non d'un ravisseur – mais qui aurait intérêt à l'enlever? Elle n'a pas de famille fortunée susceptible de payer une rançon. Elle ne connaît pas de personnalités riches ou célèbres. Elle est simplement elle. Arianna Harlow.

— Bonjour, madame. On m'a indiqué l'adresse de votre domicile. Souhaitez-vous vous arrêter quelque part avant de vous y rendre?

— Non, merci.

Durant le trajet, le chauffeur et elle n'échangent plus un mot. Comme il est agréable de ne pas conduire soi-même dans les embouteillages et d'échapper aux transports en commun. C'est qu'elle s'habituerait facilement à avoir un chauffeur!

Un quart d'heure plus tard, ils arrivent à son appartement et elle monte les marches quatre à quatre pour réunir quelques affaires. Ignorant tout de la nature du voyage, elle n'a pas la moindre idée de ce qu'il faut emporter. De toute façon, elle ne possède pas de robes élégantes, ce qui lui évite des dilemmes.

Pourvu qu'elle n'ait pas à assister à des événements officiels… Si c'est le cas, elle sera obligée de s'acheter une tenue.

La perspective de piocher dans ses économies ne l'enchante pas. En même temps, elle sera à New York ! Ça serait dommage de ne pas faire un peu de shopping. À cette idée, elle retrouve un peu de son optimisme.

Finalement, peut-être que ce voyage sera intéressant. Pendant la journée, elle assistera sans doute à des réunions pour prendre des notes, avant de rédiger des comptes rendus. Un exercice qu'elle maîtrise parfaitement. Et le soir, elle sera probablement libre de faire ce qui lui chante. S'ils restent plusieurs jours sur place, peut-être pourra-t-elle même aller voir un spectacle sur Broadway ? Le plus réjouissant, c'est qu'elle sera à l'autre bout du pays – loin de lui. Elle ne sait toujours pas que penser de sa visite surprise de la veille.

Ari prend son passeport et quelques tenues de rechange, puis elle vérifie que toutes les fenêtres de l'appartement sont bien fermées. Ensuite, elle appelle l'hôpital. Ses inquiétudes sont apaisées en apprenant que Sandra ne sortira pas avant mardi – d'ici là, elle sera rentrée, c'est certain. Heureusement, elle n'a pas d'animaux de compagnie à faire garder. Vingt minutes plus tard, elle redescend à la voiture.

— Voilà qui était extrêmement rapide, lance le chauffeur en lui ouvrant la portière, avec un sourire.

— Je n'aime pas perdre de temps. Et je n'avais pas grand-chose à prendre, répond-elle en lui tendant son sac, avant de se glisser sur la banquette arrière.

Il met le bagage d'Ari dans le coffre, puis s'installe au volant. La jeune femme a envie de rompre le silence pour échanger quelques mots avec le chauffeur, mais elle ne sait que lui dire.

Elle se contente donc de s'installer confortablement et de profiter du trajet. C'est une magnifique journée ensoleillée, parfaite pour admirer la vue lors du décollage de l'avion.

Voyant que le chauffeur contourne l'aéroport principal, Ari s'inquiète. Différents scénarios catastrophe lui viennent à l'esprit, mais la voiture s'engage sur une petite route et se dirige vers une piste d'atterrissage privée, non loin de l'aéroport principal.

— Où sommes-nous?

— C'est d'ici que partent les jets privés. Ils utilisent une piste à part.

— Ah, oui, ça paraît logique.

— Par ici, je vous prie, dit-il en l'aidant à sortir du véhicule, avant de l'accompagner jusqu'au bâtiment qu'ils traversent avant de ressortir directement par l'arrière.

Ari reste interloquée en découvrant le jet, de la taille d'un avion de ligne. C'est sans doute une erreur. Les jets privés sont plus petits que cela.

— Quelque chose ne va pas, madame? demande le chauffeur.

— C'est dans cet avion que nous allons voyager?

— Je sais, il est impressionnant. J'ai toujours rêvé de voyager à bord de cet avion. C'est un 747, acheté neuf et transformé en jet privé. Il y a une grande chambre à coucher, deux autres chambres, une salle de réunion, un bureau, une cuisine et deux salles de bain. Les conditions idéales pour voyager!

— Eh bien... J'ignorais que l'entreprise pour laquelle je travaille possédait des moyens pareils. Nos locaux sont agréables, mais pas à ce point, dit-elle avec un sifflement admiratif, en se dirigeant vers l'appareil.

Arianna ne voit pas le regard incrédule que lui lance le chauffeur. Si elle l'avait écouté un instant de plus, jamais elle ne serait montée dans l'avion, à la rencontre de la décision la plus difficile de toute son existence.

39

Rafe se tient immobile, telle une panthère s'apprêtant à bondir. Sidéré, il constate que tout son corps est tendu. Un tel signe de faiblesse ne lui ressemble pas – il est Rafe Palazzo, que rien n'affecte, n'est-ce pas?

Il s'installe confortablement dans son fauteuil, d'où il peut voir l'ombre d'Ari qui avance. Il sait qu'elle est en train de monter la passerelle qui mène au jet.

Il attend.

Prenant une gorgée de bourbon, il se penche en arrière dans son fauteuil, un pied nonchalamment posé sur le genou opposé. Il déborde de confiance en lui. Cependant, la flamme qui brûle dans ses yeux dément sa réputation d'homme glacial.

Enfin, Ari pose un pied dans l'appareil. Les yeux de Rafe ne quittent pas son visage tandis qu'elle regarde autour d'elle, éblouie et visiblement intimidée par ce déploiement de luxe et de faste. Rafe, lui, n'a pas cillé lorsqu'il a perdu des millions sur les marchés boursiers. Une somme qui ne représentait pas grand-chose pour lui, qui a des milliards pour assurer son avenir. Impossible d'attendre de la part de la jeune femme les mêmes réactions.

Les yeux d'Ari s'habituent progressivement à la pénombre. C'est alors qu'elle tourne la tête et l'aperçoit, assis dans son fauteuil. Aussitôt, Rafe ressent une envie irrésistible de se lever et de l'attirer au fond du jet, dans sa luxueuse suite, pour se jeter sur elle. Cependant, il ne s'autorise pas le moindre mouvement.

Dans ce bras de fer, il remportera son ultime victoire lorsqu'elle s'abandonnera entièrement. Il entend bien la laisser parler la première – si tant est qu'elle daigne lui adresser la parole. À son regard paniqué, il devine qu'elle s'attendait à tout sauf à le découvrir là. Croyait-elle réellement qu'il la laisserait lui échapper aussi vite? Il ne va pas tarder à en avoir le cœur net.

Croisant le regard violet de Rafe, elle comprend tout. Mais bien sûr! Pourquoi n'a-t-elle pas rassemblé les pièces du puzzle plus tôt? Évidemment qu'elle n'a pas eu la chance de décrocher son job actuel toute seule. Après avoir reçu cet appel, elle aurait dû faire des recherches sur cette entreprise, ce qui lui aurait permis de découvrir l'identité de son actionnaire.

À quoi bon se taper la tête contre les murs maintenant? Elle a le sentiment d'avoir été renversée par un troupeau qui s'évertue à la piétiner, provoquant une douleur atroce sur chaque centimètre carré de son corps.

— Alors comme ça, Sunstream Electronics vous appartient…

Il ne s'agit pas d'une question, mais d'un constat. Elle ne s'abaissera pas à jouer les victimes ni à poser des questions dont elle connaît pertinemment la réponse.

— On dirait, oui.

Manifestement, il n'a pas l'intention de lui faciliter la tâche. Mais lui a-t-il jamais simplifié la vie? Oui, à de rares moments – de brefs instants où il lui a paru humain. Mais ceux-ci ont rapidement été estompés par les talents de manipulateur dont il a fait preuve depuis qu'elle le connaît.

En même temps, elle doit admettre qu'il a toujours annoncé la couleur et reconnu qu'il était là pour gagner. Il l'a dit clairement : pour lui, elle n'est rien d'autre qu'un divertissement, un trophée de plus dans son tableau de chasse. Elle pensait qu'ils avaient joué toutes les parties, remportées par Rafe. Manifestement, le dernier match restait à venir.

De toute évidence, elle ne va pas tarder à perdre son travail. Rafe est en train d'abattre sa dernière carte. Ari n'a une seule interrogation, qui concerne l'ampleur des dégâts. S'il est suffisamment sûr de lui pour dévoiler qu'il est son véritable patron, de deux choses l'une.

Soit il s'est lassé d'elle, et il est prêt à la voir disparaître de sa vie. Soit il a une offre à lui faire, qu'elle ne sera pas en position de décliner, selon lui. Dans la seconde hypothèse, il l'a sous-estimée. S'il y a bien une chose qu'elle a comprise, ces derniers mois, c'est qu'elle est capable de se débrouiller toute seule.

La vie n'est pas un long fleuve tranquille et, elle le sait, il y aura encore des épreuves à surmonter. Mais elle a pris confiance. Elle sait se prendre en charge et s'occuper de sa mère. Tous ces mois, elle a peut-être travaillé pour monsieur Palazzo, mais au moins ne l'a-t-elle pas fait comme sa call-girl personnelle.

Très confiante, elle relève la tête et s'avance dans le jet. Arrivée devant Rafe, elle le regarde droit dans les yeux, sans flancher.

— Monsieur Palazzo, nous avons reçu l'autorisation de décoller. Pouvons-nous procéder à la fermeture des portes ?

Sans lui laisser le temps de répondre à l'hôtesse de l'air, Ari, les yeux plantés dans ceux de Rafe pour lui montrer qu'il ne lui fait pas peur de lui, lance :

— Non, attendez, je vais descendre dans une minute.

Trébuchant presque, elle recule d'un pas pour s'éloigner des flammes qui brûlent dans les yeux de son interlocuteur. Si les regards pouvaient tuer, elle serait réduite à un tas de cendres. Au lieu de dévoiler cet infime instant d'inquiétude, elle décider de le provoquer encore plus et sourit d'un air assuré.

— Gardez les portes ouvertes encore un instant et laissez-nous, ordonne Rafe.

L'hôtesse s'éclipse sur-le-champ.

— On dirait qu'enfin, nous sommes arrivés là où j'ai toujours su que ça finirait. Tu as fait traîner en longueur ce qui aurait pu être réglé l'autre jour au restaurant.

— Ce jour-là, je vous ai dit que je ne serais jamais votre putain, monsieur Palazzo. Je n'ai pas changé d'avis. Que vous ayez intrigué pour me recruter ne signifie pas que je vous appartiens. Je trouverai un autre emploi.

Il marque un temps de silence, d'un air entendu. Ari a l'estomac noué en attendant sa réaction. Mais rien ne la fera changer d'avis… Plus il tarde à répondre, plus son anxiété s'accroît. Manifestement, il en a conscience car son visage trahit sa confiance en sa victoire.

— Ta mère sort de l'hôpital mardi, Ari. Il se trouve que la maison dans laquelle tu as grandi m'appartient désormais. À toi de voir si elle doit découvrir que tu as tout vendu et qu'elle n'a nulle part où aller, ou si tu vas lui permettre de se rétablir dans son environnement familier. Il se trouve que j'ai aussi acheté son magasin de fleurs. Alors? Est-ce que tu vas lui rendre sa vie d'avant? Ou vas-tu rester aussi égoïste que tu l'as toujours été, en prenant des décisions contraires à l'intérêt de la femme qui t'a élevée?

À ces mots, Ari reste tétanisée. Il n'hésite pas à utiliser ce qui la mine. Elle a sous-estimé son envie de vaincre.

La colère la submerge. Ce type est inhumain. Comment peut-il la mettre dans une situation pareille? Comment pourra-t-il se regarder dans une glace après l'avoir mis devant de tels choix? Peut-être que sa mère ne s'en remettra pas, une fois qu'elle aura découvert qu'elle n'a plus rien, après avoir survécu à un accident de voiture qui aurait pu lui être fatal, puis avoir vaincu un cancer.

— Alors, on dirait que tu as une décision à prendre, ma chérie… Que vas-tu choisir: l'amour ou l'égoïsme sans cœur?

— Tu es un salaud, Rafe. Tu ne penses donc qu'à toi?

— J'espère que tu vas choisir l'amour, parce que je vais prendre un plaisir fou à te mettre à genoux – et n'en doute pas une seconde, Ari – j'y parviendrai.

Son estomac se noue, tandis qu'elle plonge ses yeux dans ceux d'un étranger. Ce n'est pas l'homme qui a volé à son secours, l'homme qui a ri avec elle et qui adore sa famille. C'est un véritable monstre, quelqu'un qui veut la dépouiller de tout – de sa fierté, de sa dignité, de son âme.

— Si tu choisis de t'apitoyer sur ton sort, vas-y et ne te préoccupe de personne, sauf de toi-même. Tu peux te lamenter et essayer de reprendre ta vie en mains, ou tu peux choisir l'amour – l'amour pour ta mère, qui t'a élevée. Personnellement, je ne veux pas de tes sentiments et je n'en ai pas besoin. Alors, ne t'imagine surtout pas que cette histoire va déboucher sur autre chose. Tu seras ma maîtresse, rien de plus. J'ai essayé d'aimer, une fois, et je n'ai rien reçu en retour, à part de la souffrance. Décide-toi vite, car j'ai un long vol devant moi et du travail qui m'attend.

— J'ai besoin de temps pour réfléchir…

— Ton temps est écoulé. Soit tu descends de cet avion, soit tu viens dans ma chambre et tu te déshabilles, pour commencer ton apprentissage, tout de suite.

Arianna se détourne de lui, retenant des larmes de colère. Il lui demande un choix impossible. Impossible de mettre sa vie entre les mains de Rafe – impossible aussi de laisser mourir sa mère.

Peut-être bluffe-t-il? Si elle descendait de l'avion, elle en aurait le cœur net. Elle recule d'un pas, les yeux toujours rivés aux siens. Mais son terrible amant ne laisse pas transpirer la moindre émotion tandis qu'elle réfléchit à toute vitesse. Manifestement, ce qu'elle fera le laisse indifférent.

Déterminée, Arianna se détourne, puis avance en direction de la porte ouverte de l'appareil.

Note de l'auteur

Je dois avouer que je me suis beaucoup amusée en écrivant ce livre. J'aime les hommes forts, qui prennent les choses en main. Dans la plupart de mes livres, on retrouve ce genre de personnalités, mais avec le personnage de Rafe, je suis allée encore plus loin. Cette histoire m'a surprise, toutefois, en raison de la composante familiale forte qu'elle comporte et qui n'était pas prévue au départ. À l'origine, il n'y avait pas autant de scènes familiales. Mais je n'ai pas pu m'en empêcher. Dans ma vie personnelle, la famille passe avant tout, ce qui ressort dans mon écriture. On dirait que je n'arrive pas à faire abstraction de la famille.

Au cours des deux dernières années, ma vie a beaucoup changé et je suis très reconnaissante de ce qui m'arrive. J'espérais que mon premier livre intéresserait quelques personnes. Je ne m'attendais certainement pas à l'accueil que j'ai reçu et à l'amour que tant de lecteurs portent aux Anderson, la famille de la série *Billionaire*. J'aborde ce succès avec beaucoup d'humilité. Je le dis souvent, et je ne cesserai jamais de le répéter : mes lecteurs sont les plus extraordinaires qui soient. Vous êtes nombreux à être des amis pour moi. Vous me faites sourire, rire et verser des larmes de joie. J'adore parler avec vous, j'adore toutes ces choses formidables que vous me confiez.

J'aimerais remercier tout particulièrement Denise Bush et Jane Bowen, notamment pour les publicités formidables qu'elles créent sur mon mur Facebook. Merci pour la qualité de votre travail et pour le temps que vous y consacrez. Merci aussi à ma *street team*, les Melody's Muses. Chacune de vous est une vraie source d'inspiration. Merci de faire connaître mes livres, merci de m'encourager dans tout ce que je fais et merci de former un réseau de soutien aussi extraordinaire. Leurs noms sont bien trop nombreux pour pouvoir les citer tous, et je ne voudrais omettre personne, mais disons que quelques personnes, dans ce beau pays qu'est l'Angleterre, sont particulièrement chères à mon cœur. Il ne m'est pas toujours possible de commenter les posts Facebook, mais je lis tout et j'adore vos encouragements. Message personnel : j'attends toujours la photo d'un policier sexy que l'une de mes fans a promis de m'envoyer… Vous êtes formidables !

Ce livre présente un personnage spécial, que les fans ont contribué à créer. Il existait déjà dans la première version, sous la forme d'un personnage générique. Puis j'ai organisé un concours sur la page de la *street team* de l'auteur Ruth Cardello. Merci à Jane Bowen, Julie Brewer, Ginny LaMere et Natalie Townson pour leurs suggestions. Vous avez créé Shane Grayson, dont nous faisons la connaissance dans ce livre et que nous découvrirons mieux dans le tome deux.

Merci à toi, Nikki – jamais je n'y arriverais sans toi. Tu es là pour m'apaiser lors de mes « crises de panique », quand les livres ne prennent pas forme comme je le voudrais. Tu me remets sur la bonne voie lorsque je sèche (c'est-à-dire souvent) et tu crées les couvertures de livres les plus incroyables qui soient. J'adore ton travail ! Je t'aime un peu moins quand je suis obligée de revoir la moitié du livre, puis je t'aime de nouveau une fois que cela a rendu le résultat bien meilleur. Merci d'être et de rester ma meilleure amie. Sans toi et Stephy dans ma vie, je ne serai que le tiers de ce que je suis.

Comme toujours, merci aussi à ma famille de me laisser tranquille lorsque je reste enfermée dans mon bureau, toute l'après-midi et tard le soir, merci de comprendre mon désir d'écrire ces livres et d'être à mes côtés en toutes circonstances. La famille passe avant tout – toujours ! Je ne pourrais faire ce que je fais sans ma fille formidable, mon fils d'exception et mon mari. Tant d'autres membres de ma famille m'apportent leur aide, de quantité de façons différentes, que je pourrais écrire un livre entier juste sur eux. Tous ceux qui m'entourent illuminent ma vie.

Quelques mots de remerciement aussi à plusieurs auteurs. Je lis depuis l'école maternelle (je ne dirai pas à quand cela remonte !) et j'éprouve beaucoup d'amour et de respect pour des auteurs qui m'ont fait découvrir tant d'aventures. Au cours de ce périple littéraire, j'ai rencontré des femmes extraordinaires, et aussi quelques hommes, qui m'ont inspirée et m'ont aidée à viser encore plus haut. Ruth Cardello m'a prise sous son aile protectrice et m'a donné le sentiment que tout est possible. Kathleen Brooks, si pleine d'énergie, me fait rire et me touche par son humanité. Terri Marie et Randy Mixter ont été là pour moi au début de l'aventure, et leur immense succès m'emplit de bonheur.

J'ai aussi eu l'occasion de rencontrer certaines de mes héroïnes : Sandra Marton, qui a publié plus de 80 livres, si gentille et toujours prête à apporter son aide, tout comme Lynn Raye Harris, dont le talent est une force impossible à arrêter.

Toutes, vous m'avez aidée, inspirée et incitée à avoir envie de me surpasser. Merci. Il y aurait encore tant d'autres noms à citer que la place ici ne suffirait pas. J'espère qu'un jour je serai comme Sandra, qui a presque publié cent livres. Car alors, j'aurai la possibilité de vous remercier tous.

MELODY ANNE

Dans la collection

Red Velvet

TARA SUE ME

la soumise

vol. I de la trilogie « La soumise »

Le premier volume de la trilogie culte qui a déjà captivé des millions de lecteurs.

À New York, Nathaniel est connu comme le jeune et brillant PDG de West Industries, mais Abby connaît son secret : c'est aussi un « dominant » séduisant et expérimenté à la recherche d'une nouvelle « soumise ». Impatiente d'explorer un monde de plaisirs qui la sortira de sa routine, la jeune libraire, cédant à son fantasme, propose ses services à Nathaniel.

Alors qu'Abby apprend à connaître un monde fascinant fait de pouvoir et de passion, elle craint que le coeur de Nathaniel ne reste hors de sa portée, et que le sien ne soit brisé...

TARA SUE ME

le dominant

vol. 2 de la trilogie « La soumise »

Vous avez vibré avec Abby dans le premier volume de la trilogie culte de Tara Sue Me. Laissez maintenant Nathaniel vous raconter l'histoire…

Nathaniel West ne perd jamais le contrôle. En tant que PDG de West Industries, il affirme son autorité tout au long de la journée, et, la nuit, il exerce avec la même rigueur ses talents de dominant entre les quatre murs de sa chambre.

Il n'est pas dans ses habitudes d'avoir pour partenaire de jeunes soumises « débutantes », mais avec Abigail King, il décide de déroger à la règle. Il devient vite accro au mélange de naïveté et de volonté de la jeune femme, et est bien déterminé à s'attacher ses services exclusifs.

Mais quand le jeune milliardaire s'aperçoit que ses sentiments évoluent, il réalise qu'il doit également faire preuve de confiance envers sa partenaire — et peut-être lui révéler des secrets qui pourraient ébranler les fondements de leur relation.

TARA SUE ME

*l'*apprentie

vol. 3 de la trilogie « La soumise »

Le troisième et dernier volume de la saga addictive de Tara Sue Me.

Nathaniel West, le jeune et brillant PDG de West Industries, est un esprit rigoureux, à cheval sur ses principes et bien décidé à imposer sa loi – en particulier aux femmes qu'il met dans son lit. Mais Abby, sa nouvelle soumise, entend bien modifier les règles du jeu.

Ce qui a commencé comme un simple week-end de plaisir devient vite une histoire d'amour passionnée avec cet homme qui connaît chaque parcelle de son corps et jusqu'au tréfonds de son âme.

Mais le comportement énigmatique de son amant trouble profondément la jeune femme, qui sait que le seul moyen de gagner la confiance de Nathaniel est de se soumettre pleinement et dépasser ses propres inhibitions. Pour l'entraîner vers une relation plus intime, elle va d'abord devoir le laisser pénétrer dans son jardin secret, où personne n'est jamais entré avant lui...

LAUREN JAMESON

BLUSH

Un roman torride par l'auteur de la série best-seller
Prête à succomber.

Maddy est une jeune femme au passé marqué de tragiques évènements qui l'ont conduite à couper les ponts avec sa famille et ses amis. Alors qu'elle tente de se construire une nouvelle vie, elle fait la connaissance d'Alex, un brillant homme d'affaires au caractère sombre et dominateur.

Malgré ses tentatives pour écarter Alex de ses pensées, la jeune femme ne pourra résister à l'attirance qu'il exerce sur elle, et acceptera une offre qui les plongera dans une liaison intense et tumultueuse. Mais derrière chacune des rencontres torrides des deux amants se cachent de terribles secrets qui pourraient les détruire.

KATHRYN TAYLOR

les couleurs *du* plaisir
libérée

Grace est une jeune femme sans histoires. Elle ne s'est jusqu'à présent jamais vraiment intéressée aux hommes. Sa rencontre avec le charismatique Jonathan Huntington, pendant un stage à Londres, la sort de son sommeil de Belle au bois dormant.

Jonathan est riche et incroyablement séduisant, sans oublier qu'il est vicomte. Il n'a cependant rien d'un prince de conte de fées… Plus il entraîne Grace dans les profondeurs de son monde de sombres désirs, plus la jeune femme se perd dans un tourbillon de plaisirs.

Mais le jour où Jonathan exige d'elle une preuve d'amour quasiment impossible à satisfaire, elle doit reconnaître à quel point ses sentiments pour lui la mettent en danger.

MARABOUT
s'engage pour l'environnement
en réduisant l'empreinte carbone
de ses livres.
Celle de cet exemplaire est de :
300 g éq. CO_2
Rendez-vous sur
www.marabout-durable.fr

PAPIER À BASE DE
FIBRES RECYCLÉES

Imprimé en Allemagne par GGP Media GmbH, Poessneck, en septembre 2014
ISBN : 978-2-501-09615-7
7744477
dépôt légal : octobre 2014

KATHRYN TAYLOR

les couleurs *du* plaisir
dévoilée

Grace est tombée sous son emprise, corps et âme... Même si elle sait pertinemment à quel point ses sentiments pour Jonathan Huntington sont dangereux, chaque jour passé en sa compagnie ne fait qu'accroître son amour pour lui.

Mais est-il vraiment aussi insensible qu'il en a l'air ? Ou Jonathan ne voit-il, en effet, rien d'autre en elle que ce jouet obéissant ? Et lorsque Grace veut l'obliger à reconnaître ses sentiments, elle déclenche une catastrophe.